U0140951

编　委　会

—— 高校学生事务管理丛书 ——

大学生朋辈心理咨询手册

DAXUESHENG PENGBEI XINLI ZIXUN SHOUCE

吕燕青 编

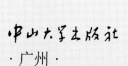

中山大学出版社

·广州·

图书在版编目（CIP）数据

大学生朋辈心理咨询手册/吕燕青编. —广州：中山大学出版社，2010.8

（高校学生事务管理丛书）

ISBN 978 - 7 - 306 - 03696 - 4

Ⅰ. 大… Ⅱ. 吕… Ⅲ. 大学生—心理卫生—健康教育—手册 Ⅳ. B844.2 - 62

中国版本图书馆 CIP 数据核字（2010）第 116523 号

出 版 人：祁　军
策划编辑：邹岚萍
责任编辑：刘丽丽
封面设计：方　雷
责任校对：赵　婷
责任技编：何雅涛
出版发行：中山大学出版社
电　　话：编辑部 020 - 84111996，84111997，84113349，84110779
　　　　　发行部 020 - 84111998，84111981，84111160
地　　址：广州市新港西路 135 号
邮　　编：510275　　　　　　传　真：020 - 84036565
网　　址：http://www.zsup.com.cn E-mail：zdcbs@mail.sysu.edu.cn
印 刷 者：广州市怡升印刷有限公司
规　　格：880mm×1230mm　　1/32　　9.125印张　　227 千字
版次印次：2010 年 8 月第 1 版　　2011 年 3 月第 2 次印刷
印　　数：3501～5500 册
定　　价：18.00 元

前　　言

　　近年来，大学生所承受的来自生活、学业、就业、情感和人际关系等方面的压力越来越大，人际关系紧张、价值取向迷茫、角色紊乱和不适、社会适应不良等不同领域、不同层次交织在一起的问题，不同程度地影响着大学生的心理健康。有一部分学生遇到问题时，不能及时、主动地寻求帮助，导致心理困扰发展为心理障碍，有的甚至选择轻生，给亲友带来极大的痛苦。面对大学生心理问题的多元化和个性化，单靠高校专业心理咨询老师的力量无法及时有效地缓解学生心理咨询需求量大的压力。

　　据中国青少年研究中心的报告显示，当大学生有了心理问题的时候，首先选择的是向朋友倾诉（79.8%），接下来的依次是向母亲（45.5%）、同学（38.6%）、恋人（30.9%）、父亲（22.5%）、同龄亲属（15.8%）倾诉，选择向心理咨询老师倾诉的仅占 3.2%。由此可见，大学生更愿意向朋友、同学倾诉心理困惑。根据青少年进入青春期后的心理特点，大学生在遇到心理困惑时往往喜欢向同龄人打开心扉，相互交谈、倾诉烦恼。同学之间容易沟通、接纳，也更容易引起共鸣，这是成年人无法代替的。朋辈心理咨询虽然不属于专业心理咨询，但朋辈之间自然性的鸿沟小、防御性低、共通性大、互动性高，具有先天的优势，是对高校专业心理咨询的有益补充。鉴于高校大学生出现心理问题的几率逐年上升，高校专业心理咨询老师人员不足，而绝大多数大学生更愿意向朋友、同学寻求心理援助的现状，朋辈心理咨询在高校逐渐受到重视。在我国，朋辈心理咨询最先始于台湾地区和香港地区。20世纪70年代，台湾地区的朋辈心理咨询开始兴起，一些机构开始实施朋辈咨询，至今已有相当多的学校开展朋辈心理咨询。而内地朋辈心理咨询发展较晚，20世纪90年代中后期才受到有关学者的重视，对许多高校来说还是一种比较新的咨询模式。

朋辈心理咨询在我国高校的开展还处于初步探索阶段，在具体实施过程中还存在着许多不足之处。朋辈心理咨询效果如何，很大程度上有赖于朋辈心理咨询员自身的心理素质、咨询知识和技能、职业道德。《大学生朋辈心理咨询手册》针对高校大学生朋辈心理咨询工作开展的现状、大学生朋辈心理咨询员的角色特点编写而成，将心理咨询理论技能、大学生心理健康教育、朋辈心理咨询三者有机融为一体，构建了大学生朋辈心理咨询理论知识和操作技能体系，旨在为大学生朋辈心理咨询员学习和掌握基本的心理咨询理论和技能提供一定的指导，同时有助于朋辈心理咨询员熟悉大学生的身心发展特点，更好地掌握助人的理念和技能，做到"助人自助"。《大学生朋辈心理咨询手册》注重科学性和实用性的结合，分为上下两编。上编主要介绍心理咨询理论基础，包括心理咨询概述、心理咨询员、来访者、团体心理咨询；下编主要介绍大学生心理健康教育，包括大学生心理健康新概念、大学生朋辈心理咨询、大学生心理压力和个案分析、大学生危机干预和自杀的预防。在内容上基本涵盖了大学生朋辈心理咨询员必备的理论技能知识，主要分为知识、技能、道德、心理素质与理念四方面的培训内容。由于高校大学生朋辈心理咨询员接受培训和自修的时间和精力有限，因此在编写过程中力求做到语言准确简明、通俗易懂，避免过多的专业术语，书中所介绍的理论和技能是比较易于理解和接受的。同时，立足于心理咨询的专业理论和技能、大学生的身心发展特点，结合我国高校普遍出现的大学生心理危机事件，对各类心理问题做出系统的整合，并介绍了相应的应对措施和心理调节的方法，提高了手册的实用性、操作性和专业性。

在专业老师的督导、培训下，培养一大批非专业的、有助人意愿、有助人潜力的朋辈心理咨询员，对广大学生进行心理健康教育与咨询，这在很大程度上缓解了专业心理咨询人员不足和需求较大之间的矛盾。同时，朋辈心理咨询员利用心理咨询理论和技能，帮助身边的同学解决心理问题，不仅能提高自身心理调节的能力，而且学会了关心别人、接纳别人，学会共处，学会生存，促进"助人—自助"的良性循环，正如香港大学心理学家崔日雄博士所说："一个朋辈心理咨询员的作用不亚于一个心理学专家。"

编者
2010 年 5 月于格致园

目　录

上编　心理咨询理论基础

下编　大学生心理健康教育

上 编

心理咨询理论基础

第一章　心理咨询概述

　　心理咨询不求教训他人，而求开导他人；

　　心理咨询不是要替人决策，而是要帮人商策；

　　心理咨询的首要任务是思想沟通，而非心理分析；

　　心理咨询是现代人的精神享受，而不是见不得人的事情；

　　心理咨询确信人皆可自我完善，而非人是不能自我逾越的；

　　心理咨询应增强人的自立能力，而非增强其对他人的依赖；

　　心理咨询不仅可以帮助他人成长，也可以帮助自己成长；

　　心理咨询使人更加相信自我，而非更加迷信别人；

　　心理咨询使人学会多听少言，而非少听多言。

—— 岳晓东《登天的感觉》

第一节　心理咨询的概念

一、心理咨询的定义

作为一种技术与服务的心理咨询，是指受过专业训练的咨询人员运用心理学的理论和技术，借助语言、文字等媒介，针对来访者的各种适应发展问题，与来访者建立一定的人际关系，进行信息交流，帮助来访者自立、自助，增进心理健康，发挥自己的潜能，有效地适应社会生活环境的过程。

广义的心理咨询还包括心理治疗、心理检查和心理测验。

二、心理咨询的特点

（一）心理咨询的三要素

（1）寻求心理帮助的人，称为来访者、当事人、求询者、求助者、咨客等。

（2）提供心理帮助的人，称为心理咨询员、心理咨询师、心理辅导员、心理医生等。

（3）心理帮助的过程，称为心理咨询、心理辅导、心理咨商、心理指导等。

（二）心理咨询的基本特征

1. 心理咨询是助人自助的过程，这是最本质的特征[①]

（1）协助来访者解决问题。心理咨询解决的是来访者心理方面的问题，而不是帮助他们处理生活中的具体问题。咨询员不能代替来访者解决问题，而是依据一定的心理学理论，运用一定的心理学技术，通过启发、鼓励、引导、支持帮助来访

---

① 参见王玲、刘学兰《心理咨询》，暨南大学出版社 2006 年版，第 4 页。

者分析内心的矛盾冲突，探讨影响其情绪和行为的原因，让来访者自己拿主意，采取新的有效的行动，进行自我求助。

（2）使来访者获得成长。通过咨询，来访者能够自立自强，学会正确对待自己和他人，学会与他人和睦相处，获得成长。

（3）促进来访者的人格发展。帮助来访者克服发展的障碍因素，以达到自身潜在的发展水平。在咨询过程中，咨询员可以帮助来访者认识自己、确定目标、面对危机、做出决定。

2. 心理咨询是通过人际互动过程产生影响的

人际互动是咨询员和来访者之间的信息双向交流过程，包括语言的和非语言的沟通方式。通过建立良好的人际互动，实现心理咨询的目的、任务。

3. 心理咨询的内容是心理性的

心理咨询的理论、技能，所要解决的问题，所要达到的目的都是属于心理学范围的。

（三）心理咨询的人际关系特点

建立良好的人际关系是心理咨询的首要条件。咨询中的人际关系即咨访关系不同于一般的人际关系，是一种彼此诚实的人际关系，也是一种相互理解的关系，具有如下特点[1]：

（1）咨访关系的建立和发展是以来访者迫切需要得到帮助，主动来访为前提的。来访者的意愿决定着咨询活动的有效程度。

（2）咨访关系是在特定地点、时间内建立的一种具有隐蔽性和保密性的特殊关系。咨询员和来访者的关系通常只限定在咨询室和咨询时间内。

（3）咨访关系是一种治疗联盟，它能给予来访者心灵上

---

① 参见王玲、刘学兰《心理咨询》，暨南大学出版社 2006 年版，第 5 页。

的震动，使其获得对自我的重新认识与调试；能给予来访者安全感和提供一个客观的"镜子"，具有治疗的功能。

（4）咨访关系没有一般人际关系所具有的利害冲突与日常瓜葛等，因此，这种关系是强有力的，也是有效的。

简而言之，心理咨询的人际关系的特点就是：

（1）独特性、时间性、隐蔽性、保密性。

（2）主观性和客观性的统一。咨询的主观性，是指咨询员应以共情、真诚的态度对待来访者，尊重来访者，使之感到温暖。咨询的客观性，是指咨询员保持客观中立的立场，对来访者的情况有正确的了解，客观地分析，并尽可能地提出适宜的处理办法。

（3）专业性。包括咨询关系的限制、咨询时间的限制、咨询员职责的限制。

三、心理咨询的任务

总的来说，心理咨询的任务可以归纳为三个层面：一是帮助来访者处理现有的问题，改善其不良情绪和行为。二是帮助来访者增强社会适应能力，提供全新的体验和人生经验。三是与来访者探讨自我发展方向，以确定其未来的发展前程，更好地发挥内在潜能，营造心理健康，面对现实生活。

由此可见，心理咨询的任务是发展性的，不仅要解决问题，更要促进人的成长。具体地说，分为以下几个方面：①体验人际关系；②认识内部冲突；③促进自我反思；④深化自我认识；⑤获得心理自由；⑥学会面对现实；⑦付诸有效行动。

心理咨询是咨询员和来访者之间双向的互动过程，心理咨询的任务最终能否实现，不是咨询员一个人说了算。其结果取决于双方相互作用的效果，既取决于咨询员，也取决于来访者。

四、常见的心理咨询误区及纠正

（1）心理咨询就是信息提供过程。提供信息并不是心理咨询的主要过程，心理咨询更加强调通过构建咨访关系和情感、沟通信息以达到问题的解决。

（2）心理咨询就是替人解决问题。心理咨询特别强调来访者的自助意愿和努力，肯定来访者的自助潜能。

（3）心理咨询就是安慰、同情来访者，给来访者提供建议和忠告的过程。心理咨询中咨访双方的地位是平等的，咨询员应尊重来访者，避免忽视来访者的意愿和需要。

（4）心理咨询就是说教。说教等同于将来访者置于无知、无能的境地，损害来访者的自尊，而彰显咨询员的优越感，不利于良好咨访关系的建立。

（5）心理咨询就是逻辑分析。拒绝情感的投入，单纯就事论事，流于空谈，易忽视来访者的意愿、感受和动力，使得咨询难以进展。

（6）心理咨询是一件很丢人的事，得偷偷摸摸。心理咨询的对象是在学习、工作和生活中遇到各种心理压力，引起矛盾冲突而产生适应、情绪障碍的正常人。人的心理也难免会"感冒发烧"，心理咨询是很正常的事。

（7）心理咨询就是找个咨询员做依靠，咨询员是一厢情愿地帮助自己。心理咨询的一个基本原则是唤起来访者的自助意识和行动，咨询员在咨询过程中充当"助手"的角色。

（8）心理咨询就像打针吃药，可以立刻生效，一次性就解决问题。心理问题的形成并非一朝一夕，同样，心理问题的解决需要多次咨询，需要来访者坚持配合和努力。

（9）心理咨询是万能的，"包治百病"。心理咨询是一门专业性很强的工作，来访者的法律问题、医疗问题等不属于心理咨询的工作范围，心理咨询既不能"包治百病"，也不是

"灵丹妙药"。

简而言之，咨询不是说教，它是聆听；咨询不是训示，它是接纳；咨询不是教导，它是引导；咨询不是控制，它是参与；咨询不是侦讯，它是了解；咨询不是制止，它是疏导；咨询不是做作，它是真诚；咨询不是改造，它是支持；咨询不是解答，它是领悟；咨询不是包办解决问题，它是协助成长；咨询不是叫人屈从，它是使人心悦诚服。[①]

五、心理咨询与邻近学科的关系

（一）心理咨询与思想政治工作的关系

心理咨询与思想政治工作既有区别又有联系。既不能把心理咨询与思想政治工作混为一谈，也不能把两者加以割裂，应当把心理咨询与思想政治工作有机结合。

1. 二者的联系

首先，两者的最终目标都是为了培养健全发展的、为社会所接纳的、能发挥自己潜能的有用之才。

其次，两者相辅相成，互为补充。思想政治工作者从咨询心理学中借鉴某些方法与技术，以增强思想政治工作的吸引力与感染力；心理咨询工作者也应该接受思想政治教育，以保证心理咨询工作的正确政治方向。

2. 二者的区别

心理咨询与思想政治工作的区别也是多方面的，具体内容见表1-1所示。

---

① 参见王玲、刘学兰《心理咨询》，暨南大学出版社2006年版，第7页。

表1-1　　心理咨询与思想政治工作的区别

	心理咨询	思想政治工作
理论基础	各种心理咨询与心理治疗理论、人格心理学、社会心理学、变态心理学等	辩证唯物主义、历史唯物主义、马列主义、毛泽东思想、邓小平理论、科学发展观
目的	帮助来访者缓解消极情绪、了解自身需求、洞悉自我心理特点、提高适应能力、达到人格的全面和谐发展	塑造人们的世界观、人生观和价值观，培养历史意识，增强社会责任感和历史使命感
内容	日常生活中各种心理问题的调适，如人际关系的改善、学习与工作效率的提高等	爱国主义、集体主义、革命传统、道德规范、民主法制等
从事人员	受过心理咨询专门训练的专业人员	专职干部、各级领导干部、党团员、先进模范人物等
方法途径	1. 个体咨询与治疗、团体咨询与治疗 2. 保持价值中立，不指定任何既定的价值观，不将自己的价值观强加给对方	1. 个别谈话、座谈讨论、大会报告、参观访问 2. 用一定的思想观念、政治观念、道德规范影响人的思想品德
侧重点	偏重内控力的培养，在方法上多具启发性，着重自觉主动	偏重外控力的培养，在方法上多具强制性和约束性
效果评价标准	提高来访者的心理健康水平	促进社会主义现代化建设，共建社会主义和谐社会
肯定强调	肯定人的价值，强调以来访者的利益为出发点，帮助来访者善用个人的权利和自由	肯定社会和集体的利益，强调个人对社会和集体的服从和适应

（二）心理咨询与心理援助、心理辅导、心理顾问指导活动的关系

1. 心理援助

心理援助是心理学的行为科学，是一种社会活动方式，它主要包括心理健康教育、精神保健活动。心理援助的主要形式包括心理咨询、心理治疗、心理辅导。

2. 心理辅导

心理辅导注重集体、团体式辅导，是进行心理健康教育的一种有效方式，主要对象是心理健康的人群，目的是对他们宣传心理保健知识，预防心理异常现象或问题的发生，促进其身心的健康发展，完善其人格。心理辅导偏重于教育而不是治疗，具有很强的教育指导功能。

心理咨询与心理辅导在助人关系、工作对象、工作目标、工作手段与方法方面大同小异，没有质的区别。心理辅导比心理咨询更加强调指导性、发展性与教育性，但治疗性较弱化。服务对象上，心理辅导更加重视大多数发展正常的个体，服务手段、方法和范围更加广泛。

心理治疗、心理咨询、心理辅导被视为性质相似、互有重叠、不能截然区分的一个连续统一体。

3. 心理顾问指导活动

心理顾问指导活动包括公开宣传心理咨询的主张，进行大规模的心理健康教育活动，以及对心理援助志愿者、电话咨询员等进行培训、指导。

（三）心理咨询与心理治疗的关系

心理治疗是一种以助人为目的的、专业性的人际互动过程。在这一过程中受过训练的治疗者以心理学的有关理论为指导，运用心理学的技术和方法，协助被治疗者在心理、行为、躯体功能等方面发生积极变化，从而达到缓解和消除症状、促

进其人格健康发展的目的。

心理咨询与心理治疗的关系见表1-2所示：

表1-2   心理咨询与心理治疗的关系

	项目	心理咨询	心理治疗
区别	适应范围	正常人的心理适应、心理成长、发展问题，各种心理的适应障碍，如人际关系、学习适应、升学择业、婚姻家庭等	心理异常的病人，各种心理障碍，如情绪障碍、行为障碍、人格障碍、神经症、性心理变态、心身疾病等
	专业人员	心理咨询员、心理辅导员、心理医生等	治疗者、医生（受过医学训练或临床心理学训练）
	工作对象	1. 浅灰色区的群体（主要负责） 2. 精神病康复期的患者（精神病患者的咨询只能在其康复期进行），称为来访者、当事人、求助者	1. 深灰色区的患者（主要负责） 2. 精神病患者，称为患者、病人
	组织结构	学校、社区等非医疗机构	医院诊所等医疗机构
	工作时间	相对较短，通常为一次或几次。一般不用药物	相对较长（几次、几个月、几年）。辅以药物治疗
	互动关系	关系是"协助"，是平等协商、互助互长的关系，最终由来访者自己拿主意	关系是"矫正"，双方遵照执行治疗方案
	工作目标	主要在于促进成长，强调发展模式，帮助来访者发挥最大的潜能，克服成长中的障碍。重点在预防，在"危机"之前给予干预，目标是具体的	弥补病人过去已形成的损害，解决和改变发展结构障碍，谋求人格的重建。短期目标是缓解或消除心理障碍；长期目标是促进人格的健康完善和发展

续表 1 - 2

	项目	心理咨询	心理治疗
区别	联系 （对立统一）	1. 强调是一个助人的过程 2. 强调工作人员的专业性。工作依据的心理学理论基础与技术方法基本一致。技术与手段（教育、指导、心理调整和矫治等）必定是心理学的，必须由专业人员在一定的工作场所中进行 3. 强调工作对象需解决问题的心理性。工作对象需解决的问题或起因于心理的不适应，或是心理苦恼与痛苦，而不是具有器质性病理问题的人 4. 人际关系的性质一致，都强调通过良好的人际关系，实现的工作目标 5. 必须遵守法律与道德规则，保护工作对象的隐私。这是工作人员的义务和社会责任	

　　理解心理咨询与心理治疗的对象（见表 1 - 2），需要了解我国学者张小乔提出的"灰色区理论"。该理论认为人的精神正常与不正常无明显的界限，它是一个连续变化的过程。具体说，如果将人的精神正常比作白色，精神不正常比作黑色，那么在白色与黑色之间存在一个巨大的缓冲区域——灰色区，大多数人处在这一灰色区域内。

　　灰色区是非器质性精神痛苦的总和，包括心理不平衡、情绪障碍和变态人格。这些问题不同程度地干扰了人们的正常生活与情绪状态。灰色区又可进一步划分为浅灰色与深灰色两个区域。浅灰色区与深灰色区之间无明确界限，后者往往包含了前者。

　　处于浅灰色区的群体即在学习、工作和生活中遇到各种心理压力，引起矛盾冲突而产生适应、情绪障碍者。只有心理冲突而无人格变态，突出表现为诸如失恋、丧亲、工作学习不顺心、人际关系不和谐等生活矛盾所带来的心理不平衡与精神压抑。

处于深灰色区的包括各种神经官能症患者、人格障碍和性心理障碍患者。处于深灰色区的患者具有某种异常人格或神经症，如强迫症、恐惧症等。

表1–3　　心理状况及服务人员示意表①

	纯白	浅灰色	深灰色	纯黑
	白————————————————————黑			
服务对象	健康的人	因生活、工作等压力而产生的心理冲突和心理障碍的人	变态人格和人格异常	精神病患者
服务人员	无须服务	心理咨询员社会工作者	心理医生心理门诊大夫	专治精神病患者的医生

第二节　心理咨询的基本原则②

一、保密原则

保密原则指未经来访者同意，咨询员不能以任何方式向任何人或机构透露来访者的任何咨询信息。这是心理咨询最重要的原则，称为心理咨询的"生命原则"，也是咨询员的职业道德。

保密原则是鼓励来访者畅所欲言的心理基础，同时也是对

---

① 王玲、刘学兰：《心理咨询》，暨南大学出版社2006年版，第3页。

② 参见王玲、刘学兰《心理咨询》，暨南大学出版社2006年版，第11—18页。

来访者人格及隐私权的最大尊重。来访者向咨询员谈论个人情况属于隐私权范围，应该受到法律的保护。

遵守保密原则需注意：

（1）来访者的资料绝不应当作为社交闲谈的话题。

（2）除了在训练情况下，来访者的个人身份能得以充分隐藏之外，个案的资料不应出现在咨询员的公开讲演和谈话中。

（3）咨询员应避免有意无意地以个案举例，来炫耀自己的能力和经验。

（4）咨询员所作的个人记录，不能视为公开的记录，不能随便让人查阅。

（5）咨询员不应当将记录档案带离咨询机构。

（6）任何咨询机构都应设立健全的储存系统来确保当事人档案的保密性。

只有在下列两种情况下可以突破不公开来访者的身份的原则：一是有明显自杀意图者，应与有关人士联系，尽可能加以挽救；二是存在伤害性人格障碍或精神病患者，为免于其他人受到伤害，应做好一些预防工作。

二、时间限定原则

心理咨询必须遵守一定的时间限制。时间的限制是保证咨询成效的有效制约，可使来访者调整自己的行为以便有效地利用会谈时间。电话咨询原则上以30分钟为限，面谈咨询一般规定为每次50分钟左右（初次接受咨询时间可以适当延长），原则上不能随意延长咨询时间或间隔。一般情况下，咨询次数为一周一次或两次。

三、感情限定原则

感情限定原则指在咨询场面设定时，原则上禁止咨询员与来访者在咨询室之外的任何接触和交往，也不能将自己的情绪带进咨询过程，不对来访者在感情上产生爱憎和依恋，更不能在咨询过程中寻求爱憎、欲求等方面的满足和实现。

四、访者自愿原则

访者自愿原则也称"咨询员不主动"原则、"来者不拒，去者不追"原则，指每一次咨询都是以来访者愿意使自己有所改变为前提的，咨询员不能以任何形式强迫来访者接受或维持心理咨询。

自助的前提必定是来访者能意识到自己的困惑或问题，有自我改变的意愿和动机，并积极主动地寻求咨询员的帮助。但对来访者迫于他人的要求前来咨询的和代替他人前来咨询的，咨询员不能简单地以来访者缺乏意愿而予以拒绝。

五、支持理解原则

支持理解原则体现在以下几个方面：

（1）咨询员亲和而自然的态度。

（2）咨询员的支持态度。对来访者的支持要注意实际性和技巧性，尤其不要说一些空洞的安慰的话。有效的支持主要包括认真的倾听、理解性的认同等。

（3）咨询员对来访者的关心与理解。理解来访者的问题，关键在于着眼点不应该放在"他的行为是否正确"方面，而要放在"他为什么要这样做"方面，这样才能更好地理解来访者。

六、耐心倾听和细致询问的原则

遵循耐心倾听和细致询问原则应做到以下几个方面：

（1）倾听要耐心，尽量不要打断来访者的谈话。这样做既是对来访者的尊重，也使来访者有机会尽情宣泄。

（2）倾听要专注，并及时给予鼓励。倾听过程中咨询员可进行适当的应答活动，如首肯、简要地重复来访者的话语或采用适当的插话等，表明自己的理解和专注，鼓励来访者继续讲述。

（3）在未全面了解来访者的情况之前，不要过早地进行判断和评估。

（4）在倾听时注意对重要线索细致询问，以澄清问题，把握来访者问题的实质。

七、疏导抚慰和启发教育的原则

疏导抚慰和启发教育原则体现在以下几个方面：

（1）咨询员应尽力给予亲和的关怀和支持，以减轻来访者的孤独感和无助感。

（2）咨询员要帮助来访者适当宣泄情绪。

（3）帮助来访者树立自我改变的信心。咨询员要善于发现来访者心态中的积极因素，及时给予肯定，帮助其理清思绪，找到问题症结所在，寻求解决问题的对策。

（4）重视正面的启发教育。帮助来访者调整看问题的角度和方法，学会正确对待自己和他人，从而建立新的认知结构，提高适应能力。

八、伦理原则

心理咨询活动的开展必须以一定的伦理规范为约束力。心理咨询的伦理规范，主要表现为对从事心理咨询工作的咨询人员、团体的伦理要求。如咨询员应努力保持自身的身心健康并承担作为社会成员的道义责任；把尊重来访者的权利放在第一位，不得抱有个人的、组织的、经济的、政治的或宗教的目的等。

九、价值中立原则

价值中立原则指咨询员要尊重来访者的价值准则，不以自己的价值观念为准则，对来访者的行为准则进行任意价值判断；不能以任何方式向来访者强行灌输某一价值准则，或强迫来访者接受自己的观点、态度。

价值中立原则既是由咨询的性质决定的，也是在咨询过程中尤其要注意的。咨询员不应主观地指示来访者一定要怎样做或一定不能怎样做，而应与来访者共同分析、讨论，设想有助于问题解决的各种方案及不同方案可能出现的不同后果。

当然，价值中立原则不是不要价值准则，更不是要咨询员去赞同或迎合来访者的价值观念。相反，咨询员必须有非常明确的价值概念，在来访者自愿的前提下，有意识地利用自己的价值观影响来访者。

十、方案守法原则

方案守法原则指在咨询过程中，咨询员和来访者共同制订的咨询方案不能包括直接或间接损害他人或社会利益的内容。

遵守该原则应注意以下几点：

（1）咨询员作为个体，在法理和伦理方面是一个合格的公民，应注意自身的示范作用。

（2）咨询员不能片面地以来访者利益为重，不能以尊重来访者的咨询信念和准则为由，无原则地迎合或迁就来访者。

（3）来访者如果在咨询过程中陈述自己明显的犯罪行为或犯罪意向，无论是已有事实还是只有行为意向，咨询员要有明确的态度，或劝其自首，或报告有关机构或个人。

（4）若来访者的咨询要求有违社会公德，咨询员有必要向来访者明确指出其中的利害关系，清楚表明自己的态度，引导和帮助来访者辨明是非，从而做出正确的抉择。

第三节　心理咨询的一般过程

对于心理咨询的一般过程，不同的心理咨询家提出各自不同的观点。但所有的咨询过程是大致相同的，有几个必需的阶段，即心理诊断阶段、帮助和改变阶段、结束巩固阶段，各阶段之间彼此重叠，相互渗透。在三个阶段的咨询过程中，根据具体情况时间可长可短，一般第二阶段耗时最长。

一、心理诊断阶段[①]

心理诊断阶段的主要任务是了解来访者的情况并做出诊断，具有帮助来访者进行心理调节的作用。主要内容包括建立咨询关系、收集相关信息、进行心理诊断、信息反馈、调整求助动机、确立咨询目标、制订实施方案等一系列步骤。

（一）信息收集

信息收集阶段的主要任务是广泛深入地收集与来访者情况有关的资料，并与其建立初步的信任关系。

信息收集阶段应注意：

（1）应主动而自然地接待来访者，并简明扼要地介绍心理咨询的性质和原则，特别要讲明尊重隐私的保密性原则。要告诉来访者在这里可以对自己的心理问题畅所欲言，所谈的内容不会向他人泄露，对于心理上的困难，咨询员会尽力给予帮助。

（2）了解来访者存在的问题，应注意两个方面：一是来

---

① 参见王玲、刘学兰《心理咨询》，暨南大学出版社 2006 年版，第 18—20 页。

访者的基本情况，二是来访者存在的心理问题。来访者存在的问题，包括他们当前究竟被什么问题所困扰、问题的严重程度、问题的持续时间、问题产生的原因、他本人对此有无明确的意识。

（3）倾听并非完全被动，咨询员要对来访者的讲述给予适当的引导，尤其是对那些思路很乱或不善表达的来访者，要在谈话的重点方面及时有条理地给予引导。

（二）心理诊断

心理诊断阶段的主要任务是根据收集到的资料，结合心理学的有关知识，对来访者的问题进行分析和诊断，辨明来访者问题的类型、性质和严重程度等，以便确立咨询的目标，选择帮助的方法。

心理诊断阶段应注意：

（1）要弄清来访者的问题属于何种类型。一般适应性问题包括学习、工作中的问题，生活中的人际关系问题，或是青春发育问题、婚恋问题等。

（2）要弄清来访者产生问题的原因。来访者产生问题的原因可能有多种，可能与个人发展、人格特征、世界观等内部特征有关，也可能与外部环境、家庭教育及生活条件有关。了解当事人的生活、家庭、社会支持等背景材料，了解当事人看待事物的认知模式以及当事人应付困难和挫折的方式方法。

（3）可结合心理测试做出诊断。有时，可根据需要借助各种心理测试，如智力测试、个性测试、情绪和行为测试等，帮助来访者分析问题类型、严重程度和可能的原因，以做出进一步的判断和诊断。

事实上，从来访者踏入咨询室到主诉自己的问题，咨询员在了解情况的同时也在进行分析和诊断。

（三）信息反馈

信息反馈即咨询员将自己对来访者问题的了解和判断反馈给来访者，使来访者能够做出进一步的决定，考虑是否继续进行咨询。咨询员给予来访者的信息反馈应尽可能清晰、简短、具体，不要过多使用术语，而应以简明的语言说明咨询员对收到信息的分析和判断。对咨询员的信息反馈，来访者也可以提出问题或做出补充，以便更准确地进行诊断。

（四）咨询目标确立

心理咨询的目标，包括终极目标、中间目标和直接目标。

终极目标是指心理咨询最终达到的目标，通常定义为来访者达到自我实现。所有的心理咨询最终都是要缓解来访者的消极情绪和体验，提高来访者的生理机能和社会适应能力。

中间目标是指来访者目前需要解决的重要问题和主要成长需要。

直接目标则是指来访者面临的问题的消解、心理咨询效果的具体显现。

三个心理咨询目标，远近结合，互相作用。终极目标是心理咨询的方向，直接目标是心理咨询效果的具体显现，中间目标则是介于两者之间，能为来访者接纳的近期目标。

通常，心理咨询员与来访者共同确立的目标主要是指直接目标，它是每次心理咨询的具体目标。在实际的咨询过程中，咨询员往往以达到中间目标为目的。

在制订直接目标时，需要注意以下几点：

（1）咨询目标是具体的。即咨询目标具有可测性，来访者朝向这一目标走的每一步都是一种可见的进步。

（2）咨询目标是现实可行的。即咨询目标应根据来访者本身的潜力、水平以及周围环境的限制而定。

（3）咨询目标是心理学的目标。即这些目标是有利于来访者心理或人格健康发展的目标，而不是生理学、物理条件方面的目标。

（4）咨询目标常常是分轻重缓急的。即在若干个咨询目标中确定影响最大的，排出先后顺序。

（5）对咨询目标应经常进行评估。评估咨询目标有助于来访者改善自己的求助动机，增强对咨询的信心。同时，也有助于咨询方向的调整。

以失恋为例，三个目标分别是：

直接目标——改善不良情绪和消极认知。

中间目标——重建健康的自我形象，树立积极的人生态度；

终极目标——自我的实现发展。

二、帮助和改变阶段

帮助和改变阶段是咨询员运用心理学的方法和技术来帮助来访者应对心理问题，改变其情绪、认知和行为的过程。此阶段是心理咨询的关键，它对心理咨询的效果起着极为重要的作用。

咨询员常采用的方法有支持、理解、指导、领悟、解释等。不同的理论学派还有许多常用的具体的矫正行为、改变认知的方法，咨询员可根据自己的理论倾向做出选择。咨询员以自身丰富的专业知识和对人性的深刻领悟，在对来访者心情和处境充分理解的基础上，帮助其分析问题的实质，寻找问题产生的根源，树立来访者战胜困难的信心，商讨解决问题的对策，协助来访者实施行动方案。

所以，在这一阶段，咨询员对自身的责任要有一个客观的认识，即咨询的效果既取决于咨询员的能力和动力，也取决于来访者的能力和动力，还取决于双方相互作用的质量等因素。咨询过程中，咨询员在很大程度上仍然是在帮助来访者开发他们自身的潜能。

三、结束巩固阶段

结束巩固阶段是咨询的总结提高阶段。在此阶段，咨询员要向来访者指出他在咨询过程中已取得的进步和成长，并指出还有哪些应注意的问题。同时，咨询员还要帮助来访者重新回顾咨询要点，检查咨询目标实现的情况，进一步巩固咨询所取得的效果。如果有可能，还可将来访者在咨询中提高的对某一事物的认知扩展到其他事物，帮助来访者真正掌握咨询中习得的新体验、新认知，以便在日后脱离了咨询员仍可自己应付周围环境，自己做自己的咨询员。

结束有两种，一种是一次咨询会话的结束，另一种是整个咨询关系的结束。

针对前者，要做好本次咨询的小结和下次咨询的准备，包括布置回家作业，商定下次咨询的时间和主题等。

针对后者，要做好咨询的回顾总结，巩固咨询效果，使来访者把学到的东西运用到生活工作中。还要做好必要的评估和追踪，这既是对来访者负责，也是为了更好地总结咨询经验，提高自身的咨询水平。

心理咨询的过程一般分为如下几步：建立咨询关系—唤起求询动机—明确咨询问题—分析理解问题—确定咨询目标—调整预定计划—推动积极行动—适时结束咨询。①

总之，心理咨询是一个过程，是由不同的步骤、阶段组成的。各阶段之间互相交叉衔接，互相关联，形成一个完整的统一体。各阶段各有不同的侧重点，但最终都是为了达到咨询的目的，即解决来访者的心理困扰，促进其心理健康。

---

① 参见马志国《心理咨询师——实用技术》，中国水利水电出版社 2005 年版，第 22 页。

第四节 心理咨询的辅助形式

一、信件心理咨询

（一）信件心理咨询的定义

信件心理咨询，是指对求助信件进行解答，并寄给求助者的过程，它是一种重要的辅助咨询形式。求助者可能从一些渠道获得咨询员的信息，慕名写信咨询；有的求助者可能接受过当面咨询，也会以写信的方式保持联系。

（二）信件心理咨询的优缺点

1. 信件咨询的优点
（1）不受空间距离的限制，比较经济方便。
（2）避免口头交流的一些尴尬，可以畅所欲言。
2. 信件咨询的缺点
（1）信件的回复需要一段时间，速度慢。
（2）求助者有一些复杂的心理问题，在信上难以说清楚，这会造成咨询员判断失误。
（3）不是面对面，咨询员的肢体语言不能实施，共情有难度，咨询效果会受影响。
（4）心理咨询手段难以实施，咨询员难以使求助者自助。
3. 对信件咨询的合理利用
信件咨询往往对于属认知调整的心理问题比较有效，而对较为复杂的心理情结就不能很好地解决。盲目回信分析甚至会适得其反。至于对一些时效性强的问题，就更无能为力了。虽然信件心理咨询有很多不足，但作为心理咨询的一种补充，咨询员也要充分利用这种形式。
（1）信中可以提一些可行性意见、方法，并对求助者进行指导。

（2）对于不愿面谈的求助者，书信咨询可避免见面的烦恼和尴尬。

（3）对于较复杂的心理问题，可多进行几次书信往来，步步深入，信件不能久拖不回。

（三）信件咨询的工作要点

咨询员的工作大致有几个要点：

1. 拆阅来信前要做好心理准备

咨询员在阅读心理咨询来信之前，一定要把自己的心理调整到适宜工作的状态，否则将不宜阅读来信，更不宜复信。因为咨询员阅读来信时的心态，会直接影响对求助者问题的把握，如在烦躁不安与欣喜激动两种心态下，会对同一问题有不同的分析。再者，信的内容难以预料，有些不是心理咨询的工作内容，甚至根本不是心理求询信。这将影响咨询员的情绪，如果缺乏心理准备，情绪受到严重干扰，就难以阅读其他来信。

2. 对来信内容要反复研究

对于求助者的来信，咨询员应该以负责的态度阅读研究。阅读的时候，还需要在来信的空白处加批注，简要注明咨询员的意见和看法，以便复信。一般情况下，刚刚阅读一遍不能复信。因为初读之后，往往对问题的把握不够准确，而稍后再去阅读，就会发现以前没有发现的问题。因此，有时甚至要反复阅读，只有这样反复研究，才能透过文字，抓住求助者来信问题的本质。

3. 复信内容尽量详细全面

信件咨询的最大缺点，是没有及时的对话，互动性很差。因此，咨询员复信应该力求全面，以便求助者的领悟。一般情况下，咨询员的复信应该包括三部分基本内容：第一部分是"是什么"，回答求助者的问题属于什么问题；第二部分是

"为什么"，分析求助者的问题是怎么产生形成的；第三部分是"怎么办"，对求助者提出有针对性的行动建议。当然，根据不同情况，复信内容也会有所侧重。信件咨询的互动性差，还表现在求助者往往一次通信后难以继续通信。因而咨询员在复信的时候，应该尽量做出详尽的分析和说明，把每一次通信都当做最后一次。

4. 利用通信进行辅助沟通

有些求助者来访之前，可能借助通信联系预约；有些求助者在进行了当面咨询之后，可能需要以通信方式进行辅助的信息沟通。对于这种情况，咨询员也应负责处理，特别是对于当面咨询后求助者以通信方式传达的反馈信息，应该给予关注，并做出恰当的处理。

5. 适时变通咨询形式

许多来信反应的问题并不适合信件咨询，对于不适合信件咨询的情况，咨询员可以复信说明，并建议求助者另外选择适合的方式。

（四）信件咨询需注意的问题

1. 重视视觉信息

信件咨询比起电话咨询，有一个明显的区别，即信件咨询主要是依靠视觉信息，这是信件咨询可以利用的优点。视觉信息包括两个方面：一是内容信息，就是求助者来信中书面文字的内容包含的信息；二是额外信息，就是行文内容之外的信息，包括来信字迹、信封的样子、纸张的特点等。对内容信息要仔细研究，对额外信息也不能忽视，因为额外信息也反应了求助者的心态。比如，一位求助者的问题属于强迫型人格，来信中过于认真甚至刻板的字迹，正好作为一个佐证。

2. 抓住细节内容

在信件咨询中，求助者来信中的一些看似无关紧要的细节，往往反应了更实质的问题。比如，恋爱中的年轻人，虽然一再表示彼此是有感情的，是相爱的，但是，来信中却总是说"我和她/他"，而不说"我们"。这就有心理投射在里面，反映了恋爱双方的心理关系没有进入彼此真正接纳阶段，而具有一定的潜在的排斥心态。

3. 讲究针对性

给求助者的复信，不是有什么就说什么，咨询员要针对求助者的个人特点，在复信的语言表达上选择合适的方式。面谈咨询和电话咨询会有很多动态信息，特别是即时的对话，随时提示了求助者的个人特点。而信件咨询，咨询员面对的只是静止的文字，没有求助者在眼前，也没有求助者即时的对话。如果不留意，咨询员复信时的"文字独白"就会忽略求助者的个人特点，只顾自己的表达。所以，信件咨询应该特别注意这一点，应该借助想象，尽量做到在复信的时候仿佛求助者就在面前。

4. 妥善处理表达不明的问题

常常有求助者的来信内容不够明确，没有有效地反映自己的心理问题，或者没有很好地反映问题的症结。这里有的是文字表达水平的原因，但大多是因为心存顾虑。对于这种情况，咨询员不能盲目给予心理分析。必要的情况下可以复信，指导求助者放下包袱，坦然交流，再回信说明有关的情况。

信件心理咨询实例：

心理辅导老师：

您好！我现在是大四快毕业的学生了。虽然我找到工作了，但是我的心很乱，特别是这段临近毕业的日子。突然觉得自己很迷茫，找不到方向，不知道以后的路该怎么走，同时也发现自己在追求的时候，往往是当自己追求得到后，才发现原来自己真正需要的东西不是已经追求到的东西（我都是指学业上的追求）。

老师，现在很多人都热衷于考研，你是怎样看这个社会现象的？

老师，什么是自私？什么是自信？一个人要怎样做才可以永远保持自信？当一个人长期处于一种自卑的情况下，要怎样才可以自信起来？老师，当一个人的理想、现实中的事业和人际关系发生很大落差的话，要怎样去调节自己的情绪？要怎样去面对和改善这个现状？

老师，我觉得自己在经济条件比较好的同学面前会产生一种自卑感。我为这个感到很烦恼，虽然内心知道这个都不是双方的错，但是这种自卑的感觉老是缠着我，使我失去了自我，做事情都是缩手缩脚的。我很不喜欢这种感觉，我想改变……变回一个有个性有自信的我。我该怎么做啊？

渴望指点迷津的人：Jane

Jane：你好！

首先祝贺你找到工作，我能理解你现在的心情，因为刚刚毕业踏上社会，会有很多的犹豫和担心，你将面对的是你从来没面对过的人和事，将来会有很多的不确定性，所以你会怀疑自己能否适应新的环境和应对生活的各种变数，由此也怀疑自己的能力。

很多刚开始工作的人都有这种感觉，因为你现在还处在对工作的适应阶段。开始工作，并不意味着可以放松，可以一劳永逸了，而是意味着另一个新的起点，你要在工作的过程中再去发掘自己的优点，发展自己的强势，这些都需要时间的积累。所以，对于自己以后的发展和成功，需要的是你的努力工作和用恒心去等待，切不可心急，能力发展要慢慢来积累的。

如果你有时间的话，可以到咨询室来咨询，预约电话为×××××。

辜老师

二、电话心理咨询

（一）电话心理咨询的特点

随着通讯技术的发展，电话、手机已相当普及，所以电话心理咨询也越来越常见。

电话心理咨询有其独特的优点，由于咨询双方彼此不认识，求助者没有过多的负担，可以畅所欲言。电话心理咨询很适合婚姻问题和性问题的咨询。有的求助者在面谈中总会掩饰一些隐私问题，这会浪费很多咨询时间，电话咨询则往往能"单刀直入"，直奔主题，从而节约时间。自杀危机干预、求助者由于自身问题的隐私性不愿暴露身份等，都可利用电话心理咨询。

当然，电话心理咨询也存在一些不足，主要表现在：

（1）咨询员不能发挥肢体语言的作用，这样在建立咨询关系方面要比面谈困难。

（2）不能通过求助者的肢体语言去了解他的内心世界，这对制订咨询方案有困难。

（3）由于有些求助者考虑到话费问题，很多问题阐述可能过于简单，这不利于咨询员"对症下药"。

（4）由于难以给求助者布置咨询作业，对咨询效果会有影响。

（5）咨询员的很多心理咨询方法难以实施。

（二）电话心理咨询工作要点

1. 做好心理准备

咨询员坐到电话机旁边的时候，一定要注意首先调整好自己的心态。电话咨询比当面咨询的心理准备更困难，这一点需要咨询员引起足够的重视。这是因为电话咨询与当面咨询情境不同。在当面咨询情境下，与求助者面对面客观上比较容易让咨询员进入职业角色。而电话咨询缺乏面对面的情境，咨询员就会滞留在上岗前的生活角色中，生活中的喜怒哀乐，都会影响当前的咨询；再者，通话之前没有求助者的任何信息，通话后常常会遇到突如其来的情况，甚至会大大超过预料。

2. 沟通背景信息

通话后，首先要了解求助者有关的背景信息。这些情况直接关系到求助者的问题性质，同时直接涉及沟通的方式，以及咨询员的评议表达方式。特别要弄清年龄，因为求助者的心理问题往往有年龄阶段性，不同的年龄沟通方式也不同。有时候，咨询员也需要介绍电话咨询的基本特点。比如，有的求助者把电话咨询与电台的电话热线混同。这就需要咨询员说明电话咨询的保密性，告知其不会有第三者知道通话内容，以此来消除求助者的顾虑。

3. 耐心倾听诉说

背景信息沟通过后，可以进入实质性问题的沟通。在电话咨询中，咨询员更要学会倾听，更要重视倾听，这是由电话咨询的特点决定的。

由于电话咨询的特点，只能通过听觉信息来传达咨询员对求助者的理解和关注。比如，在求助者诉说的时候，咨询员要不时地用"嗯"、"噢"、"是的"等，来表示你的专注倾听和理解。还可以用自己的话复述求助者刚刚说过的话，表明你听懂了。在求助者词不达意的时候，如果已经理解他想表达的意思，还要帮他说出来。如果并非第一次电话咨询的，咨询员能够听出求助者的声音，并概述他上次的问题，也会让他拥有一种信赖感。

由于电话咨询的便捷性，求助者往往是为了倾诉，而没有具体问题需要帮助，在这种情况下，咨询员需要的就是倾听、倾听、再倾听。比如，一个刚刚毕业的女孩，到远离家乡的城市谋职，感到很痛苦，很迷茫，很无助。在她倾诉的过程中，咨询员尝试沟通进行解释，但接下来求助者还是在叙说，几乎是重复同样的内容。很明显，求助者拨通电话只是为了倾诉，她只需要一个听众。于是，咨询员及时调整了咨询会话的目标，扮演一个好听众。大约20分钟后，求助者的心态越来越平和，最后表示感谢。这时，咨询员的倾听竟成了最好的帮助。如果急于解释，不仅不能收到效果，还会引起一些不必要的论辩甚至纷争。因此，求助者拨通电话的动机，常常不是来寻求对策的，而是想找一个人来倾诉，想得到一种共鸣。

4. 回顾前次通话

有的求助者已经不是第一次拨通心理咨询电话了，如果咨询员意识到这一点，就要和求助者一起回顾前一次通话的内容。第一，求助者的问题可能前后相连，本来就是一个问题。如果这次通话内容是上次问题的继续，应该前后联系起来，才能更有效地进行咨询服务。第二，即使求助者这次通话谈的是新问题，前一次通话的内容也会提供一定的心理背景。

5. 恰当结束通话

怎样结束一次咨询通话，是个很重要的问题。由于电话咨询的特点，求助者往往难以再次通话。所以，每次结束通话的时候，咨询员都应该当做最后一次通话，对求助者自助过程中需要注意的事项作详尽的说明，并给予恰当的鼓励。必要时，也要说明如果有需要，希望什么时间再拨通电话。有时候，有些求助者即使问题基本解决了，也不愿放下电话。面对这种情况，咨询员不宜生硬地结束通话，又不能和求助者闲聊，而需要诚恳地说明，心理咨询通话是有目标的，在目标达到之后，应该结束通话，从而让求助者主动结束通话。

（三）电话心理咨询需注意的问题

1. 要善于觉察表面现象背后的问题实质

常常有这样的情况，求助者出于种种顾虑，开始通话的时候常常避重就轻，把一些表面的问题放在前面，转弯抹角，最后才涉及实质性的问题。虽然求助者往往并非故意的，但好像给咨询员设置了一个"圈套"。而电话咨询又缺少其他信息的参照，在这样的情况下，咨询员很容易被假象所蒙蔽，就求助者开始诉说的内容提供分析和解释，而掉进求助者的"圈套"，其结果是不仅不能解决问题，还可能妨碍了同求助者的深入交流，甚至让求助者对你失去信心。因此，在电话咨询中，咨询员不要急于解释和分析，应该有一种敏锐的洞察能力，能够发现求助者表面现象背后存在的问题，从而进行深入的沟通。

2. 充分利用具体化技术

为了更有针对性地提供咨询服务，咨询员在电话咨询中，就特别需要充分利用具体化技术，来引导求助者进行深入交流，以便明确问题实质。经过逐步的具体化，求助者的问题才具体而明晰起来。可以说，由于电话咨询缺少其他信息参照，几乎所有的问题都需要具体化过程，才能确切诊断。

3. 促使求助者整理思路

有些求助者常常拨通电话之后不能很好地表达。有的是因为紧张，拨通心理咨询电话，大多都有一定程度的紧张，严重一些的就更不知怎样表达了；有的是因为缺乏准备，突然就拨通了电话，通话后却不知怎样交流；有的是因为顾虑重重，心绪也就乱了。遇到上述情况，咨询员首先要平稳求助者的心态。可以先谈其他话题，比如年龄、专业、在哪里了解到这个咨询电话的，也可以先对心理咨询作一些说明以消除求助者的顾虑，还可以从纯粹的闲谈开始。这样，既能获得求助者的有关信息，又能起到平稳求助者心情的作用。如果求助者仍然不能很好地表达，就请求助者暂时放下电话，把要谈的问题作书面整理，写成提纲，然后再谈。

4. 注意求助者的通话环境

目前不少求助者利用的是公用电话或手机，通话环境往往十分嘈杂，不利于咨询会话：一是信息沟通困难，咨询员听不清对方的通话内容；二是这样的环境也不便于求助者领悟。如果遇到这种情况，最好引导求助者重新选择较好的通话环境。

5. 妥善做好转介

就求助者方面说，电话咨询固然是最方便的方式，但并非最有效的方式。电话咨询有很大的局限性，有些问题难以做出准确的诊断，有些问题根本不能靠电话咨询来解决。对于电话咨询不能有效解决的心理问题，需要对求助者恳切地说明，并尽可能地做好转介，或者建议选择当面咨询。

6. 咨询员做好自我保护

心理咨询电话是公开的，谁都可以打进来。虽然绝大多数通话都是正常的，但也难免遇到骚扰电话，因此，咨询员需要有自我防卫意识。咨询员的自我保护，通常有如下几个方面：一是前面谈到的，接听电话之前一定要做好必要的心理准备；二是遇到非常情况应沉着应对；三是情况严重时可以求助有关人员。

电话心理咨询实例：

咨询员：你能拨通这个电话说明你对我的信赖。我很愿意倾听你的心声，你愿意说说究竟遇到了什么困扰吗？

求助者：（伴着抽泣断断续续地）我觉得，我活得很累，我活这么大感觉好失败，我什么也没有干，只是考上了大学，我感到自己没有一点值得骄傲的地方，我感觉处处不如别人，很自卑，多疑，别人的一句话我就受不了，我不喜欢与比我强的人在一起，我不容许任何人看不起我……

咨询员：你想让别人怎么看你？

求助者：我想让别人看得起我，我就想让别人提起我说这个人还不错。可以这样说，我从小就是一个比较老实比较诚实的孩子……

咨询员：这是你的优点啊。

求助者：我没有优点，我做事很莽撞，我从来没有和人打过架，但是我今天想杀人，我要把那些看不起我的人杀掉，然后我再死……

咨询员：谁看不起你？

求助者：很多人都看不起我。

咨询员：很多人？那一定是因为你先看不起自己……

求助者：（突然醒悟地）对，是我看不起自己。

咨询员：你为什么看不起自己？

求助者：别人都达到了值得骄傲的地方，我实在找不到骄傲的地方，我从小很自卑，今年高考我少估计了分数，才报考了这个我并不满意的重点本科院校……

……

三、网络心理咨询

（一）网络心理咨询的特点

网络心理咨询主要是通过 QQ 聊天、语音或者视频进行的，是借助互联网实现远程心理咨询的一种咨询方式。

网络心理咨询相当于面对面的心理咨询，求助者可以坐在家中进行心理咨询。网络咨询周期短，速度快，比信件心理咨询更便捷，互动性也比较好，给一些求助者提供了方便。但是，与面谈的心理咨询相比，还是有许多不足之处。由于网络的虚拟性和隐秘性，求助者信息的真实性难以保证。有些求助者以网络聊天的心态在网吧与咨询员沟通，主观上缺乏责任感，客观上也难以保证信息的沟通。

（二）网上心理咨询的程序

1. 申请网上心理咨询

首先拨打心理辅导中心的预约电话，提出需要网上心理咨询。

2. 等待确定

由咨询员确定时间之后，与求助者进行电话联系，确定咨询时间。

3. 求助者需要为网上咨询做好准备

（1）准备好相应的应用软件。

（2）能够熟练使用文字、音频、视频交流。

（3）通知心理咨询机构你的 QQ 号码或其他联系方式。

（4）商量确定远程咨询的时间，咨询前进行线路和使用测试，确保熟练使用和正常运作。

（5）在约定的咨询时间，提前 5 分钟上网，打开 QQ、摄像头，确保耳机、麦克风等设备正常工作。

（三）网络心理咨询应注意的问题

1. 咨询员要保证网络心理咨询渠道的畅通

比如，咨询员的网络心理咨询的电子信箱应该保持相对稳定。

2. 网络心理咨询只能作为辅佐形式

应该适当地把网络心理咨询与当面心理咨询和电话心理咨询结合起来，以便发挥网络心理咨询的辅助作用。一般在当面心理咨询之前或之后，可以借助网络心理咨询进行信息沟通。

3. 咨询员的回复信息要简短精练

一是说过的网络信息可能丢失，二是求助者在网上难以静下心来阅读。因而，咨询员回复信息一般情况下应该力求精炼，抓住求助者问题关键处，给予点拨。

4. 适时地变通咨询形式

由于网络的特点，信息沟通不能得到保证。如果发现求助者的问题比较复杂，咨询员应该建议求助者换一种咨询形式，比如改用电话咨询，或者面谈咨询。

QQ 心理咨询实例：

（开始谈话）

守望者（咨询员）：你好！

永远有多远（求助者）：你好，谢谢能听我讲。

守望者：不客气！我还应该谢谢你这样信任我呢！

守望者：现在是私聊，有什么话你可以放心说，我会做好保密的。

永远有多远：好的。

永远有多远：我的婚姻，不是我想要的。是因为我父母……

守望者：嗯，你接着说。

永远有多远：从头开始说吗？

守望者：可以的，你可以用你喜欢的方式说，有问题我会再发问的。

永远有多远：那我从我和谈了三年的男朋友分手开始说。

守望者：好的，我在听。

（结束谈话）

守望者：我们已经聊了有一个钟头了，我觉得你在沟通方面还是很好的，也很会表达自己。

永远有多远：你要休息了？

守望者：呵呵……因为我们在对这些事情的咨询上，不能够一直无止境地进行下去的。

永远有多远：那我就简要地说完，好吗？

守望者：嗯，这样好吗，我们今天的聊天就先到这里，下次我们可以再继续下去的。

永远有多远：好的。

守望者：那我们是否要先约定一个时间呢？

永远有多远：好的。我基本上都在的。

守望者：那先定在星期三晚上好吗，8点？

永远有多远：好的。

第五节　心理咨询记录的整理和保管

一、心理咨询记录

（一）心理咨询记录的内容

1. 来访者的基本信息

包括姓名、性别、年龄、身份、住所、民族、学历、职业、婚姻状况、家庭背景，以及在此之前是否有过咨询经历、结果如何，等等。另外，还要留下来访者的联系电话等。

2. 咨询原因

学习问题、工作问题、婚恋问题、情绪问题、个性问题、人际关系问题、子女教育问题、疾病困扰等。

3. 咨询问题的概要

来访者咨询的问题或症状的程度、频率、发生时间及起因等，对问题的自我理解和打算。另外，还有必要了解其前来咨询的途径，即通过什么渠道了解咨询机构和咨询师的。

4. 来访者的生活状况

其中涉及当前的家庭关系、经济情况、工作情况，以及最近是否有紧迫或重大事件发生。

5. 来访者的生活史

如果是儿童的话，这一部分内容就应当包括出生时的状况，如顺产、难产等，会说话和会走路的时间，排泄习惯，体格特征等。如果是成人的话，就要涉及与异性的关系，是否结婚、性生活状况、人际关系、生理状况等。

6. 来访者的关系

其中涉及亲子关系、父母关系、抚养关系等，此外还包括社会经济地位如何，以及近期家庭有无特殊事件发生等，还包括家庭病史，侧重可能有的遗传或相互影响的精神神经系统症状或心身反应特征。

7. 来访者的特点

通过测验或会话了解的个人情绪、个性特征、兴趣爱好、自我认识评价，以及对生活事件常用的应对方式、心理健康状况等。

8. 咨询员对来访者的印象

包括外貌、仪表、情绪、注意水平、防御方式、语言表达、理解能力、配合程度等。

9. 咨询员的分析

包括诊断与评估意见、处理意见与咨询方案、咨询各阶段及效果分析等。

（二）心理咨询记录的种类 ①

每次心理咨询之后，都要做详细的记录。记录的种类有三种：

1. 每次心理的咨询记录（见表1−4、表1−5）

（1）记录来访者来访时的特征。

（2）将咨询中的会谈内容简明扼要地记录下来。记录用第一人称来写，尽可能用来访者的口气、语句，可逐条记，也

---

① 参见郭念锋《国家职业资格培训教程心理咨询师（基础知识）》，民族出版社2005年版，第138—141页。

可像流水账一样，但应反映当时的气氛。

（3）对咨询中的印象的总结。主要是咨询员对来访者的反应、状态等的感受、印象及情绪体验等。

（4）综合对咨询的话题、来访者主诉的内容的记录，在咨询过程中咨询员所产生的一些想法、问题等都可以记录下来。

表1-4 首次心理咨询记录

来访者姓名：_____ 　　性别：_____ 　　　年龄：_____

单位：_____ 　　　　住址：_____ 　　　联系电话：_____

紧急联系人：_____ 　咨询日期：_____ 　　咨询员：_____

内容：
印象：
问题：
处理：
备注：

表 1-5　每次心理咨询记录

来访者姓名：＿＿＿＿＿　　咨询日期：＿＿＿＿＿

来访次数：＿＿＿＿＿　　　咨询员：＿＿＿＿＿

内容：
印象：
问题：
处理：
备注：

2．阶段性小结的记录（见表 1-6、表 1-7）

（1）会谈内容的概要。特别要注意会谈内容的变化。

（2）在咨询室内外来访者的变化。

表 1-6　经过一览表

姓名：＿＿＿＿＿　性别：＿＿＿＿＿　日期：＿＿＿＿＿　咨询员：＿＿＿＿＿

日期	次数	备注

表1-7 经过概要记录表

姓名：_____ 性别：_____ 日期：_____ 咨询员：_____

起止日期	概要

3. 心理咨询终结或中断时的总结记录（见表1-8）

心理咨询达到预期的咨询目标，或是心理咨询因故中断的时候，咨询员应及时做好总结记录。一般来说，咨询员通过中断或失败的事例可以学到很多东西，因此在最终的总结中，应将心理咨询过程中存在的问题、失败如实地记录。

表1-8 心理咨询终结记录表

来访者姓名：_____ 性别：_____ 年龄：_____

咨询员：_____ 介绍者：_____ 受理日期：___年__月__日

咨询开始：___年__月__日 终结：___年__月__日

终结理由：
终结时的状态：
咨询过程中的变化：
来访者的变化：
今后应注意的问题及建议：

二、心理咨询记录的保管

为保护来访者的隐私，心理咨询记录要严格管理和保护，避免被不相干的人看到或翻阅，从而造成严重的后果。

咨询员如需将记录用做研究资料，需要慎重对待；发表案例需要对个案作必要的加工处理，以防让来访者对号入座；开讲座谈及案例时，无论来访者本人是否在场都不能暴露来访者的真实身份，不能触及来访者的隐私，如需公开，应征求来访者的同意，特别是详细记录的案例报告更应如此。

表1-9　心理咨询记录表

心理咨询员：_____　咨询时间：_____　第___次咨询

姓名：		性别：		年龄：		院系年级：	
是否有过咨询经历：□有　　□无							
联系电话：				电子邮箱：			
求助方式	□主动求助　　□老师转介　　□同学介绍　　□家长要求 □其他_____						
自述 情况							
来访者问题归类：（在后面空格中打√）							
自我意识				人际交往			
学习应试				情绪情感			
环境适应				择业求职			
身心卫生				其　他			
家庭 情况							

续表 1-9

心理分析 和评估	
身体状况 及医疗情况	
咨询员分析 与判断	
处理方案 与效果预测	
备　注	

心理咨询结束后，咨询员填写《心理咨询记录表》（见表 1-9）时应注意：

（1）自述情况：包括来访者表现出的问题、最迫切的问题、当前生活环境、目前人际关系等。

（2）心理分析和评估：主要表现为来访者如何看待自己的处境、心理成熟程度、情绪情感水平、思维与安全感等。

（3）身体状况及医疗情况：包括总体健康状况、近期躯体创伤、身体症状的生理信号、当前问题的治疗历史与效果等。

学习与思考：

1. 请结合自身的体会，谈谈什么是心理咨询。
2. 如何区别高校大学生心理咨询工作与思想政治工作？
3. 简述心理咨询的一般过程。
4. 在心理咨询中应遵循哪些基本原则？
5. 在心理咨询过程中，使用保密原则需要注意什么？

第二章　心理咨询员

　　心理咨询员在咨询过程中起着重要作用，在来访者眼中，心理咨询员是一种楷模，心理咨询员的素养对于助人的效果起着重大的影响。心理咨询员的素养不仅仅指专业知识与技能，也包括自身的品质特征，同时对自己的人生经验、能力与限制、感受和状态等随时有敏锐清晰的体察，能够不断自我改变、突破和成长，对人生始终抱有积极的态度。只有这样，才能更有效地影响和促进来访者的成长与改变，实现助人自助的咨询目标。

第一节　心理咨询员的职业守则[①]

一、基本职业守则

按照国家职业标准的定义，心理咨询员是指运用心理学以及相关学科的专业知识、遵循心理学原则、通过心理咨询的技术与方法帮助来访者解决心理问题的专业人员。

心理咨询员的基本职业守则是：

（1）热爱本职工作。这是心理咨询工作做好的基本前提。

（2）坚定为社会作奉献的信念。这是做好心理咨询的目标。

（3）刻苦钻研专业知识，增强技能。这是做好心理咨询工作的基本手段。

（4）提高自身素质。这是心理咨询员为社会作奉献的道德和社会要求。

从道德要求看，主要是道德素质，指调整心理咨询职业的思想和行为的善与恶、美与丑、正义与非正义的职业规范和标准。

从社会要求看，指遵守国家法律法规，包括心理咨询的开业、执业等一系列活动，也包括国家对心理咨询行业的行政管理。

（5）遵守国家法律法规。

（6）与来访者建立平等友好的咨询关系。

二、职业道德

将职业守则具体化，就是心理咨询员必须遵守的职业

---

① 参见傅安球《助理心理咨询员培训教程》，华东师范大学出版社 2006 年版，第 441—445 页。

道德：

（1）平等性。心理咨询员不得因来访者的性别、年龄、职业、民族、国籍、宗教信仰和价值观等任何方面的因素，歧视来访者。

（2）告知性。心理咨询员在建立咨询关系之前，必须让来访者了解心理咨询的工作性质和特点，了解这一工作可能出现的局限性，以及来访者自身的权利和义务。

（3）合意性。心理咨询员应与来访者对咨询的重点进行讨论并达成一致意见，必要时（如采用某些疗法）应与来访者达成书面协议。

（4）中立性。心理咨询员与来访者之间，不得建立咨访以外的任何关系。尽量避免双重关系，即尽量不与熟人、亲人、同事建立咨询关系，更不得利用来访者对咨询员的信任牟取私利，尤其不得对异性有非礼的言行。

（5）责任性。当心理咨询员认为自己不适合某个来访者时，应该对来访者做出明确的说明，并且本着对来访者负责的态度，将其转介给另一位更适合的心理咨询员。

（6）保密性。来访者都具有隐私性的心理问题，对于这样的隐私，心理咨询员应始终严格遵守保密原则。

保密原则具体要求如下：

1）心理咨询员有责任向来访者说明心理咨询工作者的保密原则，以及这一原则的使用限度。说明保密原则的目的是让来访者能够开放地讲出自己的心理根源，以便心理咨询员对症下药。

2）在咨询工作中，一旦发现来访者有危害自身和他人的情况，必须采取必要的措施，防止意外事件发生（必要时通知有关部门或家属），或与其他心理咨询员进行磋商。但应将有关保密信息的暴露程度限制在最低范围之内。

3）心理咨询工作中的有关信息，包括案例纪录、测验资料、信件、录音、录像和其他资料，均属专业信息，应严格保密保存，不得列入其他资料中。

4）咨询员只有在来访者同意的情况下，才能对咨询过程进行录音、录像。在因专业需要进行案例研讨，采用案例教学、科研、写作等工作时，应隐去那些可能据以辨认出来访者的信息。

5）咨询员对来访者的服务记录、开具的诊断、照会或医嘱，应指定适当场所及人员保管，并负有保密义务。

6）心理咨询员在接受卫生、司法或公安机关询问时，不得做虚伪的陈述和报告。

第二节　心理咨询员的专业素质

一、心理咨询员的知识技能要求

1. 心理咨询员要有必备的专业知识

按照国家职业标准规定，心理咨询员必须具备普通心理学、发展心理学、社会心理学、咨询心理学、心理测量学、心理健康与心理障碍等专业基础知识，以及职业道德和相关法律等方面的基本理论知识。同时，心理咨询工作面对的是人，是生活在社会现实中的人。所以，心理咨询员应该是知识比较广博的人，除了专业知识之外，还需要广博的知识背景，特别是有关社会科学与人文科学的知识。

2. 心理咨询员要掌握必要的专业技能

心理咨询员应具备的专业技能包括：初始访谈阶段对来访者的问题有初步的判断，具有观察、谈话、分析判断的技能；调动来访者内在的积极因素；在平等交谈中启发来访者独立思考；灵活的咨询方式，克服来访者内心的阻力；掌握来访者的非言语行为；有能力把握会谈的方向和内容；设计相应的方法矫正来访者某些不良行为，适时解释；能运用基本的心理测试工具等。

二、心理咨询员的心理素质①

1. 乐于助人

心理咨询的实质就是助人。咨询员从帮助他人成长中体验到快乐，这是高级精神需求的满足。助人为乐的咨询员与来访者容易建立良好的咨访关系，使来访者感到温暖。无私的助人之心和奉献精神是咨询员的首要条件。

2. 言语娴熟

（1）咨询员能够恰当、准确、适时地表达自己想要交流的信息，有较为丰富的表达手段，便于来访者理解。

（2）咨询员要善于使用语言调节会谈进程，包括会谈的主题和方向，引领会谈朝着正确的方向进行下去。此外，咨询员应注意使用非专业术语，用来访者所熟悉和理解的语言习惯来传递信息，提高交流效率。

3. 具有自知之明

咨询员本人也生活在一定的社会环境中，也有现实压力，也会出现各种心理问题。但咨询员受过专业培训，对自己有足够的理解，能够认识自我，知道哪些问题属于来访者，哪些问题属于自己。因此，遇到与自己"同病相怜"的来访者时，能够识别并有意识地回避，以免将自己尚未解决的心理问题和不良情绪投射给来访者。

4. 具有责任心

具有责任心包括三层含义：

一是对来访者认真负责，按照道德、法律规定的权利帮助

---

① 参见王玲、刘学兰《心理咨询》，暨南大学出版社2006年版，第24—25页。

他们。

二是对社会负责，消除人们在社会生活中遇到、产生的心理问题、心理障碍，促进个体的良好适应、家庭和睦、社会安定。

三是对职业负责，不因自己的失误，对心理咨询业造成消极影响。

5. 敏于反应

敏于反应包括三层含义：

一是对他人，主要是对来访者的信息有灵敏的感受。

二是对自己的内心活动及其对来访者的影响要反应敏锐。

三是及时、机智地做出反应。

咨询员不仅要听其言，而且要察其行，从言语和非言语等诸多方面捕捉来访者的众多信息。尤其是感情信息的交流，主要是通过非言语行为完成的，而且非言语行为对个体内心世界的揭示往往比言语来得真实可靠。同时，咨询员还要及时预见和评估自己的言行对来访者的影响，迅速调整自己的行为。

6. 心态开放

心态开放包括三层含义：

一是咨询员清醒地意识到自己与来访者在价值观、行为模式、生活方式等方面的差异，并在心理上接纳这些差异，同时保持自己内心的宁静、平和。

二是咨询员对各种咨询流派及其技术方法持开放的态度，在坚持自己的选择的同时，广泛接触和学习其他流派的长处，不排斥对其他流派及其技术方法的运用。

三是咨询员有终身学习的意识，保持"好奇心"、"新鲜感"。

7. 经验丰富

有一种流行说法：咨询员是做（咨询）出来的而不是教出来的。咨询员除了工作经验外，生活经验和阅历也非常重要。生活经验和阅历的丰富将使咨询员对来访者的适应面更加宽泛，对来访者的理解也更加深刻。

8. 健康的心理状态

咨询员的健康心理状态本身就是咨询中的一种积极的力量，来访者可以通过模仿、学习咨询员的言谈举止，产生潜移默化的作用。

训练有素的咨询员将对自己的不良心境保持警醒的态度，尽量避免其对咨询工作的干扰和妨碍，谨防其对来访者利益的损害。此外，心理健康的咨询员还特别注意寻求自我的成长和发展，积极完善自己，努力使自己保持一种向上的精神状态。

第三节　心理咨询员应注意的问题

一、注意把握好咨询关系

咨询双方不能成为咨询关系之外的亲密关系，也不应发展咨询以外的其他关系，特别是异性之间的关系。这是由心理咨询关系的特点决定的。

二、注意把握好"度"的界限[①]

1. 把握好自身职责的"度"

心理咨询员必须明白自己应该做什么，不应该做什么，明白自己的责任是有限的。咨询员的责任仅仅是协助来访者决策，提醒实施的注意事项，不可能对来访者提供各种具体的帮助。

2. 把握好咨询时间的"度"

[①]　参见马志国《心理咨询师——实用技术》，中国水利水电出版社 2005 年版，第 68—70 页。

把握好咨询时间的度，对保证咨询效果是很有意义的。在咨询计划中，应约定咨询次数和频率、全程时间，以及每次所用时间。一般每次会谈 50 分钟左右，第一次会话可能时间长一些，但最长不要超过 2 个小时。频率开始时一般每周一次，逐渐增加。总的原则是，开始间隔时间短一些，以后逐渐延长间隔时间。咨询全过程的时间要根据来访者问题的性质和咨询目标等来确定。

3．把握好感情沟通的"度"

正常咨询关系下，主要是理性沟通，也有感情沟通的成分。

4．把握好咨询目标的"度"

来访者的心理问题，往往涉及很多方面的问题，如躯体疾病、社会关系等。咨询员应把握好咨询目标，严格限制在帮助来访者化解心理方面的问题。

三、注意调整好自我心态

有研究发现，咨询员在为来访者提供帮助的同时，自己也常常体验到巨大的压力，从而成为职业倦怠的高发人群。这是由心理咨询员的工作性质决定的，具体体现在以下几方面：

（1）在心理咨询工作中，咨询员好比一个容器，包容来访者的负面东西，如忧愁、烦恼、痛苦等。同时，又要"进得去，出得来"，要求咨询员能够及时地进行自我平衡，能在最短时间内使自己的心态平静下来。

（2）咨询员也是人，也会有各种生活中的难题，在面对现实中的各种压力时，也会出现心理矛盾和冲突。这要求咨询员在进行咨询工作时，要及时自我调节，以便更好地进入工作状态，不能因自己的心理困扰而影响来访者。

（3）咨询员的工作能力是有限的，而来访者的心理问题是各种各样的、无限的。所以，咨询员特别需要具备一定的自我心理调节能力。这就要求咨询员首先应该是心理比较健康的人，不宜盲目从业。咨询员在上岗前，须接受必要的培训，学会自我反省和自我分析。在指导人员的帮助下，经过训练逐步形成自我调节能力，避免长期的心理咨询工作使自己陷入误区而难以自拔，能够基本保持一个健康的心态。

四、心理咨询员的五个"心"和六个"戒"

1. 心理咨询中的五个"心"

（1）爱心。对来访者的人格表现出充分的尊重与爱护，并对其处境表现出真诚的理解与关注。

（2）耐心。对心理咨询的成效有长期的思想准备，不急于求成，不轻易放弃。

（3）诚心。咨询人员在来访者面前真实地表现自我，不矫揉造作，不装腔作势，不摆架子，不讲空话。

（4）虚心。咨询人员要充分尊重、接纳对方，不以个人的观念对来访者的行为做是非判断或影响其决策。

（5）细心。咨询人员对来访者在心理咨询过程中的言行举止做细致的观察。

2. 心理咨询的六个"戒"

（1）戒主观武断。

（2）戒好为人师。

（3）戒宣传自己。

（4）戒随意插话。

（5）戒悲天悯人。

（6）戒大事化小，小事化无。

学习与思考：

1. 简述心理咨询员的基本职业守则和职业道德。

2. 假如您是一名来访者，您认为心理咨询员应具备哪些心理素质？

3. 作为一名心理咨询员，应如何调整自我心态，以便更好地投入咨询工作？

第三章　来 访 者

　　生活中人们常有这样的误解，认为接受心理咨询的人是
"有病"的。所以，本来需要心理咨询的人，却以"我没病"
回避了心理咨询。接受心理咨询的人真的是病人吗？答案恰恰
相反，心理咨询的主要对象是生活中的正常人，而不是病人。
正常人的心理适应、心理成长、发展问题，如人际关系、学习
适应、升学择业、婚姻家庭等都是心理咨询的工作范围。作为
心理咨询员，必须了解自己的工作对象，即来访者。而了解来
访者，就必须科学地了解人的心理，了解人的心理健康等相关
问题，以便更好地帮助来访者。

第一节　心理正常与心理异常

一、心理正常与心理异常的内涵[①]

心理的正面，即正常的心理活动，具有三大功能：

（1）能保障人作为生物体顺利地适应环境，健康地生存发展。

（2）能保障人作为社会实体正常地进行人际交往，在家庭、社会团体、机构中肩负责任，使人类赖以生存的社会组织正常运行。

（3）能使人类正常地、正确地反映、认识客观世界的本质及其规律性，以便创造性地改造世界，创造出更适合人类生存的环境条件。

心理的反面，即异常的心理活动，指丧失了正常功能的心理活动，无法保证人的正常生活，而且以其异常的心理特点，随时破坏人的身心健康。

二、心理正常与心理异常的区分原则

我国心理学家郭念锋（1986、1995）根据心理学对心理活动的定义，从心理活动本身的特点出发，提出了区分心理正常与心理异常的三个原则，以此作为确定心理正常与心理异常的依据。

1. 主观世界与客观世界的统一原则

心理是客观现实的反映，所以任何正常的心理和行为，必须在形式和内容上与客观现实保持一致性。比如，不管是谁也不管是在什么时候，如果一个人说他看到或听到了什么，而现

[①] 参见郭念锋《国家职业资格培训教程心理咨询师（基础知识）》，民族出版社 2005 年版，第 257 页。

实中当时并不存在引起他这种感觉的刺激物，那么，我们可以肯定，这个人的心理活动不正常了，他产生了幻觉。再如，如果一个人的思维内容脱离现实，或思维逻辑背离客观事物的规定性，总是想到某种根本不存在的事，就是出现了妄想，这也是心理出现了异常。这个统一性标准，是观察和评价人的心理是否正常的关键。

2. 心理活动的内在一致性原则

人类的心理活动被分为知、情、意等部分，而这是一个完整的统一体，各种心理过程之间具有协调一致的关系，这种协调一致性，保证人在反映客观世界过程中的准确和有效。比如，一个人遇到一件令人愉快的事，会产生愉快的情绪，手舞足蹈，欢快地向别人述说自己内心的体验。这样，我们就可以说他有正常的心理与行为，因为他的认知和情感及行为是一致的。如果相反，用低沉的语调向别人述说令人愉快的事，或者对痛苦的事做出快乐的反应，我们就可以说他的各个心理过程失去了协调一致性，出现了心理异常。

3. 人格的相对稳定性原则

每个人在长期的生活道路上，都会形成独特的人格特征。这种人格特征形成之后，就具有相对的稳定性，在没有重大外界变革的情况下，一般是不易改变的。我们总是以个人的人格相对稳定性来区别个体之间的不同。如果在没有明显外部原因的情况下，一个人的人格相对稳定性出现了问题，那么，这个人的心理活动也可能出现了异常。所以，我们可以把人格的相对稳定性作为区分心理正常与异常的标准之一。比如，一个平时用钱很节俭的人突然挥金如土，或者一个待人接物很热情的人突然变得很冷淡，如果在他的生活环境中，找不到足以促使他发生如此改变的原因，我们就可以说他的心理已经偏离了正常轨道。

第二节　心理健康与心理不健康

一、心理健康的定义

1946 年，世界心理卫生大会指出："心理健康是指在身体、智能以及情绪上能保持同他人的心理不相矛盾，并将个人心境发展成为最佳的状态。"

1989 年，世界卫生组织（WHO）把健康定义为：躯体健康、心理健康、社会适应良好和道德健康四个方面。

1992 年，我国学者王登峰提出，心理健康是：了解自我，悦纳自我；接受他人，善与人处；正视现实，接受现实；热爱生活，乐于工作；能协助与控制情绪，心境良好；人格完整和谐；智力正常；心理行为符合年龄特征。

《国家职业资格培训教程心理咨询师（基础知识）》一书将心理健康定义为：各类心理活动正常、关系协调、内容与现实一致和人格处在相对稳定的状态。

二、心理健康的标准

1. 世界心理卫生大会的标准

1946 年，世界心理卫生大会提出四条心理健康的标准：

（1）身体、智力、情绪十分调和。

（2）适应环境，人际关系中彼此谦让。

（3）有幸福感。

（4）在职业工作中，能充分发挥自己的能力，过着有效率的生活。

2. 世界卫生组织的标准

1989 年，世界卫生组织（WHO）将心理健康的标准通俗地概括为"五快三良"，具体为：

（1）快食。吃得香，并非狼吞虎咽，而是不挑食，不厌食，食欲好。

（2）快眠。睡得香，入睡快，醒后头脑清爽，精神饱满，精力充沛。

（3）快便。大小便通畅。

（4）快语。语言流利，思维敏捷，表达清晰。

（5）快行。行动自如，动作协调，步态轻松有力。

（6）良好的个性。性格温和，胸怀坦荡，意志坚强，通情达理，兴趣广泛，热爱生活。

（7）良好的处世能力。看问题客观现实，能跟上时代的发展，适应社会环境，具有较强的自我控制能力，即使身处逆境，也能保持乐观向上的精神情绪。

（8）良好的人际关系。与他人交往的愿望强烈，能有选择地与朋友交往，珍视友情，尊重他人人格，待人接物宽大为怀。善待自己，自爱、自信，又能助人为乐，与人为善。

3. 马斯洛与米特尔曼提出的心理健康标准

（1）有足够的自我安全感。

（2）能充分地了解自己，并能对自己的能力作出适度的评价。

（3）生活理想切合实际。

（4）不脱离周围现实环境。

（5）能保持人格的完整与和谐。

（6）善于从经验中学习。

（7）能保持良好的人际关系。

（8）能适度地发泄情绪和控制情绪。

（9）在符合集体要求的前提下，能有限度地发挥个性。

（10）在不违背社会规范的前提下，能恰当地满足个人的基本要求。

4. 我国心理学家郭念锋提出的判断心理健康与否的 10 条

标准

（1）心理活动强度。即指对于精神刺激（急性应激）的抵抗能力。不同的人对同一类的精神刺激的反应各不相同，抵抗力低的人往往容易遗留下后患，而抵抗力强的人虽有反应但无大碍。个人的生活经验、固有的性格特征、当时所处的环境条件，都会影响心理活动强度。

（2）心理活动耐受力。即指人的心理对于现实生活中长期反复出现的精神刺激的抵抗能力，对慢性应激的耐受力。这种慢性刺激虽不如一次性的刺激强大剧烈，但几乎每日每时都缠绕着人的身心。

（3）周期节律性。人的心理活动在形式和效率上都有着自己内在的节律性，比如白天思维清晰，注意力高，适于工作；晚上能进入睡眠，以便养精蓄锐。如果一个人的心理活动的固有节律经常处于紊乱状态，那么表明他的心理健康水平下降了。

（4）意识水平。意识水平的高低往往以注意力品质的好坏为客观指标。注意力水平降低会影响意识活动的有效水平，如果一个人常常不能专注于某种工作，不能专注于思考问题，思想经常开小差，就有可能存在心理健康方面的问题。

（5）暗示性。易受暗示的人，往往容易被周围环境无关因素引起情绪波动和思维的动摇，有时表现为意志力薄弱。他们的情绪和思维很容易随环境变化，给精神活动带来不太稳定的特点。

（6）心理康复能力。指从创伤刺激中恢复到往常水平的能力。由于人们各自的认识能力不同，各自的经验不同，从一次打击中恢复所需要的时间也会有所不同，恢复的程度也有差别。

（7）心理自控力。情绪的强度、情感的表达、思维的方向和过程都是在人的自觉控制下实现的。当一个人身心健康时，他的心理活动会十分自如，情感的表达恰如其分，仪态大方，既不拘谨也不放肆。

（8）自信心。一个人是否有恰当的自信心是精神健康的一种标准。自信心实质上是一种自我认知和思维的分析综合能力。

（9）社会交往。一个人与社会中其他人的交往，往往标志着一个人的精神健康水平。当一个人毫无理由地突然变得十分冷漠，或是突然过分地进行社会交往，都是某种精神病症状的表现。

（10）环境适应能力。环境是指人的生存环境，包括工作环境、生活环境、工作性质、人际关系等等。环境适应能力是指当生活环境突然变化时，一个人能否很快地适应下来以保持心理平衡。人不仅能适应环境，而且可以通过实践和认识去改造环境。

三、心理不健康的定义和分类

不健康心理活动是指一种处于动态失衡的心理过程，涵盖一切偏离常人而丧失常规功能的心理活动。[①] 心理不健康分为三类：心理问题、严重心理问题和神经症性心理问题。

1. 心理问题[②]

心理问题是指由现实因素激发，持续时间较短、情绪反应能在理智控制之下、不严重破坏社会功能、情绪反应尚未泛化的心理不健康状态。

诊断为心理问题，必须满足以下条件：

（1）由于现实生活、工作压力、处事失误等因素而产生内心冲突，并因此而体验到不良情绪（如厌烦、后悔、懊丧、自责等）。

---

① 参见郭念锋《国家职业资格培训教程心理咨询师（基础知识）》，民族出版社 2005 年版，第 290 页。

② 同上书，第 299 页。

（2）不良情绪不间断地持续满一个月或不良情绪间断地持续两个月仍不能自行化解。

（3）不良情绪反应仍在相当程度的理智控制下，始终能保持行为不失常态，基本维持正常生活、学习、社会交往，但效率有所下降。

（4）自始至终，不良情绪的激发因素仅仅局限于最初事件；即便是与最初事件有联系的其他事件，也不引起此类不良情绪，即反应对象尚未泛化。

2．严重心理问题①

严重心理问题是指由相对强烈的现实因素激发，初始情绪反应剧烈、持续时间长久、内容充分泛化的心理不健康状态。

诊断为严重心理问题，必须满足以下条件：

（1）引起"严重心理问题"的原因，是较为强烈的、对个体威胁较大的现实刺激。

（2）从产生痛苦情绪开始，痛苦情绪间断或不间断地持续在两个月以上，半年以下。

（3）遭受的刺激强度越大，反应越强烈。多数情况下，会短暂地失去理性控制。在后来的持续时间里，痛苦可逐渐减弱，但单纯地依靠"自然发展"却难以解脱。对生活、工作和社会交往有一定的影响。

（4）痛苦情绪不单能被最初的刺激引起，而且与最初刺激相类似、相关联的刺激，也可以引起此类痛苦，即反应对象被泛化。

3．神经症性心理问题（可疑神经症）

第三种类型的心理不健康状态已接近神经衰弱或神经症，或者它本身就是神经衰弱或神经症的早期阶段。

---

① 参见郭念锋《国家职业资格培训教程心理咨询师（基础知识）》，民族出版社2005年版，第301页。

诊断为神经症性心理问题，必须满足以下条件：

（1）引起的心理冲突与现实处境没有什么关系，涉及生活中不太重要的事情，且不带有明显的道德色彩。

（2）痛苦的情绪体验持续时间未超过三个月。

（3）精神痛苦程度较难以解脱，对工作和生活有一定程度的影响。

（4）心理冲突的内容泛化。

（5）虽有神经症的症状，但持续时间较短，社会功能受损程度不重，未达到神经症的诊断标准，故考虑神经症性心理问题。

附：人的心理活动状态

人的心理活动状态包括心理正常和心理异常，现将其简述如下（见表3-1）。

表3-1　人的心理活动状态

心理正常		心理异常（心理不正常）有典型精神障碍症状	
心理健康	心理不健康	各种类神经症	重性精神障碍
择业求学成长	心理问题严重心理问题神经症性心理问题	神经症焦虑症疑病症强迫症恐惧症神经衰弱	精神障碍精神分裂症情感性障碍癔症人格障碍应激相关障碍

备　注：

人的心理活动状态分为心理正常和心理异常。

心理正常又分为心理健康和心理不健康两个方面。健康心理的咨询属于发展心理学的范畴，包括人的择业、求学等成长方面的适应发展性问题。心理不健康方面的咨询属于临床心理学范畴，分为心理问题、严重心理问题、神经症性心理问题。

心理异常即心理不正常，其治疗属于精神医学的范畴。具体分为各类神经症及重性精神障碍。神经症患者一般患有焦虑症、疑病症、强迫症、恐惧症以及神经衰弱；而重性精神障碍的患者一般患有精神分裂症、情感性障碍、癔症、应激相关障碍、人格障碍等。

第三节　心理咨询的对象

一、心理咨询的对象

生活中人们常有这样的误解，认为接受心理咨询的人都是"有病"的。所以，本来需要心理咨询的人，却以"我没病"回避了心理咨询。接受心理咨询的人真的是病人吗？答案恰恰相反，心理咨询的主要对象是生活中的正常人，而不是病人。正常人的心理适应、心理成长、发展问题，如人际关系、学习适应、升学择业、婚姻家庭等都属于心理咨询的工作范围。

二、理想的心理咨询对象应具备的特点

1. 智力基本正常

来访者能够清晰、准确叙述自己的问题以及其他相关的情况，能理解咨询者的意思，有一定的领悟能力。

2. 人格基本正常

指原则上来访者无明显的人格障碍。

3. 有强烈、正确的咨询动机

有无咨询动机对咨询效果有直接影响。缺乏咨询动机，经咨询者反复做工作后仍缺乏动机的来访者，一般不适宜成为心理咨询的对象。

动机内容也常决定咨询的效果，即咨询的目的是为了调整自己的某种状况，而非其他目的，如寻求心理安慰、把咨询室当做避难所、多见几次咨询员、证明自己更有本事等。动机内容不正确者应先进行动机调整工作，否则中止咨询。

4. 解决问题属于心理咨询的范围

并非任何与心理有关的问题都可以通过心理咨询解决，有些内容适合而有些内容则不适合。一般与心理社会因素有关的各种适应性心理问题和心理障碍、心理教育与发展等更适合开展心理咨询。

5. 年龄适宜

严格地说，心理咨询并无明确的年龄限制，就适宜性而言，每个年龄阶段的人都有其优点和缺点。有些特殊的心理咨询就是专门为某一特定的年龄阶段而设的。但一般来说，青年人比其他年龄阶段的人更适合接受心理咨询。一方面，青年与少年儿童相比，有更好的发展水平和心理成熟度，认知能力、领悟能力等较好。另一方面，青年与中老年相比，还没有形成牢固的心理、行为方式，可塑性更大，易接受新的影响。

6. 匹配性好

所谓匹配，是就具体的来访者与咨询员相吻合程度而言的。

一方面指咨询员与来访者心理相容，彼此相互接受、相互接纳、相互吸引；另一方面是指来访者的特征恰好与咨询员的擅长相吻合，咨询效果比较明显。此外，外部支持良好、注重心理感受、交流能力强、对咨询方式和咨询员高度信任的来访者也容易获得良好的咨询效果。

7. 信任咨询

心理咨询涉及的是心理活动，而心理活动受心理暗示的影响。咨询效果如何，很大程度上取决于来访者对咨询、咨询员和咨询员所持有的理论方法的信任程度。

8. 有积极行动

有积极行动是指来访者能够真诚地与咨询员合作，充分发挥自己的主观能动性，采取切实的行动。

学习与思考：

1. 你是怎样理解心理正常和心理异常的？如何区分？
2. 评估个人心理健康有哪些标准？
3. 心理不健康分为哪几类，应如何区分？
4. 如何划分人的心理活动状态？
5. 理想的心理咨询对象应具备哪些特点？

第四章　团体心理咨询

　　心理咨询主要有两种形式，即个体心理咨询与团体心理咨询。两者的目的都是帮助来访者维护心理健康，克服成长过程中的种种困难和障碍，达到自我实现。但在帮助有着共同发展课题和相似心理困扰的人时，团体心理咨询是一种经济而有效的方式。

　　一般而言，心理咨询侧重指个体心理咨询，其概况在第一章已有论述，本章将分析团体心理咨询。团体心理咨询的目的在于培养人的信任感和归属感，由信任团体到信任周围的人，由对团体的归属感扩大到对学校、社会及国家的认同感和归属感，这正是团体心理咨询的独特之处和积极的效果。

第一节　团体心理咨询的概念

一、团体心理咨询的定义

团体心理咨询，是指在团体情境下进行的一种心理咨询形式，是通过团体内人际交互作用，促使个体在交往中通过观察、学习、体验，认识自我、探讨自我、接纳自我，调整改善与他人的关系，学习新的态度与行为方式，以发展良好适应的助人过程。通常由一位或两位咨询员（或称为团体指导者）主持，多个来访者（或称为团体成员）参加。团体领导者根据成员问题的相似性，组成课题小组，通过商讨、训练、引导，解决成员共同的发展课题或共有的心理问题。团体的规模因咨询目标的不同而不等，少则3—5人，多则十几人，甚至几十人。通过几次或十几次团体聚会、活动，参加成员互相交往，共同讨论大家关心的问题，彼此启发，相互支持，鼓励分享，使成员了解自己的心理，了解他人的心理，以便改善人际关系，增加社会适应性，促进人格成长。[①]

二、团体心理咨询与个体心理咨询的关系

1. 团体心理咨询与个体心理咨询的联系

（1）两者目标相似，均是帮助来访者自我指导与自我发展。两者的方法都是援助来访者接纳自己，增强信心。

（2）两者都强调提供接纳的、自由宽容的气氛，可以使来访者自由表现自己的感情和经验，培养自我选择的责任。

（3）两者都需要咨询员熟练掌握接纳、感情反射等技术，从而使来访者能够观察自己、了解自己。

---

① 参见樊富珉《团体心理咨询》，高等教育出版社 2005 年版，第4—5页。

（4）两者的对象都是有正常发展问题的个人，都针对个人的要求、兴趣与经验。

（5）两者都有益于探索个人情绪与生活的变化，可以增进个人控制自己情绪的信心。

2．团体心理咨询与个体心理咨询的区别

（1）团体的情境可以提供与他人交往的机会，使来访者获得他人对行为交互作用的反应与启示。

（2）团体心理咨询的条件下，来访者不仅可以得到接纳、援助，并且对别人也给予援助，这种合作的、参与的关系有利于成员增进亲近感。成员的相互作用可以促进互相教育，互相表明感情，使感情的意义明确而影响其行为。

（3）团体心理咨询的指导者面临的问题非常复杂。指导者必须了解来访者的感情，帮助他认识自己的感情，还要观察咨询的内容对其他成员带来什么影响，引导各个成员参与讨论。所以，指导者不仅要了解讨论的内容，同时还要关心成员间的相互作用及关系。

三、团体心理咨询的意义

大学生群体一般存在两种团体：一种是积极的团体，一种是消极的团体。团体心理咨询的意义就在于，在一个团体活动中，介入各种辅导策略，借助人际交互作用来帮助消极的团体转化为积极的团体，这是一个帮助个人成长的历程。在团体心理咨询中，团体就是一个模拟的小型社会，在其中，大家学习"了解自己"、"改变自己"和"实现自我"。因此，一个人要了解自己，最好从团体中去了解；要改变自己，最好从团体中去改变；要实现自我，最好从团体中去实现（吴武典，1997）。

具体地讲，团体心理咨询的意义主要表现在以下三个方面：

1. 提供人际交往的场所

团体心理咨询提供了适当的情境，团体成员来自不同的地域，带来不同的问题，每个成员的个性特点又各不相同。在共同的活动中彼此进行交往、相互作用，共同讨论大家关心的问题，并由此产生一系列人际关系的社会心理现象。团体中可能会出现冲突，这就是一个小型社会；团体帮助成员去处理冲突和矛盾，这就是一个过程，也是团体心理咨询优于个体辅导的一个方面。

2. 建立和谐的人际关系

在团体中，通过几次或十几次的团体聚会与活动，成员经过一系列心理互动的过程，彼此启发，相互支持和鼓励，建立起一种信任的关系。这样，团体成员通过互动减少个人防卫，开始自由自在地表达自我的感受。在这个过程中，每个人对自身包括情绪、理性、身体以及潜能都有较大程度的接纳。同时，由于安全感的出现，开始接纳他人、理解他人。

由于信任关系的建立，彼此之间相互支持和鼓励，成员就可以表达自己对他人的关注与兴趣。这种关注与兴趣使对方感觉到被接纳、被尊重、被关心，因而产生一种很舒服的和彼此信任的感受。在这个小型社会里，成员体验到了一种快乐的感受，学会尝试改变行为，学习新的行为方式，再带到实际社会中，建设和谐的人际关系。

3. 促进个人成长

在团体中每个人都会有新的体验和收获，体会到从未有过的愉快感受，会愉快地接纳他人和自己，也会勇敢地接受自己的挑战，改变以往的消极认知，采取积极的心态，建立起新的行为方式，体验获得新生命的惊喜感受。

四、学校团体心理咨询的优点

道宁（L. N. Downing）将学校团体心理咨询的优点概括为12条：

（1）让学生了解并且体验到自己是被其他学生支持的。由于团体的参与者能够认识到别人也有跟自己相同的问题，自己支持别人，也得到别人的支持，从而获得道义心，可以增进信心。

（2）能够让每一个学生从与别人的相互关心中找出自己的利益，学生将可以得到单独与咨询员接触所不能得到的利益。

（3）鉴别需要特别予以援助的学生。凡是具有敏锐的观察力的咨询员，必然可以鉴别需要特别援助的个人。

（4）增进个体的咨询。团体的经验往往可以提高咨询的需求，达到更好的成熟。

（5）有益于发展社会性。在团体里可以得到社会上的相互关心、交换意见、共拟计划等现实的经验，社会化的实际经验可以促进学习，改进行为。

（6）可以提供治疗效果、洞察以及更好地适应。团体心理咨询虽然并不等于团体心理治疗，但却可以获得治疗的效果。

（7）咨询员可以与更多的学生接触。学生通过与咨询员的接触，可以克服胆怯，减轻压迫感，改进自己的态度。同时，咨询员可以了解更多学生的问题所在，展开更好的服务。

（8）可以使学生获得安全感，加强信心。学生因体验到自己在友伴中也有所作为，可以跟友人交往，自己也有朋友，凡此均能增进安全感。并且，当学生能发展与人相处的技术，了解自己的价值而以此为荣的时候，可以加强其信心。

（9）提供接近咨询的机会。在团体的场合认识咨询员，或者体验到与咨询员和友伴一起的愉快的经验，过去的疑惑戒心可以消除，不再避开咨询。

（10）综合各种教育经验以获得最大的利益。经过团体讨论，使方法明确化之后，将使学生对学校的各项活动感到更有意义，能够建立更和谐的关系。

（11）松弛学生的紧张和不安。采取行为驱除烦恼，在友好而容易接纳的环境里率直交谈，并决定其行为的方向，将减少烦恼，达到更充实的工作。

（12）咨询员和教师的工作将更加有效。在有组织的团体里，与更多的学生相处可以为更多的学生服务，并能提高其素质。

第二节　团体心理咨询的过程

一、团体心理咨询的发展过程

团体心理咨询的发展过程，可分为若干阶段，每一时期皆有其不同的目标、活动、成员心态等等，指导者的领导技巧也不尽相同（见表4－1）。

表4－1　团体心理咨询的发展过程

阶　　段	目　　标	成员心态	活动设计	领导技巧
初始期或建立期	协助成员相互认识，了解团体的目的和结构，察觉自我的感觉和行为	无奈、抗拒、焦虑等。成员的心理与行为反应个体差异相当大	适当运用团体活动予以催化，并增加成员互动机会，协助其自我开放	倾听、促进、同理心、发问、解释、结构、打开话匣等

续表 4-1

阶　段	目　标	成员心态	活动设计	领导技巧
转换期或探讨期	指导者协助成员分享感受和经验，察觉自己与他人的感觉和行为，开展团体活动	依赖、期待、喜悦、痛苦、逃避等。有些成员的反应较前一时期有正向的变化	引发成员表层次的自我分享活动，并让成员发展亲密互助关系，凝聚团体向心力	建立期技巧以及摘要、解释、联结、支持、判断、角色扮演、阻止等
工作期或信任期	协助成员检视自我的困扰、焦虑，察觉有效的社会行为，学习问题解决，激发自我成长动力	大多数成员表现接受、顿悟、积极、热诚、专注等正向心理与行为。少数成员仍有前期负向反应	配合团体主题、性质、目标来设计活动。设计从小威胁性到大促发性的经验分享活动	（包括个体辅导）建立期技巧、转换期技巧以及面质、自我表露、目标设定、建议、沉默、示范等
结束期	指导者协助成员制订成长计划，实践行动，激励成员	大多数成员会有喜悦、自信、承诺等正向反应，少数成员可能仍有逃避、失望及松了口气等负向反应	整合学习心得，将感觉、认知转化成具体行动计划并实践，同时迁移个人学习行为于团体外的情境中运用	（包括个体辅导）建立期技巧、转换期技巧、工作期技巧以及整合、评量、组织、激励、计划、增强、保证等

二、团体心理咨询流程

团体心理咨询在不同的发展阶段，不仅需要指导者具备良好的人格特质，运用有效的沟通方式，发挥自身的领导理念、领导技巧等以达到团体心理咨询的目标，还需要综合考虑多方面的因素，如了解团体成员的特性和改变、团体情境的设置、规划团体发挥方向等（见图4-1）。

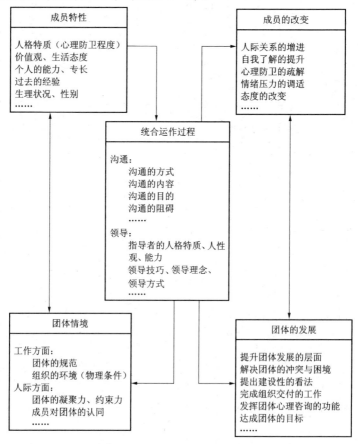

图4-1　团体心理咨询流程

三、团体心理咨询方案设计

团体心理咨询的方案设计并无统一的格式。作为一个完整的方案设计必须考虑团体的性质、目标、设计的背景、适用的领域、设计的角色、领导的步骤以及指导者专业素养等因素。

一个完整的方案设计，至少应包括下列项目：①方案名称；②活动地点；③活动时间；④参加对象；⑤参加人数；⑥活动方式；⑦设计动机（理论依据）；⑧设计目标（活动目标、团体目标、阶段目标）；⑨活动资源（人力资源、物力资源、财力资源）；⑩活动内容；⑪时间配置；⑫方案评估。

方案名称宜清楚明确，使人一目了然，能够了解团体的性质、目标；活动地点应标示清楚；活动时间应有起讫日期；团体咨询是常态性（每周一次）或密集性（一整天以上），参加对象的条件如何，也有必要加以说明界定；活动方式及其理论依据力求简要叙述，浅显易懂，即生活化、活动化、实用化。更重要的是团体的总目标、阶段目标及活动目标，应在方案中加以陈述，若能将团体进行中须彼此配合的事项、活动资源、成员应习作的家庭作业、时间分配、方案评鉴方法等注明清楚，更有助于成员及其他相关人员了解此团体。

为使大家对团体心理咨询的过程有更直观的了解，附上"第 N 次亲密接触——2009 逻辑心里知"团体心理咨询方案实例。为方便大家进行团体心理咨询操作，在案例之后附上团体心理咨询所必需的《承诺书》、《团体成员心得记录表》（表 4－2）、《团体心理咨询记录表》（表 4－3）。

"第 N 次亲密接触——2009 逻辑心里知"
团体心理咨询方案实例

一、活动简介

（1）团体名称：第 N 次亲密接触——2009 逻辑心里知。

（2）团体性质：封闭式、结构性、发展性团体。

（3）团体领导者：吕燕青。

（4）成员对象：中山大学哲学系逻辑学专业 2009 级同学。

（5）人数：37 名学生、4 名工作人员。

（6）活动时间：2 小时。

（7）活动流程：①"沟通与回应"训练；②《泰坦尼克号》冰海求生。

（8）团体理念：团体辅导是在团体情境下提供心理帮助与指导的一种心理辅导方式，即由咨询员根据求询者问题的相似性组成团体，通过团体内成员的共同商讨、训练、引导等，促进个体在交往中观察、学习、体验，认识自我、探讨自我、接纳自我，调整改善与他人的关系，学习新的态度与行为方式，以促进良好的生活适应的过程。

（9）团体目标：以团体心理咨询的模式，利用团体动力学原理，将培养目标融入活动中，使成员亲身体验团队形成和运作的整个过程。增强成员在交往中通过亲身的观察、学习、体验，主动调整、改善与他人的关系，学习新的态度与行为方式。在大一新生中开展团体心理咨询有利于进一步加强新生之间的互动沟通，提高成员的沟通技巧，学会倾听，促进良好的人际交往。同时，可以有效地形成班级团队信任、协作意识，提高团队凝聚力。

（10）团体评估：采用成员自我评估的方法，运用"开放式问卷"，了解成员个人活动后的感悟，让成员自评活动效果。

二、活动准备

《承诺书》、《团体活动心得记录表》各 40 张，四种不同颜色的卡片各 10 个，眼罩 25 个，浮砖 20 块，板凳长椅 8 张，自制脚印 50 个，"找朋友"音乐，《泰坦尼克号》的主题音乐。

三、活动程序

前奏：成员选择自己喜欢的颜色卡片（共 40 个卡片，卡片标有序号），在卡片上填写自己的个人姓名，将卡片别在胸前，进入会场。在工作人员的带领下，找到同样颜色卡片的成员组成一组，共分为四组。

注意：工作人员指引成员选择卡片时，应注意尽量将同宿舍的同学分开，同时注意各组男女比例，登记各组成员名单。

（一）"沟通与回应"训练

1. 破冰活动

活动：找朋友

目的：活动热身，活跃现场气氛

流程：成员围成圆圈，里、外各一圈。里圈按顺时针转，外圈按逆时针转，双手搭在前一个同学的肩上。放《找朋友》音乐，成员听着音乐一边跑，一边唱。唱到"再见"时，反身再搭同学的肩膀继续跑，等音乐停时，里圈的成员面向圈外，外圈的成员面向圈内，按主持人说的地名，同学就按各地礼仪做动作。

地名——动作

（1）中国——互相握手说"你好"。

（2）东京——互相鞠躬说"空忙哇"。

（3）纽约——互相拥抱说"Hello"。

2. "沟通与回应"

目的：

（1）通过"沟通与回应"的训练，让成员体验学习聆听、关注、眼神的接触等有效沟通的方式。

（2）亲身体验和领悟繁体字"聽"的内涵，意识到有效沟通需注意的事项。

规则：将成员分成 A、B 组（A、B 组成员一一对应，人数相同，按序号对排）。

第一环节：

（1）请 A 组到台前先看规定的内容——"请给你的搭档讲述一件你最近三个月特别高兴或有意思的事情"。此时 B 组不能看 A 组的内容，并站到与 A 组距离相反且较远的方向。

（2）当 A 组看清楚规定内容，请其站到 B 组的位置，B 组到台前看规定的内容——"当你的搭档讲话时，你要用心去听，并且用眼睛关注他，主动热情地去回应，与其分享讲话内容，时间为 5 分钟"。

（3）B 组看后，迅速找到搭档来进行规定的内容。

第二环节：

（1）请 B 组成员到台前看规定的内容——"与你的搭档讲述最近三个月令你高兴并有意思的事情"。此时 A 组不能看 B 组的内容，并站到与 B 组距离相反且较远的方向。

（2）当 B 组看清楚规定内容，请其站到 A 组的位置，然后请 A 组成员看规定的内容——"当你的搭档与你讲话时，你不要去同他讲话，并且要不时地观看别的地方，看看手机，做些不相干的动作，时间为 5 分钟"。

（3）A 组看后，迅速找到搭档来进行规定的内容。

注意：

两组不许相互告之所看到的内容，并且两组分别看内容时不许讲话，保持安静。

讨论分享：

（1）在活动过程中，你的感受是什么？

（2）根据你在本活动中的体验，有效沟通的要诀何在？

（3）倾听与关注的重要性？

第三环节：

准备五张字条，发给每个成员，找到同伴，按纸条上的说明去做，时间为 5 分钟。

A.

（1）找一位交谈的对象。

（2）请你与对方保持两臂的距离，头部不停慢慢地左右摇动。

（3）你的任务是介绍你自己最喜爱的运动。

B.

（1）找一位交谈的对象。

（2）请你与对方保持两臂的距离，眼睛望着远方。

（3）请向对方推介一个你自己喜欢的电视节目。

C.

（1）找一位交谈的对象。

（2）请你与对方保持一臂的距离，眼睛望着地下。

（3）讲讲你在春节期间的假期计划。

D.

（1）找一位交谈的对象。

（2）请你侧身站在对方面前，与对方保持两臂距离，眼睛望天。

（3）谈谈你自己的兴趣爱好。

E.

（1）找一位交谈的对象。

（2）请你与对方距离约一臂左右，眼睛望着对方面孔。

（3）与对方分享你在学校里曾经有过的成功或快乐经验。

讨论分享：

（1）当对方与你交谈时，你的感受如何，是否用心听？

（2）对方的哪些举止是令你反感、不能接受的？假如是你，你会怎么做？

（3）体验繁体字"聽"的内涵（主持人引导）。

（二）"泰坦尼克号"冰海求生

1. 活动热身

活动：信任坐膝

目的：

（1）意识到成员的合作与配合的重要，相信团队的力量。

（2）体验相互信任，相互配合所创造的奇迹。

过程：

（1）主持人让所有的成员围成一个圈。

（2）宣布所有人向右转（或者向左转），双脚并拢（这点对于安全很重要），所有人的脚尖抵住前面一位同学的脚后跟（此时圆圈会缩小），引导员注意检查各位成员的动作是否规范（确保安全）。

（3）主持人确定了所有的成员都按照规则做了之后，宣布："所有人听我的指挥，待会儿我数三下，大家就一起（注意强调'一起'）往下坐。"

（4）接着大家就会看到一个奇特的现象，自己坐在后一个同学的腿上。

注意：先引导一组同学协作，然后两组同学协作，最后四组同学协作。

讨论分享：

（1）当大家听到要把脚尖抵住前一个同学的脚后跟时是什么感觉？

（2）当大家听到要坐下时有没有感觉到担心或者惊讶，担心后面的同学无法承受自己的重量？

（3）有没有迟疑要不要坐下？

2. "泰坦尼克号"冰海求生

目的：

（1）如何发挥个人创造力和主观能动性，发挥团体的互助，提高现场应急能力和处理突发事件能力。

（2）体验帮助别人与被别人帮助的感受，在逆境中寻求社会支持。

规则：

（1）将成员分成两组，让成员们两人组成一对，每组同学发1个眼罩。各组成员利用现有的眼罩，确保每对同学都利用眼罩过岛，否则算犯规。

（2）每对成员中需一人带眼罩，在另一位成员的指导下逃离到小岛上，过程中可对换角色进行体验，由成员事先讨论决定。

（3）给成员10分钟时间讨论和试验。

流程：

（1）工作人员给大家讲下面一个故事："泰坦尼克号"即将沉没，船上的乘客（成员）须在《泰坦尼克号》的音乐结束之前利用仅有的求生工具——浮砖，逃离到一个小岛上。

（2）工作人员在活动前将活动场地布置成"泰坦尼克号"遇险后的情景，让成员们利用所给的求生工具，在音乐结束前（循环播放两次），跨过冰海障碍，逃到安全的地方。

（3）自离开"泰坦尼克号"起，在整个逃离过程中，带眼罩的队员在另外一位队员的指引下依次踩住每块浮砖，且要跨过板凳长椅制造的障碍；成员身体的任何部分都不能与"海面"——地面接触，否则重新从起点再次开始；脚印分左脚与右脚；另外一位队员可以用言语指引或肢体指引。

（4）全部成员达到小岛之后，活动才算完成。

讨论分享：

（1）当你什么都看不见时，有什么感觉，是担心、紧张，还是信任你的队员？

（2）当了解对方带眼罩的感受后，你会怎样进行指引？如果是自己带眼罩，你的感受又如何？

（3）你们组是否在规定时间内确定出合理的方案来达到目标，是否有核心领导者？方案是领导者决定的，还是小组讨论的结果？

（4）你们的方案是否坚决贯彻到底，中间发生了什么变化，为什么？事后回顾当初的方案觉得是否可行？有更好的方案吗？为什么当时没有想到或没有提出来？

（5）在渡过险境的过程中，你个人的感受如何？在遇到问题挫折的时候，你通常是如何应对的，是否考虑过利用团队的力量，寻找支持系统？

四、活动总结

（1）主持人根据活动进程，请个体成员分享感受，最后联系团体活动目标进行总结。

（2）分发《团体活动心得记录表》，要求每位成员在活动结束后及时写下自己的感受与心得。

五、相关表格

承诺书

我自愿参加"＿＿＿＿＿＿＿＿＿"团体心理咨询，在活动期间愿做如下保证：

1. 准时出席团体，若有事无法参加，应设法通知团体。
2. 分享团体时间：团体是大家的，时间共享，不宜独占。
3. 保密：在团体内所谈到或发生的事，出此团体后绝对不说，要尊重别人的隐私。
4. 倾听每个人的表达。
5. 尽力坦诚地表达自己的所思和所感。
6. 尊重每个人的选择，自己决定要表露什么，保留什么。
7. 每个人都有参与的权力，但也有不表达或不参与某活动的权力。
8. 讨论时就事论事，不进行人身攻击。
9. 尊重别人的观点与感受，不要坚持认为只有自己是对的。
10. 讨论或表达要与团体的此时此地有关。
11. 沟通时尽量具体、清楚。

承诺人：＿＿＿＿＿＿

＿＿＿＿＿＿年＿月＿日

表4-2 团体成员心得记录表

___年___月___日___（时间）第___次___团体

我觉得这次的活动_____

_____

_____

_____

_____

经过这次活动，我体会到_____

_____

_____

_____

_____

我觉得在团体中，_____

_____

_____

_____

_____

我感觉我们的团体_____

_____

_____

_____

_____

针对此次活动，我建议_____

_____

_____

_____

_____

成员姓名：_____

表4-3　团体心理咨询记录表

团体名称		团体次数		
活动时间	年　月　日　时　分　至　年　月　日　时　分			
活动地点		指导者		
团体活动流程 （活动目标、兴致、内容）				
成员互动状况 （团体气氛，特殊事件）				
指导者自我评价 （感想、讨论与评议）				
督导意见 （反馈与指导）				

督导者：＿＿＿＿＿＿＿＿＿＿＿＿＿

第三节　团体活动

一、团体活动的目的和应用原则

在团体心理咨询中，为吸引团体成员积极投入和参与，引发成员的互动和成长，需要设计一些团体活动来营造团体氛围。一个好的活动可以起到促进团体有效发展的作用。但是活动只是一种手段而不是目的，是为了更好地推动团体的发展，不能为活动而活动，活动的真正意义在于活动结束后成员之间的讨论与交流、反馈与分享。

（一）团体活动的目的

约伯斯等人（1988）认为，在团体心理咨询的过程中运用团体活动至少可以达到 7 个目标：

（1）促进团体讨论和成员参与。

（2）使团体聚焦，注意力集中。

（3）使团体的焦点改变、转移。

（4）提供一个经验性学习的机会。

（5）为团体成员提供有用的资料。

（6）增加团体的舒适度。

（7）为团体成员提供乐趣和松弛。

团体活动不仅在团体开始时能促进成员的相互交流，而且在整个团体心理咨询过程中，可以在不同的阶段，运用不同的活动来推进团体发展，达到团体目标。

（二）团体活动应用原则

团体活动并不是可以随意使用的，如果使用不当，一个好的活动也可能产生负向效果。为了使团体活动更有效地带动团体发展，在运用团体活动时应遵循以下四个原则①：

（1）充分考虑团体特点。团体心理咨询开始前，指导者应充分考虑团体的目标、特点、时间、成员的特征，考虑是否需要运用团体活动、运用哪些团体活动等。

（2）了解运用团体活动的后果。在运用团体活动前，指导者应认真衡量和充分考虑组织这个活动的目的是什么、这个活动可能引起什么后果、成员对你是否有充分的信任等问题。

（3）运用自己熟悉的团体活动。团体活动的种类很多，团体指导者应根据自己实践体验过的活动，选择自己有把握的活动。如果使用自己不熟悉的团体活动，对可能出现的问题缺乏准备，往往会适得其反，阻碍团体发展。

（4）避免出现以活动代替咨询。团体活动的运用并不是越多越好，有的团体指导者由于缺乏带领团体的经验，担心活动停下来会出现冷场，只好依靠连续的团体活动来运作团体。其实，这样做会影响团体心理咨询的发展与效果。团体活动的真正意义在于活动结束后成员之间的交流与分享，而不是活动本身。因此，指导者必须考虑在什么样的场合才能运用活动，运用哪些活动可以促进团体目标达成，活动之间的过渡如何自然、顺畅等问题。

二、团体活动举例

（一）促进团体成员认识的活动

活动一：滚雪球

目的：相互认识，增加了解

场地：室内为宜

---

① 参见樊富珉《团体咨询的理论与实践》，清华大学出版社1996年版，第197页。

流程：

（1）请团体成员自由组合成 2 人小组搭档。

（2）小组成员分别介绍自己的优点和缺点，请用这样的方式开始："你知道吗？认识我是你的荣幸，我有成千上百个优点，今天由于时间的关系，我只告诉你我的三个优点和三个缺点……"

（3）当小组成员介绍完后，全体成员围成一圈，由指定一组成员开始，每位成员向其他成员介绍自己搭档的三个优点和缺点。

注意：领导者可根据团体成员的人数，决定是 2 人小组，还是 3 人、4 人小组，以控制好活动时间。

讨论与分享：

（1）当你的搭档介绍自己的时候，感觉如何？

（2）当你在介绍你的搭档的时候，有什么感受？

活动二：第一印象

目的：体验给他人留下良好第一印象的重要性

准备：笔、卡片

场地：室内为宜

流程：

（1）每位成员进来时，在其背后用胶带贴一张卡片，卡片印上：请写上你看到我时的第一印象，并签上你的姓名。

（2）请每位成员主动寻找其他成员，向其介绍自己 30 秒钟，并让其在自己背后的卡片上写下对自己的第一印象并签名。

（3）介绍完后，请全体成员围圈入座，由其中一个成员开始，向其他成员介绍坐在其右边的成员，并念出卡片上的内容；然后请被介绍者分享他听到卡片内容之后的感想。

注意：先到者可先做，后到者随时加入。

讨论与分享：

（1）当听到其他成员对自己的评价时，你有怎样的感受？

（2）在评价其他成员时，你是否关注他的特点？

活动三：生日排序

目的：提高团体成员非语言沟通的能力

场地：室内、室外皆可

流程：

（1）让所有团体成员集中在一起。

（2）要求每位团体成员按出生月份和日期的大小站成一条横线，最大的（例如1月1日）站在线的左边，最小的（例如12月31日）站在线的右边。

（3）整个过程中所有团体成员都不能说话。

（4）排列完成后，领导者检查是否有人站错，抽查或逐一检查团体成员的出生月份和日期。

讨论与分享：

（1）在活动过程中遇到了什么困难？又是如何克服的呢？

（2）团体成员在非语言沟通方面的能力如何？

技巧变化：

（1）参与人数比较多时，可让团体成员围成一个圆圈，选择起点和终点。

（2）可让团体成员站在一个长凳上，在换位时不可以掉下来，以增加活动难度。

活动四：直呼其名

目的：快速记住团体成员的姓名

准备：三个网球，或是三个比较软的小球

场地：室内为宜

流程：

（1）团体成员以小组为单位站成一圈，间距约一臂长。

（2）活动从指定的某一成员开始，规则是该成员大声喊出自己的名字，然后将手中的球传给左边的小组成员；接到球的小组成员照样做，喊出自己的名字，然后把球传给左边；这样一直持续下去，直到球重新回到第一个传球的成员手中。

（3）重新拿到球后，告诉小组成员现在要改变活动规则了，接到球的小组成员必须喊出另一个成员的名字，然后把球扔给该成员。

（4）几分钟后，团体成员就会记住大多数人的名字；这时，再加一只球进来，两个球同时抛出，规则不变。

（5）在接近尾声的时候，再加第三只球进来，是为了让活动更加热闹、有趣。

（6）活动结束后，在解散小组之前，邀请一个小组成员，让他或她在小组内走一圈，报出每个团体成员的名字。

注意：扔球时不可用力过猛。

活动五：按摩

目的：活跃团体气氛，相互熟悉

场地：室内为宜

流程：

（1）让团体成员围成一圈。

（2）让团体成员把双手搭在前一个成员的肩膀上，拍一拍、捶一捶、捏一捏。

（3）让团体成员向相反方向围成一圈，刚才后面的成员如何对你，你用同样的方式对他，先拍一拍，然后捶一捶，最后捏一捏。

注意：在团体成员进行活动时，成员可以相互问候：如要重一点还是轻一点，对服务是否满意等。

讨论与分享：

（1）当你为他人服务时，你的感受如何？

（2）当你对待他人时，是否期望别人也这么对待你？

（二）促进团队沟通合作的活动

活动一：集体登陆

目的：增进团体成员间的了解，活跃团体气氛

准备：报纸或橡胶软垫

场地：室内、室外皆可

流程：

（1）把一块橡胶软垫放在地上，要求团体成员在同一时间全体踏上软垫，停留约10秒钟。

（2）所有团体成员身体各部分必须离开地面，然后由领导者倒数10秒才可结束。

（3）根据现场团体成员的表现，可逐渐缩小软垫的面积。

注意：领导者要注意团体成员的安全，避免做出危险动作。

讨论与分享：当看到软垫如此之小时，团体成员的感受如何？当时觉得可能完成任务吗？

活动二：变形金刚

目的：培养团队精神，提升团体解决问题的能力

场地：室内为宜

流程：

（1）领导者说出一个文字、图形或某物品的名称。

（2）所有小组成员一起，用身体组合出文字、图形或将该物品拼凑出来。

（3）活动最好又最快的小组获胜。

讨论与分享：在刚才的活动中，小组是否选出领导者？小组成员各自的角色又是什么呢？

技巧变化：

（1）领导者可以从易到难布置任务。

（2）可先让各小组分别拼凑出不同的形状，最后全体成员再合拼为一个大图形，作为团体成员的集体作品。

活动三：齐眉棍

目的：帮助团体成员认识自己和他人的沟通特点，学会如何进行有效沟通

准备：细小长条竹竿

场地：室外空地为宜

流程：

（1）团体成员站成一排，每个人都伸出自己右手的食指伸平托住竹竿。

（2）所有成员一起将竹竿放到领导者膝部以下，大致的高度就可以。

（3）任何成员任何时候，手指都不允许离开竹竿，一旦违反了规则，将恢复原位重新开始。

（4）两个小组开始比赛前，分别报出对完成这个任务的预期时间。

注意：领导者可根据团体成员的人数分组进行。

讨论与分享：

（1）活动中成员以什么方式来沟通？

（2）当团体无法顺利完成任务时，你的感受是什么？你有什么想法？

（3）当你和其他成员有冲突时，你怎样面对？

活动四：理财高手

目的：调动团体成员的主动性、积极性和协调性

场地：室内为宜

流程：

（1）把团体成员分成若干组，按小组依次围坐在一起，确保每个小组都有男生和女生。

（2）领导者说出一个金额，小组成员要以最快的速度且用最少人数组成此金额。

（3）女成员代表"1元钱"，男成员代表"5角钱"，每个小组尽量用最少的人数组出领导者所需要金额。

注意：

（1）领导者所说金额不能超过所有小组成员代表的金额之和。

（2）可重复进行3—5次，但时间不宜太长。

讨论与分享：回想一下各小组成员是怎样协调，达成一致意见的？

活动五：同心协力

目的：了解团体协作的重要性，增强团体成员的归属感

场地：室内为宜

流程：

（1）将团体成员分成若干小组，每组以5人以上为佳，各组人数一样。

（2）每个小组先派出两名成员，背靠背坐在地上。

（3）两名成员双臂相互交叉，合力使双方一同站起。

（4）以此类推，每组每次增加一名成员；如果失败需再来一次，直到成功才可再加一人。

（5）在规定时间内，用时最少的一组获胜。

讨论与分享：

（1）仅靠一个人的力量能够完成起立的动作吗？为什么？

（2）是否想过用一些办法来保证团体成员之间动作的协调一致？

（三）建立互相信任与彼此接纳的活动

活动一：背靠背画图

目的：培养团体成员的合作默契，增进信任感

时间：画第一张图画限制在 10—15 分钟，第二轮应比第一轮时间更短些

准备：白纸、水彩笔、画有图案的图纸

场地：室内为宜

流程：

（1）将团体成员两两配对，然后背靠背而坐。

（2）给其中一个成员一张白纸和一支笔，给另外一个成员一张画有图案的图纸。

（3）持有图纸的成员在不让另一位成员看到图纸的前提下，指导他将图形画出来。注意可使用符号和比喻来形容图形，但不能运用几何术语对图形进行描述。比如，图形是一个正方形套着一个圆，那么在描述时就不能使用"圆"和"正方形"这两个词，但是可以用"箱子"和"橘子"形状这类词来描述。

（4）在规定的时间内，小组成员将画出的图形和原始的图纸进行对比，根据画图情况讨论为何会得到这个结果。

（5）双方互换角色，流程一样。

讨论与分享：

（1）成员（描述者）在描述图形时遇到哪些问题？

（2）搭档说的哪些话是有助于画图的？

活动二：信任后仰

目的：信任的建立，取决于彼此的沟通，自己对团体成员的信心

时间：15—20 分钟

场地：室内为宜

流程：

（1）领导者先让所有团体成员围成一个向心圆，手把手抓在一起，形成一张网络，而自己站在中央做示范。

（2）领导者双手绕在胸前，做出以下沟通对话：

领导者："我叫……（自己的名字），我准备好了，你们准备好了没有？"

所有团体成员回答："准备好了！"

领导者："我倒了……"

所有团体成员："倒吧！"

（3）这时领导者把整个身体完全倒在团体成员的手中。

（4）在领导者做完示范之后，团体中的每位成员依次体验。

注意：在后仰之前，成员应做好十足把握，确保安全；如有成员实在不愿意体验，可不勉强，在讨论分享环节注重引导其思考为什么不参与，是在担心什么。

讨论与分享：

（1）当你在接住他人的时候，你感受如何？当你在后仰的时候，你的感受又如何？

（2）在活动过程中，你是否体会到安全感和信任，是否有足够的信任而放心后仰？

活动三：信任之旅

目的：让成员体验助人与受助的感受，懂得在生活中乐于助人和学会主动求助

准备：每两人一个眼罩

场地：室内、室外皆可

流程：

（1）请全体成员站成一圈按"1、2、1、2"报数，1号向前一步，当盲人，2号当拐棍。

（2）请每位盲人站在指定起点后戴上眼罩，原地转三圈。

（3）请拐棍选择一位盲人，协助他走完领导者事先安排好的路线，到达指定终点。过程中盲人和拐棍都不能碰到障碍物，否则回到起点重新开始。

（4）互换角色进行体验。

注意：

（1）行进路线的设计要兼顾难度和安全性，障碍由领导老师自由设定，难度要适中；过程不计时，不比赛，重在成员的体验和分享。

（2）全程不允许出声讲话，完全采用非语言的沟通。

讨论与分享：

（1）当自己什么都看不见时，是怎样的感觉？在体验看不见的感受后，你又是采用什么方法帮助盲人完成任务的？

（2）你对你的拐棍满意吗？哪些地方满意，哪些地方不满意？对自己的帮助行为满意吗？

（3）通过这个活动，你有什么感受、发现和体会？这个活动给了你哪些启发？

活动四：解手链

目的：团体成员通过肢体运动，增强团队凝聚力

场地：室内为宜

流程：

（1）所有团体成员紧密地围成一个向心圈。

（2）听指示语：先举起你的右手，握住圈内对面成员的手；再举起你的左手，握住另外一个成员的手。此时，全体成员形成一张交错的网络。

（3）继续听指示语：现在面临一个错综复杂的问题，整个过程在不松手的情况下想办法把这张网络解开，使得全体成员围成一个大圆圈。

注意：

（1）告诉团体成员一定可以解开，但结果会有两种：一种是形成一个大圆圈，另一种是形成几个小圆圈。

（2）如果实在解不开，可以允许团体成员有一次机会决定相邻的两只手断开一次，但再次进行时必须重新抓住同伴的手。

（四）促进成员自我探索的活动

活动一：我的生命线

目的：回忆和憧憬自己的一生，做好各阶段的成长的准备和计划

准备：白纸、笔

场地：室内为宜

流程：

（1）在纸的顶部写下自己的名字，凝视一会儿这个属于你的名字。然后在你名字的后面写下"的生命线"字样。

（2）在纸的中部，从左到右画一道长长的横线。给这条线加上一个箭头，让它成为一条有方向的线。然后，在线的最左侧，写上"0"这数字，在线的最右方标一个箭头，在箭头旁边写上你为自己预计的寿数，如81、120。

（3）请按照你为自己规定的生命长度，找到你目前所在的那个点。

一张洁白的纸，写有"×××的生命线"字样，其下有一条有方向的线条，代表了你的生命的长度。它有起点，也有终点，你为它规定了具体的时限。比如，你估计自己能活80岁，你现在20岁，就在整个线段的四分之一处，留下一个标志。

（4）请在这个标记的左边，即代表你过去岁月的那部分，把对你有着重大影响的事件用笔标出来。快乐的事写上面，痛苦的事写下面，各三件。

（5）在你的生命线上，把你这一生想要实现的愿望和理想，在相应的年龄阶段标出来，同时，尽可能把时间注明。想象一下，当你把这些理想一一实现时的那份快乐和幸福，把这些标注在生命线的上方。当然，在我们的人生道路上，必然会有困难与挫折，会有很多事让我们焦虑、忧愁、伤心、痛苦，更会有撕心裂肺的各种事情发生：父母的逝去，意外的发生，……把这些标注在生命线的下方。

（6）写完以后，请再安静地体验一下自己的感受。现在请所有团体成员在小组中分享。可以分别选择一件自豪的事，一件深感挫败的事，和一个未来最重要的目标与小组成员分享；小组成员也可以向发言的人提出自己的问题。

活动二：心中的树

目的：通过对"树木人格图"的分析，了解个体目前对自己的评价和看法

准备：彩色笔、白纸

场地：室内为宜（以配有桌椅为佳）

流程：

（1）发给每位团体成员一张 A4 白纸，彩色笔放于场地中央，供有需要的成员自由取用。

（2）在规定时间内，每位团体成员凭借自己的感觉画下自画像：心中的树。可以是一色笔画成，也可以是多色笔画成。各部分的数目、形状和位置都由自己决定。

注意：提醒成员是依照现在对自己的看法，应当尽可能详细地表征自己，画像没有正确或错误之分。

讨论与分享：在绘制完画像之后，在思维和情感上产生怎样的体验，对自己有什么新的认识？

活动三：天生我才

目的：认识探索自我，寻找适合自身的职业倾向性

准备：纸、笔

场地：室内为宜

流程：

（1）请团体成员将拿到的纸分成五部分（上下留有空格），在每部分的中间画条横线。

（2）在第一部分的上半部分写下：用三个形容词概况我的性格是……

（3）在第二部分的上半部分写下：我最喜欢做的三件事情是……

（4）在第三部分的上半部分写下：我最擅长做的三件事情是……

（5）在第四部分的上半部分写下：我最不擅长做的三件事情是……

（6）在第五部分的上半部分写下：在生命中我最重视的是……

（7）从每一部分的下半部分找出它们的规律和共同点，写下由这些共同特点所提炼的你的"自我职业表"，其中包括你选择的专业，与之协调的具有可能性的职业。

讨论与分享：

（1）问题中包括了自我探索中个人的性格、兴趣、能力和自我价值观等几个重要方面，你是否找到适合自身的职业倾向性？

（2）认为自己可能适合做什么和不可能适合做什么？

活动四：我是谁

目的：使团体成员获得全面、客观的自我评价

准备：笔、双面胶、"我是谁"活动单

场地：室内为宜

流程：

（1）请团体成员尽量选择一些能反映个人风格的语句，在规定时间内写出20个"我是谁"活动单。

（2）每位团体成员将自己的活动单用双面胶贴在胸前，并与其他成员就活动单填写内容自由交流。

注意：提醒成员，填写的内容不受限制，可以是：

（1）生理的我：描述你喜欢的、不喜欢自己生理的那些方面。

（2）心理的我：描述是否深刻，要靠自我负责的态度才能有效。

（3）现实的我：描述现实生活中自己的表现和感受，以及从别人眼中所反映出来的你。

（4）理想的我：全方位地描述你希望自己成为一个什么样的人。

讨论与分享：

（1）在走动交谈的过程中，看到其他成员所写的内容有何感想？

（2）其他成员对你的评价是否客观，你是否对自我评价产生不同的看法？

我是谁

我是＿＿＿＿＿＿＿＿＿＿＿＿＿＿＿＿＿＿＿＿

我是＿＿＿＿＿＿＿＿＿＿＿＿＿＿＿＿＿＿＿＿

我是＿＿＿＿＿＿＿＿＿＿＿＿＿＿＿＿＿＿＿＿

我是＿＿＿＿＿＿＿＿＿＿＿＿＿＿＿＿＿＿＿＿

我是＿＿＿＿＿＿＿＿＿＿＿＿＿＿＿＿＿＿＿＿

我是＿＿＿＿＿＿＿＿＿＿＿＿＿＿＿＿＿＿＿＿

我是＿＿＿＿＿＿＿＿＿＿＿＿＿＿＿＿＿＿＿＿

我是＿＿＿＿＿＿＿＿＿＿＿＿＿＿＿＿＿＿＿＿

我是＿＿＿＿＿＿＿＿＿＿＿＿＿＿＿＿＿＿＿＿

我是＿＿＿＿＿＿＿＿＿＿＿＿＿＿＿＿＿＿＿＿

我是＿＿＿＿＿＿＿＿＿＿＿＿＿＿＿＿＿＿＿＿＿＿＿＿＿＿＿＿＿

我是＿＿＿＿＿＿＿＿＿＿＿＿＿＿＿＿＿＿＿＿＿＿＿＿＿＿＿＿＿

我是＿＿＿＿＿＿＿＿＿＿＿＿＿＿＿＿＿＿＿＿＿＿＿＿＿＿＿＿＿

我是＿＿＿＿＿＿＿＿＿＿＿＿＿＿＿＿＿＿＿＿＿＿＿＿＿＿＿＿＿

我是＿＿＿＿＿＿＿＿＿＿＿＿＿＿＿＿＿＿＿＿＿＿＿＿＿＿＿＿＿

我是＿＿＿＿＿＿＿＿＿＿＿＿＿＿＿＿＿＿＿＿＿＿＿＿＿＿＿＿＿

我是＿＿＿＿＿＿＿＿＿＿＿＿＿＿＿＿＿＿＿＿＿＿＿＿＿＿＿＿＿

我是＿＿＿＿＿＿＿＿＿＿＿＿＿＿＿＿＿＿＿＿＿＿＿＿＿＿＿＿＿

我是＿＿＿＿＿＿＿＿＿＿＿＿＿＿＿＿＿＿＿＿＿＿＿＿＿＿＿＿＿

我是＿＿＿＿＿＿＿＿＿＿＿＿＿＿＿＿＿＿＿＿＿＿＿＿＿＿＿＿＿

活动五：我的价值观

目的：了解自我的价值观

准备："价值观项目表"、笔

场地：室内为宜

流程：

（1）请团体成员详细阅读指导语后填写"价值观项目表"（见下表）。

（2）请团体成员思考并交流"讨论与分享"中的问题。

讨论与分享：

（1）我最重视的价值观是什么？

（2）我所选择的五个价值观是我一直都重视的吗？如果曾经有改变，是在什么时候？

（3）我理想的工作形态与我的价值观之间有何关联？

（4）我是否因为谁说的一句话或某件事情（例如失恋），而对自己的价值观感到怀疑？

（5）我的行为能反应我的价值观吗？工作变化与个人成长会使价值观发生变化吗？

价值观项目表

指导语：在下面的表格中列有 13 种价值观，"1"代表最不重要，

"5"代表最重要。请根据你认为的每个项目的重要程度，在相应的空格里打"√"，并在你认为最重要的五个价值观的序号前打"√"。

序号	价值观探索项目	1	2	3	4	5
1	成就感：提升社会地位，得到他人和社会认同；对工作的完成和挑战成功感到满足					
2	追求美感：能有机会多方面地欣赏周围的人、事、物或者任何自己觉得重要且有意义的事物					
3	挑战性：能有机会运用聪明才智来解决困难；舍弃传统的方法，而选择创新的方法处理事物					
4	身心健康：工作能够免于焦虑、紧张和恐惧；希望能够心平气和地处理事情					
5	收入与财富：工作能够明显、有效地改变自己的财政状况；希望能够得到金钱所能买到的东西					
6	独立性：在工作中能有弹性，可以充分掌握自己的时间和行动，自由度高					
7	爱、家庭、人际关系：关心他人，与别人分享，协助别人解决问题；体贴、关爱、对周围人慷慨					
8	道德感：与组织的目标、价值观和工作使命能够不相冲突，紧密结合					
9	欢乐：享受生命，结交朋友，与别人共处，一同享受美好时光					

续表

序号	价值观探索项目	1	2	3	4	5
10	权力：能够影响和控制别人，使他人按照自己的意志去行动					
11	安全感：能够满足疾病治疗的需要，有安全感，远离突如其来的变动					
12	自我成长：能够追求知性方面的刺激，追求更圆满的人生，对智慧、知识与人生的体会有所提升					
13	协助他人：认识到自己的付出对团体是有帮助的，别人因为你的行动而受惠许多					

学习与思考：

1. 请结合自身体会，谈谈什么是团体心理咨询。
2. 试比较团体心理咨询与个体心理咨询的异同点。
3. 简述团体心理咨询的发展过程。
4. 一个完整的团体心理咨询方案设计应包括哪些项目？
5. 如何有效地运用团体活动带动团队的发展？

附：

团体领导者的评量表[①]

以下量表帮助你对于团体领导者行为的有效性做一个更深入的了解。在下面的量表中，我们用五个等级来代表五种不同的同意程度，你可以从中选择一个你所满意的程度。

团体领导者：

1. 对于团体成员和他们的问题表示了解。

| 很不同意 | 不同意 | 没有意见 | 同意 | 非常同意 |

2. 鼓励成员说出心中特别的问题和心里的感受。

| 很不同意 | 不同意 | 没有意见 | 同意 | 非常同意 |

3. 当团体中出现有人操纵场面时，团体领导者能够予以阻止。

| 很不同意 | 不同意 | 没有意见 | 同意 | 非常同意 |

4. 他能够注意到那些不发言的人，并且能够把他们带领出来。

| 很不同意 | 不同意 | 没有意见 | 同意 | 非常同意 |

5. 他对那些不发言的人，表现出尊敬的态度。

| 很不同意 | 不同意 | 没有意见 | 同意 | 非常同意 |

6. 团体领导者表现出适当的反应行为，比如澄清、简述语意、反映情感、做出结论等。

| 很不同意 | 不同意 | 没有意见 | 同意 | 非常同意 |

7. 团体领导者能够帮助整个团体设定目标，找出讨论方向，确立

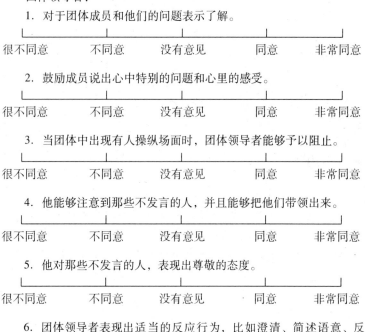

① 参见《中山大学心理健康教育咨询中心制度汇编》（内部刊物），2007年，第113—115页。

讨论主题、态度等。

很不同意	不同意	没有意见	同意	非常同意

8. 用身体或在态度上表现出对团体成员的关心。

很不同意	不同意	没有意见	同意	非常同意

9. 仔细地倾听且能够真诚地接受团体的成员。

很不同意	不同意	没有意见	同意	非常同意

10. 经常表现出紧张和忧虑。

很不同意	不同意	没有意见	同意	非常同意

11. 当团体成员彼此之间进行感性上的沟通时，能够予以鼓励。

很不同意	不同意	没有意见	同意	非常同意

12. 当团体中有人迟到时，表现出生气的态度。

很不同意	不同意	没有意见	同意	非常同意

13. 对于发生在成员言行上的不一致的事情，能够立刻指出。

很不同意	不同意	没有意见	同意	非常同意

14. 在成员没有明说的情况下，能够洞察他们真实的情感。

很不同意	不同意	没有意见	同意	非常同意

15. 能够真诚及开放地表露自我的感情。

很不同意	不同意	没有意见	同意	非常同意

16. 能为成员共同分享自己的经验。

很不同意	不同意	没有意见	同意	非常同意

17. 协助成员，使其感觉自己是一个颇具潜能的人。

| 很不同意 | 不同意 | 没有意见 | 同意 | 非常同意 |

18. 能够说出他对成员的看法，这种看法与成员的自我概念是不同的。

| 很不同意 | 不同意 | 没有意见 | 同意 | 非常同意 |

19. 鼓励成员讲出他们的目标及计划。

| 很不同意 | 不同意 | 没有意见 | 同意 | 非常同意 |

20. 不用刻意表现，就能将他对成员的关心表现出来。

| 很不同意 | 不同意 | 没有意见 | 同意 | 非常同意 |

21. 要求成员共同分享他的感受。

| 很不同意 | 不同意 | 没有意见 | 同意 | 非常同意 |

22. 当牵涉成员所关心的问题时，能将自己的价值观及概念拿出来与大家共同讨论。

| 很不同意 | 不同意 | 没有意见 | 同意 | 非常同意 |

23. 能够真诚地表露自我。

| 很不同意 | 不同意 | 没有意见 | 同意 | 非常同意 |

24. 综合以上所说，我觉得这个团体领导者是一位　　　（　　）

A. 很具破坏性的人物

B. 既没有破坏性，也没有帮助的人

C. 有一点帮助的人

D. 给予很大帮助的人

25. 如果是一位很要好的朋友问我对这个团体的看法，我会（　　）

A. 不推荐它　　　　　　B. 含有保留地推荐

C. 推荐　　　　　　　　D. 非常热忱地推荐

团体活动成员自我评量表①

参加了几次团体咨询活动后，你觉得自己与以前有什么不同？假定参加该团体活动以前，你是在"0"的位置，参加了以后，你觉得哪一方向变化了，请在适当的位置上打"√"。

1.
```
5    4    3    2    1    0    1    2    3    4    5
```
自我中心　　　　　　　　　　　　　　　　关怀别人

2.
```
5    4    3    2    1    0    1    2    3    4    5
```
怀疑自己　　　　　　　　　　　　　　　　信赖自己

3.
```
5    4    3    2    1    0    1    2    3    4    5
```
紧守秘密　　　　　　　　　　　　　　　　分享经验

4.
```
5    4    3    2    1    0    1    2    3    4    5
```
拘束不自在　　　　　　　　　　　　　　　自由自在

5.
```
5    4    3    2    1    0    1    2    3    4    5
```
无责任感　　　　　　　　　　　　　　　　有责任感

6.
```
5    4    3    2    1    0    1    2    3    4    5
```
不信赖别人　　　　　　　　　　　　　　　信赖别人

7.
```
5    4    3    2    1    0    1    2    3    4    5
```
依赖别人　　　　　　　　　　　　　　　　帮助别人

8.
```
5    4    3    2    1    0    1    2    3    4    5
```
不了解自己　　　　　　　　　　　　　　　了解自己

---

① 参见《中山大学心理健康教育咨询中心制度汇编》（内部刊物），2007年，第116—117页。

9.

| 5 | 4 | 3 | 2 | 1 | 0 | 1 | 2 | 3 | 4 | 5 |

不了解别人 　　　　　　　　　　　　　　　　　了解别人

10.

| 5 | 4 | 3 | 2 | 1 | 0 | 1 | 2 | 3 | 4 | 5 |

不喜欢参与此类活动 　　　　　　　　　　喜欢参与此类活动

补充说明或意见：＿＿＿＿＿＿＿＿＿＿＿＿＿＿＿＿＿＿

＿＿＿＿＿＿＿＿＿＿＿＿＿＿＿＿＿＿＿＿＿＿＿＿＿＿＿

＿＿＿＿＿＿＿＿＿＿＿＿＿＿＿＿＿＿＿＿＿＿＿＿＿＿＿

＿＿＿＿＿＿＿＿＿＿＿＿＿＿＿＿＿＿＿＿＿＿＿＿＿＿＿

＿＿＿＿＿＿＿＿＿＿＿＿＿＿＿＿＿＿＿＿＿＿＿＿＿＿＿

＿＿＿＿＿＿＿＿＿＿＿＿＿＿＿＿＿＿＿＿＿＿＿＿＿＿＿

团体满意度评量表①

说明：此表是每次团体咨询结束后，针对团体的感受与意见的评量表。

极不符合   极符合

1   2   3   4   5   6   7   8   9   10

1. 我能在这个团体中向别人表达我的看法。

1   2   3   4   5   6   7   8   9   10

2. 我喜欢这次团体活动。

1   2   3   4   5   6   7   8   9   10

3. 我觉得在这次团体活动中学会了更加关怀别人。

1   2   3   4   5   6   7   8   9   10

4. 我对自己越来越了解了。

1   2   3   4   5   6   7   8   9   10

5. 参加团体使我对自己越来越有信心。

1   2   3   4   5   6   7   8   9   10

6. 在这次团体中我乐意和其他人分享我的经验。

1   2   3   4   5   6   7   8   9   10

7. 我觉得这次的团体经验很有意义。

1   2   3   4   5   6   7   8   9   10

---

① 参见《中山大学心理健康教育咨询中心制度汇编》（内部刊物），2007年，第118—119页。

8. 我觉得这次聚会大家互相信任而且彼此坦诚。

1	2	3	4	5	6	7	8	9	10

9. 我喜欢领导者的带领方式。

1	2	3	4	5	6	7	8	9	10

10. 我认为下一次可以改进的是：＿＿＿＿＿＿＿＿＿＿＿

＿＿＿＿＿＿＿＿＿＿＿＿＿＿＿＿＿＿＿＿＿＿＿＿＿＿＿＿

＿＿＿＿＿＿＿＿＿＿＿＿＿＿＿＿＿＿＿＿＿＿＿＿＿＿＿＿

＿＿＿＿＿＿＿＿＿＿＿＿＿＿＿＿＿＿＿＿＿＿＿＿＿＿＿＿

＿＿＿＿＿＿＿＿＿＿＿＿＿＿＿＿＿＿＿＿＿＿＿＿＿＿＿＿

＿＿＿＿＿＿＿＿＿＿＿＿＿＿＿＿＿＿＿＿＿＿＿＿＿＿＿＿

＿＿＿＿＿＿＿＿＿＿＿＿＿＿＿＿＿＿＿＿＿＿＿＿＿＿＿＿

＿＿＿＿＿＿＿＿＿＿＿＿＿＿＿＿＿＿＿＿＿＿＿＿＿＿＿＿

下　编

大学生心理健康教育

第五章　大学生心理健康新概念

　　大学，是每位大学生实现人生梦想的地方。进入大学后，学生要开始独立地面对真实的生活，自主地解决自己的人生难题。面对生活环境、身份角色的变化，大学生在成长过程中常常会感受到疑惑、矛盾、冲突、压力与挫折，这是每个学生在迈向成熟人生的过程中必然会面临的。大多数学生会在面对困难、克服困扰、调整心态中逐渐成长和成熟，但也有不少学生会陷入痛苦和挣扎中难以自拔。因此，在大学阶段树立良好的心理健康观，关系着每位学子的健康成长。

第一节　大学生与心理健康

一、大学生心理健康的标准[①]

大学生的年龄一般在 18—25 岁之间，从心理学的观点来看，正处于青年中期。根据我国大学生的实际情况，评判大学生的心理健康水平应从以下几个标准给予着重考虑。

（一）智力正常

智力，是人的观察力、注意力、记忆力、想象力、思维能力、创造力及实践活动能力等的综合，包括在经验中学习和理解的能力、获得和保持知识的能力、迅速而成功地对新情境做出反应的能力，运用推理有效地解决问题的能力等。这是大学生学习、生活与工作的基本心理条件，也是适应周围环境变化所必需的心理保证。因此，衡量大学生的智力是否正常，关键在于其是否正常地、充分地发挥了自我效能，即有强烈的求知欲，乐于学习，能够积极参与学习活动。

（二）情绪健康

情绪健康的标志是情绪稳定和心情愉快。包括的内容有：愉快情绪多于负性情绪，乐观开朗，富有朝气，对生活充满希望；情绪较稳定，善于控制与调节自己的情绪，既能克制又能合理宣泄自己的情绪，情绪的表达既符合社会的要求又符合自身的需要，在不同的时间和场合有恰如其分的情绪表达；情绪反应与环境相适应，反应的强度与引起这种情绪的情境相符合。

---

① 参见段鑫星、赵玲《大学生心理健康教育》，科学出版社 2008 年版，第 10—12 页。

（三）意志健全

意志是个体在完成一种有目的的活动时进行选择、决定与执行的心理过程。意志健全者在行动的自觉性、果断性、顽强性和自制力等方面都表现出较高的水平。意志健全的大学生在各种活动中都有自觉的目的性，能适时地做出决定并运用有效的方式解决所遇到的问题；在困难和挫折面前，能采取合理的反应方式，能在行动中控制情绪和言而有信，而不是行动盲目、畏惧困难、顽固执拗。

（四）人格完整

人格是个体比较稳定的心理特征的总和。人格完善是指有健全统一的人格，个人的所想、所说、所做都是协调一致的。人格完善包括人格结构的各要素完整统一，具有正确的自我意识，不产生自我同一性混乱，以积极进取的人生观作为人格的核心，并以此为中心把自己的需要、目标和行动统一起来。

（五）自我评价正确

正确的自我评价是大学生心理健康的重要条件。大学生在进行自我观察、自我认定、自我判断和自我评价时，能做到自知，恰如其分地认识自己，摆正自己的位置，既不以自己在某些方面高于别人而自傲，也不以某些方面低于别人而自卑。面对挫折与困境，能够自我悦纳，喜欢自己，接受自己，自尊、自强、自制、自爱适度，正视现实，积极进取。

（六）人际关系和谐

良好而深厚的人际关系，是事业成功与生活幸福的前提。主要表现为：乐于与人交往，既有广泛而深厚的人际关系，又有知心朋友；在交往中保持独立而完整的人格，有自知之明，不卑不亢；能客观评价别人和自己，善取人之长补己之短，宽以待人，乐于助人；积极的交往态度多于消极态度，交往动机端正。

（七）社会适应正常

个体与客观现实环境应保持良好平衡，既要进行客观观察以取得正确认识，以有效的办法应付环境中的各种困难，不退缩；又要根据环境的特点和自我意识的情况努力进行协调，或改变环境适应个体需要，或改造自我适应环境。

（八）心理行为符合大学生的年龄特征

大学生是处于特定年龄阶段的特殊群体，应具有与年龄和角色相适应的心理行为特征。

正确理解大学生心理健康的标准应重视以下几个方面。

1. 标准的相对性

大学生心理健康与不健康并无明显界限，而是一个连续化的过程。在张小乔提出的"灰色区理论"中，处于浅灰色区的群体是心理咨询中最主要、最常见的对象。这说明，对大多数大学生而言，在人生发展过程中面临的心理问题是正常的，是可以自行调适的。大学生应提高自我保健意识，积极面对，适时调整。

2. 整体协调性

把握心理健康的标准，应以心理活动为本，考察其内外关系的整体协调性。从心理过程看，健康的个体的心理活动是一个完整统一的协调体，这种整体协调保证了个体在反映客观世界的过程中的高度准确性和有效性。研究表明，认识是健康心理结构的起点，意志行为是人格面貌的归宿，情感是认识与意志之间的中介因素。从心理结构的几个方面看，一旦它们不能符合规律地进行协调运作时，就可能产生一系列的心理困扰或问题。从个性角度看，每个人都有自己长期形成的稳定的个性心理，一个人的个性在没有明显的剧烈的外部因素影响下是不会轻易发生变化的。

3. 发展性

不健康的心理可能是个体发展中不可避免的发展性问题，随着个体的心理成长和逐渐调整而趋于健康。在研究大学生整体心理健康时，应将目光投向发展的健康观，即多数大学生在发展中面临着许多人生课题，心理困难与心理危机都是在发展的大背景下产生的，比如学业期待、职业抱负所引发的学业压力、就业压力等心理问题。

二、大学生心理特征发展的两面性

我国心理学家张增杰认为大学生心理特征发展具有两面性。

（一）大学生心理发展的积极特点

大学生心理发展正处于迅速走向成熟的阶段，这些成熟的方面表现出积极的特点，其中主要有：

（1）精力充沛，朝气蓬勃，具有勇往直前的气魄。

（2）出现类似成人的新需要，并渴望获得充分满足，从而激起对生活的美好愿望。

（3）情绪强烈，但比青年初期善于控制；情绪丰富，热情高涨；高尚情操日益发展。

（4）抽象逻辑思维发展，辩证性日益提高，发散性思维有新发展，想象丰富，善于独立思考，思维活跃，求知欲强而好争辩，迫切希望能有新的发明创造与成就，对社会作出贡献。

（5）自我意识有新的发展，对自己各方面的认识大大提高，主动性增强，同时自尊心特别强。

（6）人际关系进一步扩大，比青年初期更善于与人交往，对友谊和爱情十分重视。

（7）富有理想，积极向上，向往真理。

（二）大学生心理发展的消极特点

处于发展过渡期的大学生，虽然由于迅速走向成熟而具有许多积极面，但往往在这些积极面中也包括没有达到真正成熟的方面，其中主要有：

（1）滥用充沛的精力与蛮干。

（2）在客观条件未具备时，急于谋求需要的满足，导致失败或误入歧途。

（3）对情绪、情感缺乏控制时，易成为情感的奴隶。

（4）过分凭借想象与间接思维，不善于将集中思维与发散思维巧妙地结合起来，容易导致脱离现实，坚持片面性结论，甚至因怀疑或不满现实，以致削弱进取心。

（5）自我意识强，情绪体验深，在外界的不良影响下，易陶醉于低级情绪。

（6）在未掌握正确的社会准则时，在开放、自由的交往中，容易走入歧途。

（7）在缺乏正确思想指导时，求知欲与敏感性易导致迷信错误的、自以为是的"新知识"或"新思潮"。

三、哪些大学生需要求助心理咨询[①]

（1）生活中遇有重大选择或重大事件时，犹豫不定或无法调整者。

（2）学习压力大、无力承受但又不能自行调解者。

---

① 参见《中山大学心理健康教育工作手册》（内部资料），2006年，第73页。

（3）初涉世事，对新环境适应困难者。

（4）经受挫折后，精神一蹶不振者。

（5）过分自卑，经常感到心情压抑者。

（6）在社交方面自感有障碍的人（如怯懦、自我封闭等）。

（7）在经历了失恋、单相思情况之后，心灵创伤无法自愈者。

（8）寝室人际关系不和睦，渴望通过指导改善者。

（9）退学、休学、受到学校违纪处分者。

（10）患有某种身体疾病，对此产生心理压力者。

（11）经常厌食或暴食者。

（12）睡眠状态发生改变时的初期失眠者。

（13）轻度心理障碍者。

第二节　大学生心理健康的维护

一、大学生常见的心理问题

（一）自我意识发展问题

在心理咨询中，常见的自我意识的心理问题是由于自我认知不良、自我定位不准确而造成的自我体验不良、自我控制能力欠佳等。

1. 自卑与自负的冲突

自信是一种健康的心理，是一种健全自我意识与成熟人格的标志。但是，由于大学生的自我意识尚在发展过程中，心理尚未完全成熟，自我认知不准确，往往会出现自信的偏差——自卑或自负。

（1）自卑是一种自我否定，表现为过低评价自己的能力和品质。有自卑心理的同学总以为自己存在着缺陷、不足与失误，因而遇事总会胆怯、心虚、逃避、退缩，缺乏独立主见。

（2）自负是一种过度的自信。有自负心理的同学会认为自己是独一无二的，自信、自尊、优越感较强，从而缺乏自知之明；想问题、做事情都从自我出发，不能够从他人角度出发，喜欢指挥别人，往往以为自己对而别人错，把自己的意志强加在别人身上，不能与他人和睦相处。

（3）自负与自卑总是紧密相连的，自负表现强烈的人往往也是极度自卑的人。与其他群体相比，大学生体现出较高的自尊与自信，他们渴望成功，不甘落后，对成功的渴望与预期高。当取得成功时，表现出骄傲自大、自我中心，相当自负；当遭遇失败与挫折时，便开始怀疑自己的能力，进而产生自我否定、自我怀疑甚至自暴自弃，陷入强烈的自卑之中。

2. 自我不确定

大学生正处于自我意识迅速发展的时期，开始思考自我的问题，从自我的现状、生理特征、社会期望、以往经验、现实环境到未来希望，经历自我了解和自我追寻的必经成长历程。处于青年期的大学生常常发出"我是谁"、"我将来会做什么"、"我怎么会这样"的疑问。关键是要明确自我概念，能够统合自我。如果顺利渡过这个成长危机，那么个体就能够获得自我同一性；否则会陷入同一性混乱的危机，对自我发展经历和方向充满困惑和怀疑，失去奋斗的目标和动力，不知何去何从。

3. 自我调控能力欠佳

自我调控能力包括对自己心理状态的调节和对自己行为的控制，是自我意识主要功能之一。而面对不断变化的环境、多元化的视野冲击，在经历各种挫折和失败的体验时，大学生由于自我调控能力欠佳，而产生许多消极情绪体验和心理问题。主要表现有：

（1）理想自我和现实自我差距过大，个体盲目追求理想自我，对现实自我缺乏清晰认识，造成理想自我和现实自我的分裂。

（2）在一次次挫败中强化感受消极体验、产生消极情绪，无法摆脱失败的阴影，从而自我心灵闭锁，将自己的心灵深藏起来，不能完全敞开心扉交流与沟通，存在戒备心理。

（3）在愤怒、羞愧等消极情绪作用下，易产生过激的冲动行为，如自残或伤害他人等。

（二）学习心理问题

学习压力大、学习动力不足、学习适应困难等学习心理问题始终困扰着大学生。主要表现为以下四个方面。

1. 学习动力不足

当今大学生学习动力不足大致有以下几种主要表现：①经常迟到或早退，对学习没有兴趣，采取应付态度；②对学习不求深、不求精，只求能通过考试；③遇到难题就会退缩，不肯努力钻研；④学习目的不明确。

2. 学习适应困难

部分大学生进入大学后，不能把握大学的学习特点和学习规律，对适应大学的学习模式和教学方法存在困难。主要表现为：①没有合理的学习目标和计划；②忽视理论应用和实践操作，过多参加社会工作、文娱活动，不会科学利用和分配时间；③没有合适的学习策略和方法，不求甚解，被动学习、机械记忆，不能形成系统的知识结构。

3. 学习挫折

部分大学生在大学期间考试成绩总是不理想，无论做出多大努力，仍然于事无补，自尊心和自信心受到打击，从而产生厌学情绪，无心向学。

4. 学习动机功利化

市场经济的利益杠杆影响着大学生的学习，对于学习，大学生表现出一定程度的功利意识。对一些基础性学科，学生会问："我学习这门课有什么用?"因而基础课学生逃课现象严重，盲目"考证热"也是学习功利化的一种表现。

(三) 情绪情感问题

稳定的情绪、丰富的情感，是学生良好品格的重要因素，而不良的情绪情感反应也是学生心理健康中值得重视的问题。

1. 抑郁

抑郁主要表现为个体心中以持久的情绪低落为主，常伴有身体不适、睡眠不足等，心情压抑、沮丧，无精打采，什么事也提不起精神来，逃避参与，缺乏自信和自尊，对人过分依赖，容易悲观，感情脆弱。家庭亲和感差、连续的考试失败、丧失亲人、同学感情不和等都是抑郁的直接诱因。

2. 焦虑

焦虑是大学生极易产生的一种情绪体验，主要表现为自我焦虑与考试焦虑。

(1) 自我焦虑。青年时期比任何年龄更关注自己在他人尤其是异性心目中的形象，学生会因长相、胖瘦、高矮、能力、魅力等产生各种各样的焦虑，在与他人的不合理比较中极易产生嫉妒、自卑等，无法建立良好的社交形象与公众形象。

(2) 考试焦虑。具体表现有四方面，一是情绪上表现出担忧、焦虑、烦躁不安；二是认知上表现为注意力不集中、记忆力下降、学习效率低、思维僵化；三是行为上表现为坐立不安、手足无措；四是身体上表现为头痛、食欲下降、恶心、心慌、睡眠不好等。

3. 情绪失衡

大学生的社会情绪丰富而强烈，具有波动性、两极性、外显性、内隐性、冲动性和爆发性的特点。主要表现为情绪波动起伏大，喜怒无常，会因一次胜利而沾沾自喜，也易为一次考试失败、情感受挫而一蹶不振。特别是对负性情绪的控制相对较弱，难以驾驭自己的情感，不能保持一种常态的情绪，如一次考试失败，有的学生很难从失利的阴影中走出。

4. 恋爱困扰

大学生谈恋爱已是大学校园一种普遍的现象。有的同学由于空虚寂寞、情感迷茫、受从众心理的影响，渴望慰藉，在不正确的恋爱观引导下患上"情流感"，而且又无法正视、调适由此出现的单恋、恋爱从众、失恋等情感问题，从而对自身的学习、生活造成很大困扰和影响。

（四）人际关系问题

大学生因人际关系而产生的心理问题主要是人际交往失败，人际交往技能缺乏。良好的人际关系是学生成长与社会化过程中的重要组成部分，也是保持良好心理状态的必备条件。

1. 人际孤独

进入大学，远离原来熟悉的生活与学习环境，面对新的人际群体，部分学生对大学的师生关系、同学关系、异性之间的关系显得很不适应。心里有话不知道对谁说，时常感到无依无靠、孤单烦闷的孤独感。

2. 人际冲突

大学生的自尊心很强，在人际交往中，由于缺乏基本的尊重和理解，缺乏人际沟通的技巧和方法，过分地以自我为中心，苛求、挑剔、猜疑、妒忌。尤其是在大学的宿舍生活中，日夜相对的舍友之间可能因为一些日常生活中的小事情产生摩擦，而又没有及时沟通和解，从而激化矛盾冲突。

3. 沟通不良

大学里的同学和朋友分别来自不同地域、不同民族、不同家庭，由于不同的思想观念、价值标准、风俗习惯、语言、性格爱好等，给大学生之间的良好沟通造成一定的难度。

4. 社交恐惧

处于青春期的大学生，对自己的形象极为敏感，很在意别人的看法，希望在交往中给他人留下美好的印象。但在交往过程中期望值过高，更易显得手足无措、语无伦次，严重时还会出现如心跳加快、呼吸急促等症状，这在心理学上被称为"社交恐惧"。具有社交恐惧表现的同学，担心自己成为他人关注和讨论的焦点，特别是与异性、陌生人交往或在公众场合中，易产生焦虑、痛苦、自卑等情绪。

（五）适应发展性问题

进入大学的每一位新生都要经历角色转换和适应的过程，在面对新的生活环境、新的交际圈、新的教育学习模式时，会产生失落、疑惑、矛盾等负性体验和认知，如果得不到及时宣泄和调整则可能引发个体人际孤独、抑郁、逃课、沉迷网络等心理、行为问题，心理学将这一时期称为"大学新生心理失衡期"。如何度过心理失衡期，成功地进行角色转换，是每个大学新生必须面对的课题。

与中学相比，大学为学生提供了更为广阔的自由和选择，而这就对大学生的"自我教育、自我管理、自我服务"提出了更高的要求。新的管理，要求大学生能够自主获取学籍、自己选读课程、自主接受考核，做到自我管理、自主选择和负责；自由时间的支配，要求大学生能够独立决策、独立行事、自律自控；大学的竞争是潜在而全方位的，考试成绩不再是衡量个人能力和素质的唯一指标，这就要求大学生在适应生活、学习后，应进一步思考如何规划大学生涯，自主、全面地发展。在这迈向成熟的发展过程中，学生会遇到各种成长问题。

（六）性需要和性适应问题

大学生的性发育基本成熟。所谓性成熟，从生物学意义上讲，是指生殖系统具备生育能力。在性问题上，大学生面临不能协调的两难抉择：一方面，性成熟产生了性的需要；另一方面，大学生的角色转换和环境使其性需要不能够直接满足，要求大学生将之升华和转移。心理学研究表明，性的需要不仅是生理性的，更是后天社会学习的结果，因而可以产生性适应，即延缓性欲实现或满足的过程。对正处于"狂风暴雨"时期的青年大学生来说，他们可能因性需要和性适应而引发各种各样的问题。

二、影响大学生心理健康的因素

人的心理健康是一个极为复杂的动态过程。影响心理健康的因素是各种各样的，既有个体自身的心理素质，也有外界环境因素的影响。就当前大学生的现状而言，影响其心理健康的因素主要体现在以下几个方面。

（一）自我认知偏差

由于大学学习、生活的转变，大学生对自我的评价也在逐渐地发生转变。这些不仅表现在学习成绩、生活起居上，还表现在知识面、社会经验、人际交往以及个体综合能力等方面。大学生作为同龄人中成绩优秀的群体，现实自我与理想自我存在一定差距。对这一客观事实认识不足，就会引起认知上的矛盾，从而影响其心理状态。在客观现实面前，有的大学生能及时调整对自身的认识，重新确立目标，使之符合客观现实的要求；而有些大学生则企图逃避与现实的矛盾冲突，出现消沉、颓废、苦闷、抑郁等心态，或沉迷于玩乐、放纵，发泄对现实的不满，以此来麻痹自己的心灵，甚至滋生自杀倾向等严重心理问题。处于大学阶段的青年人已强烈意识到"自我"，也注意到了自我的脆弱，因而产生出强烈的充实自我、发展自我的需求。有的同学在追求发展自我中顾此失彼，没能达到期望的目标，从而产生了不良心理反应。还有的同学，在发展自我的过程中放大了自我弱势，忽略了自我优势，由于害怕暴露自己的弱点而采取防御机制，缺乏必要的社会支持，甚至产生严重的烦恼和恐惧不安等。

（二）学习期待

大学的学习强调学习的自主性，学生成为学习活动的主体，而教师是学习活动的指导者。大学的学习不仅是专业必修课的学习，还包括各种专业选修课、公共必修课、公共选修课等。因而大学生面临着学习方法、学习内容与学习习惯发生巨大转变，需要对自己的学习能力重新评估。如果大学生学习方法不当，学习动机不强，学习目的不明确，自我约束能力弱，易出现焦虑、紧张等情绪反应，产生苦恼、自我否定等心理问题，严重影响自信心，导致学习失败。许多学生在中学时代确立自己的学习优势，有着较高的学习期待，在大学又面临着学习期待的变化、学习优势的失落和对自己的学习重新定位。如果大学生缺乏足够的思想准备，不能恰当接受和对待学习成绩，就会出现自信心下降、自卑感上升，甚至还会出现强烈的嫉妒心理和攻击行为。

（三）人际关系

与中学生相比，大学生的人际关系更为广泛与深刻，角色呈多元化。新型人际关系的适应是大学生面临的重要问题，既有对师生关系的理解，也有同班及宿舍的相处，还有异性交往的适应等。大学生与人交往和相处的经验相对较少，在短期内建立起一种和谐的人际关系，需要很多技巧，而大学生们往往只感受到这一问题的重要性和压力，却缺乏必要的经验和技巧。大学生对良好的人际关系抱有极大的期望，希望能建立和谐、友好、真诚的人际关系。但这种期望往往过于理想化，即对别人要求或期望太高，而造成对人际关系状况的不满，这种不满又会反过来对他们的人际关系带来消极的影响，渴望交往的心理需求与心理闭锁的矛盾集于一身。大学生活中重要的人际关系是异性交往，这既包括两性之间友谊的发展，也包含爱情的成长。在异性交往中需要重新认识与确立自己的方位与坐标。有的大学生面对异性的追求茫然不知所措，不知如何拒绝，也不知如何去爱；有的大学生将爱情置于学习之上，甚至认为有爱就有一切，失恋时，没有充分的心理准备，不知如何有策略地应对分手、面对自己。

（四）心理冲突

心理冲突是指个体在有目的的行为活动中，存在着两个或两个以上相反或相互排斥的动机时所产生的一种矛盾心理状态。心理冲突常常会造成动机部分地或全部地不能满足，同时也使动机所指向的目标的实现受到阻碍，动机与挫折相关，也是造成挫折和心理应激的一个重要原因。大学时代是心理断乳的关键期，心理断乳意味着个人离开父母、家庭的监护，切断个人与父母、家庭在心理上联系的"脐带"，摆脱对家庭的依赖，成为独立的个体，完成自我心理世界的建构。当多重发展任务如面临的升学与就业、学习与情感等问题同时落到大学生身上时，必然会产生各种各样的心理冲突。

（五）生活事件

生活事件指人们在日常生活中遇到的各种各样的社会生活的变动。生活事件不仅是测量应激的一种方法，也是一项预测身体和心理健康的重要指标，如大学生在经历人际关系的疏离、评优失败及失恋后，会出现明显的心理不适。在生活事件中，重要丧失（如重要人际关系的丧失、荣誉的丧失等）对大学生心理健康起着消极作用。重要的人际关系主要是指与家人、朋友，特别是异性（恋人）的关系。这种关系一旦丧失或出现问题，不仅仅会影响大学生的情绪以及学习和生活，更重要的是，可能会极大地影响大学生对自身及今后人生的看法。荣誉的丧失，一般表现在：很多人认为自己可以获取奖学金或评优、入党，却没有实现目标，考试作弊、违纪受处分等。重要丧失在一定程度上影响大学生心理健康，严重时会导致心理问题。

（六）迷恋网络

不少大学生一方面因交际困难而在网络的虚拟世界里寻找心理满足，另一方面也被网络本身的精彩深深吸引。所以，有些大学生对网络的依赖性越来越强，有的甚至染上网瘾，每天花大量时间泡在网上，沉湎于虚拟世界，自我封闭，与现实生活产生隔阂，不愿与人面对面交往。久而久之，将影响大学生正常的认知、情感和心理定位，不利于健康人格和人生观的塑造。此外，迷恋网络还会使人产生精神依赖性，在日常生活和学习中举止失常、神情恍惚、行为怪异。

三、关注大学生个体心理健康

（一）增进智慧，发展认知

任何心理问题都有其认知根源，不健康的心理常常来源于不健康的认知。所谓认知，就是人们看待事物的方式，它包括一个人的思想观点、阐释事物的思维模式、评价是非的标准、对人对事物的基本信念等。心理学家认为，健康的心理认知模式有以下几种特征：

（1）积极的而并非消极的。

（2）客观的而并非自欺的。

（3）独立的而并非依赖的。

（4）灵活的而并非僵化的。

（5）理智的而并非幼稚的。

大学生应主动摄取多元化学科知识，积极投入社会实践中，感受生活，积累体验，丰富阅历，从而塑造良好的思维、认知、行为模式，构建健康的心理认知系统。

（二）调节情绪，丰富情感

情绪与情感是人对客观事物是否符合主观需要而产生的心理体验，是伴随特定生理反应与外部表现的一种心理过程。与认知相比较而言，情绪和情感与个体身心健康的关系更加直接，大学生应主动积极调节自身的情绪、情感。

（1）当个体在生活中遭遇挫折或困难、遇到烦扰时，要学会有意识地运用一些常见的心理防卫机制来进行自我安慰，这是缓解心理焦虑的有效方法，提倡大学生多运用积极防卫机制，尽量少运用消极防卫机制。

（2）当个体面临持续而严重影响生活、工作和学习的负性情绪（如抑郁、焦虑、恐惧等）时，则应借助社会支持系统的力量，求助于心理咨询员的专业帮助。

（3）高峰体验的经历对于个体的心理健康发展和身心健康也是非常必要的。心理学的研究证明，人是在感动与自我感动中成长与升华的，而导致这种成长与升华的是高峰体验。所谓高峰体验，是一种美好积极的情绪情感体验，个体感到心旷神怡、全神贯注，内心充盈着欢乐与哀怜、感激与敬畏、崇敬与虔诚，从而达到"忘我"的境界，是个体成长的一种质变和升华。因此，在生活中，大学生应学会消除消极情绪、情感，感受崇高、美好、爱，感受自我的力量，从而完成自我的升华和人格的完善。

（三）锻炼意志，积极行动

意志，是自觉确定目的，根据目的支配、调节行动，克服困难，从而实现预定目标的心理过程。意志在人的生活、学习和工作中占有重要地位，因此，意志健全与否也是衡量心理健康与否的标准。意志健全是指意志能够调节行动，克服困难，达到预定目标；意志不健全就是意志不能完成应有的心理机能，出现异常的行为，表现为意志消沉，动力不足，常伴随思维迟缓、情绪低落、活动减少等，使得个体社会适应不良，影响其生活质量。所以，意志的锻炼、良好意志品质的培养，对增进心理健康、改善行为方式具有十分重要的意义。

在意志的锻炼、良好意志品质的培养方面，大学生应注意根据个体自身的特点，采用不同的锻炼内容。如：树立远大的理想、坚定的信念和正确的世界观；确立适当的行动目标，理解行动的后果；严格自律、树立榜样、体育锻炼、自省觉悟等。

（四）完善人格，达至整合

所谓人格，也称为个性，是一个人区别于他人的，在不同环境中一贯表现出来的，相对稳定的，影响人的外显和内隐行为模式的心理特征的总和。人格主要包括个性心理特征和个性倾向性。前者指个体的性格、气质和能力，后者包括个体的需要、动机、价值观等。

美国人本主义心理学家马斯洛认为健康的人格应包括以下主要特征：

（1）对现实具有有效的洞察力。

（2）有对自我、他人以及人性的客观现实的高度接受能力。

（3）思想、情感以及行为具有更大的自发性。

（4）总是以问题为中心。

（5）有高度的自主性。

（6）常常会产生离群独处的需要。

（7）有不断更新的欣赏事物的态度。

（8）有多于他人的神秘体验。

（9）有宽厚的社会情感。

（10）有深挚而精粹的私人关系。

（11）有民主的性格。

（12）有强烈的道德感和责任心。

（13）具有寓于哲理的善意的幽默感。

（14）更富有创造性。

健全的人格特征，对个体而言，有助于提高生活质量；对社会而言，有利于社会秩序的稳定。因此，大学生应该注意培养完善良好的人格特征。

首先，培养良好的道德品质、自尊、自信心和认真负责的态度，学会对情绪和行为的自我控制，增强挫折耐受力，培养独立的生活习惯。

其次，由于气质是一种与先天遗传有关的、高度稳定的人格特征，每一种气质类型各自具有自身的优缺点，没有好坏之分。因此，应注意发挥自身气质中的积极面，克服消极面。

最后，认识自我，悦纳自我。接受现实的自我，选择合理的奋斗目标，寻求良好的方法，创造机会，努力完善丰富自我。

（五）和谐人际关系，良好社会支持

人际交往是人与人之间心理上的关系，表现为人与人之间的心理距离，反映了人们寻求满足需要的心理状态。从动态讲，人际交往是指人与人之间一切直接或间接的相互作用，包括信息沟通与物质交换；从静态讲，是指人与人之间通过动态的相互作用形成的情感联系。据统计，大学生每天除了睡眠外，其余时间中有70%左右用于人际交往，个体的成长、发展、成功、幸福都与人际关系密切相关。因此，人际交往对大学生起着重要作用，正常的人际交往和良好的人际关系是其心理正常发展、个性保持健康和生活具有幸福感的必要前提。大学生应掌握良好沟通的技巧和方法，努力完善自我人格魅力，促进自身人际交往的能力。

受人欢迎的人一般具有以下个性特征：聆听重于表达，尊重别人的隐私，不过分谦虚，犯错误时勇于承认及坦诚道歉，不为自己的不当行为找借口，不过分讨好别人，珍惜自己和别人的时间。阻碍人际吸引的个性特征主要有：不尊重他人，以自我为中心，过于功利，过于依赖，妒忌心强，自卑，偏激，退缩，内向不合群，充满敌意等。

卡耐基在《如何赢得朋友》中指出给人留下良好第一印象的六种途径：

（1）真诚地对别人感兴趣。

（2）报以微笑。

（3）多提别人的名字。

（4）做一个耐心的倾听者，鼓励别人谈他们自己。

（5）谈符合别人兴趣的话题。

（6）以真诚的方式让别人感到他们自己很重要。

社会支持系统是一种提供援助、资讯、情感、支持及肯定的人际交流系统。就其形式而言，可分为正式的和非正式的社会支持系统。正式的社会支持系统指的是社会结构中所能提供的援助系统，如专业心理咨询机构；非正式的社会支持系统是来自家人、亲友、邻居和其他人所提供的情绪、心理、资讯等方面的社会援助系统，这是个体遭遇困难时最快捷也最容易寻求援助的资源系统。

个体寻求社会支持系统，一方面对应激状态下的自我提供保护，即对应激起缓冲作用；另一方面能够维持自身的一般的良好情绪体验。寻求社会支持还包括个体对支持的利用情况，个体对社会支持的利用存在着差异，有些大学生本可以获得很多支持，但却拒绝他人的帮助，从而使自己陷入绝境。大学生在人生的成长路上会遇到各种各样的矛盾、困扰、逆境，在困境中希望得到理解、帮助与支持。因此，建立相互支持的系统尤其重要，父母、亲戚、老师、同学、朋友，以及各种各样的正式、非正式组织都可能成为大学生的支持源。大学生应努力建构自身的社会支持系统，并学会主动寻求、合理有效的利用支持系统。

学习与思考：

1. 大学生心理健康的标准是什么？

2. 哪些大学生需要求助心理咨询？

3. 大学生常见的心理问题有哪些？请选择一种问题类型举例详细说明。

4. 影响大学生心理健康的因素有哪些？

5. 作为一名大学生，如何增进自身的心理健康？

第六章　大学生朋辈心理咨询

　　据中国青少年研究中心报告显示，当大学生有了心理问题的时候，首先选择的是向朋友倾诉（79.8%），其次，倾诉的对象分别是母亲（45.5%）、同学（38.6%）、恋人（30.9%）、父亲（22.5%）、同龄亲属（15.8%），选择向心理咨询老师倾诉的仅占3.2%。由此可见，大学生更愿意向朋友、同学打开心扉、倾诉烦恼、寻求心理援助。朋辈心理咨询虽然不是专业心理咨询，但朋辈之间自然性的鸿沟小、防御性低、共通性大、互动性高，具有先天的优势。如果运用得当，可与专业性的辅导咨询相辅相成。

第一节　朋辈心理咨询概述

一、朋辈心理咨询的定义

朋辈心理咨询（Peer Counseling）又被称为"准心理咨询"或"非专业心理咨询"（Paraprofessional Counseling），是指非专业心理工作人员经过选拔、培训和督导，在周围年龄、地位相当的来访者中开展具有心理咨询功能的服务，在日常学习和生活中，自觉开展心理知识普及、心理问题探讨、心理情感沟通、心理矛盾化解、心理危机干预等活动，推动周围群体的互助、关怀、支持，实现"自助式"成长模式。简而言之，可以理解为非专业化心理工作人员经过选拔、培训和督导向年龄、地位相当的来访者提供具有心理教育、调节和咨询功能的人际互动过程，是一种特殊的心理咨询形式。

这里的"朋辈"（Peer）含有"朋友"和"同辈"的双重意思。"朋友"是指有过交往并且值得信赖的人，而"同辈"是指同年龄者或年龄相当者，通常有较为接近的价值观念、经验，共同的生活方式、生活理念，具有年龄相近、所关注的问题相同等特点。那些从中被选拔出来，接受特定的培训和督导，对群体中的其他成员提供心理援助，产生积极行为影响的人即朋辈心理咨询员（Peer Counselor）。

二、大学生朋辈心理咨询的特点

（一）时效性强

专业心理咨询过程首先需要咨询员与来访者建立良好的相互信任的人际关系，并对来访者有一定了解，这需要较长时间。而朋辈心理咨询员相对所花的时间要少许多，他们生活在同学们的身边，很容易为同学所接受，能够及时有效地进行心理疏导。此外,朋辈心理咨询员往往与来访者共同生活和学习,同学之间的问题,他们可能较早及时地发现,对提供帮助、提前干预和改善环境都更为有利。

(二)简便易行

与严格意义上的心理咨询相比,朋辈心理咨询受时间、地域、语言等因素的影响较少。在与同学的共同生活中,朋辈咨询员只要发现问题便可随时随地进行咨询,既不需要预约时间和特殊的场地,也不需要按部就班地进行。

(三)自发性与义务性

朋辈咨询是同龄人之间的一种互帮互助的行为。大学生十分乐意帮助他人,这样可以加强自身运用内在潜能的机会,从而增强自我价值感,提高自我能力认同感。同时,朋辈心理咨询员是一种公益性的角色,并不是为了获得经济利益,是完全出于内心的一种自我认同的需求,具有义务性的。

(四)亲情性与友谊性

确立良好的咨询关系是咨询成功的首要因素。学生之间相互帮助既是一种高尚的精神,也是一种亲情和友谊的表现。大学生离开父母,进入学校大家庭,他们在年龄、价值观、情感体验、爱好、生活方式、学习方式等方面具有相似性和共同性,具有天然的"亲缘"关系,使自己在离开父母的呵护后能找到心灵的"依靠",在面对共同困惑的问题时能够彼此相惜相知,从而建立起珍贵的友谊。

三、开展大学生朋辈心理咨询的意义

(一)朋辈心理咨询是对高校专业心理咨询的有益补充

在我国高校的心理健康教育工作中,专业心理咨询人员明显不足，仅仅靠几位专业心理咨询老师是远远不够的，难以满足广大学生多元化的心理需求，供求之间明显不平衡。将朋辈心理咨询引入高校心理健康教育工作中，让更多的学生成为高校心理教育工作的主体和原动力，是对高校专业心理健康教育力量和工作的重要支持、补充，能够缓解专业咨询人员不足的困境，有助于提高学校心理咨询的整体效果。

（二）朋辈心理咨询符合广大学生的心理需求

朋辈心理咨询所反映的人际关系是一种同学与来访者之间的友谊关系，这种关系有利于咨询的沟通和深入。因为朋辈心理咨询员与来访者之间在年龄、经历、知识水平等方面相似，容易互相理解、沟通交流。因此，朋辈间的心理安慰、鼓励和支持被来访者接纳的程度更高，更具有说服力与影响力，这是其他心理咨询模式所无法比拟的独特优势。朋辈之间接触机会多、自然性的鸿沟小、防御性低、共通性大、互动性高等优势，使朋辈心理咨询员可以与来访者在较短的时间内建立信赖与友谊的关系，减少时间与精力的耗费。可见，具有自发性、义务性、亲情性、友谊性等特点的朋辈心理咨询符合大学生的心理需求。

（三）朋辈心理咨询有助于促成助人自助的双向目标

朋辈心理咨询的一个重要目标就是通过与来访者的互动过程最终实现学生的自助成长。朋辈心理咨询员经过培训和督导，掌握基本的心理咨询原理、心理调节方法和技能，不仅能够为来访者提供具有心理咨询功能的服务，同时作为榜样的朋辈心理咨询员本身也会对其他同学起到一种潜移默化的积极导向作用。随着知识的不断深入，在帮助别人的同时，朋辈心理咨询员自身也在不断地自我升华。在现实生活中，自己在遇到困难、挫折后能够及时地进行自我调整，从而逐渐提高和改善自我的心理调节能力，提高人际沟通、情感交流的能力，实现"助人自助，成人达己"的双向目标，以更积极主动的心态适应现实的生活和工作。

（四）朋辈心理咨询涉及范围广、发现问题及时

朋辈心理咨询是在同学、朋友之间进行的一种心理咨询。一般高校的专兼职心理咨询老师所能接触的学生基本上是自己主动到心理咨询中心寻求帮助的学生。心理咨询老师一般只能被动地在学校心理咨询中心等待来访者，无法主动接触学生，及时了解学生的苦恼和不安。而朋辈心理咨询员却不一样，每个朋辈心理咨询员都有自己生活的宿舍、班级，他们分布在学校的各个角落，每天都与同学接触。因此，当发现身边的同学有什么苦恼或者异常时，往往能及时有效地给予帮助并求助于专业的心理咨询老师，为及早发现和预防学生心理问题提供帮助，防患于未然。

四、朋辈心理咨询的不足

朋辈心理咨询为协助高校解决大学生心理问题提供了很多帮助，这在国外和我国港台等地区已为实践所证明。但是，由于目前在我国内地仍处于起步阶段，朋辈心理咨询在具体的实施过程中还存在着许多不足之处。

（一）人员选拔困难

朋辈心理咨询效果如何，很大程度上有赖于朋辈心理咨询员的自身素质。一名优秀的朋辈咨询员应具备丰富的心理知识结构、健康的自我概念、完善的人格特征、积极的人生观、和谐的价值观、灵活的技能、帮助他人的爱心与认真负责的态度，等等。如果按照这一系列标准或要求去选拔朋辈心理咨询员，那这个过程将是非常艰难的，同时也很难把握好尺度。

（二）培训工作繁重

在心理咨询的过程中，朋辈心理咨询员是否娴熟地掌握心理咨询理论和技能，具有良好的职业道德水平都是很重要的。对选拔后的人员的培养和训练极为重要和迫切，所以需要进一步加强对朋辈心理咨询员的专业知识技能的指导和培训、心理督导和职业道德培训。如定期开设有关心理咨询的讲座或课程、举办心理咨询技能培训班、专业老师指导下的模拟咨询等。而这些工作量是很大的，时间也很漫长，具体操作时也存在很多实际困难。

（三）解决问题的程度不深

作为一名朋辈心理咨询员，同时也是一名高校大学生，上岗之前虽然经过专业的培训和督导，但毕竟没有一个系统深入的学习过程。同时，朋辈心理咨询不同于专业的心理咨询，它只是一种准心理咨询，在专业水准，咨询的问题、目标、方法以及要求上和专业的心理咨询都有很大的差别。因此，朋辈心理咨询员一般只能解决比较表面的浅层次的问题，要想进一步解决问题还需要找专业的心理咨询老师，寻求专业的督导。

（四）评估、激励机制的不健全

朋辈心理咨询在学生中不易产生权威影响，有时其助人作用难以充分发挥，因此导致朋辈心理咨询工作难以深入进行。另外，朋辈心理咨询工作究竟能起到多大的作用？咨询效果如何？这些问题的评估具有很强的主观性和差异性。同时，朋辈心理咨询同专业咨询一样，工作成效不可能立竿见影，这也会使朋辈心理咨询员产生"职业倦怠"。因而，如何形成一套科学、有效、公认的评估机制，加大激励机制的力度，使其保持较好的工作状态，也是目前面临的一大问题。

第二节 朋辈心理咨询员的选拔和培训

一、朋辈心理咨询员的选拔

（一）朋辈心理咨询员的选拔流程

朋辈心理咨询员的招募与选拔应遵循自愿、平等、严格的原则。具体包括以下几方面。

1. 自愿报名

由于朋辈心理咨询员义务性的工作性质，朋辈心理咨询员应具有热情、真诚地帮助他人的态度。因此，选拔应本着自愿参与的原则。通过宣传招募的形式，对报名者进行笔试和面试，从中筛选出适合的人选。

2. 笔试

笔试主要是通过 SCL – 90、16PF 和自编问卷等测试，对朋辈心理咨询员的心理健康状况、人格特征和倾听能力等做出评估，最后筛选出心理健康状况良好，人格方面在乐群性、稳定性等因素上较好的报名者作为面试的对象。

3. 面试

面试主要是对通过量表筛选的学生，通过谈话的形式了解报名者的沟通能力、理解能力，考察其是否有爱心及为什么担任朋辈心理咨询员等一些较为直观的问题，以确定朋辈心理咨询员的培训人选。面试着重考查报名者是否具备以下特征：真诚友善；亲和力较强，乐于助人；善于与人沟通，具备建立良好人际关系的基本能力；对朋辈心理咨询有一定的理解；具有组织协调活动的经验；等等。

（二）朋辈心理咨询员的选拔标准

虽然对朋辈心理咨询员的要求并没有像对专业心理咨询员

的要求那么高，但是充分考虑朋辈心理咨询员的个性品质尤为重要。德沃斯和布朗（Delworth and Brown）认为，在选拔心理咨询员时，无论用什么方法，被选拔上的志愿者都必须具备帮助他人的意愿、与不同的人相处的能力、乐于履行义务和保守秘密的伦理道德、对计划目标和原则的认同。所以，作为朋辈心理咨询员应该具备以下基本素质。

1. 健康的心理与生活态度

健康的心理、乐观与积极的人生态度不仅能帮助来访者，也能够自我保护。同时，朋辈心理咨询员健康的心态也能感染来访者，特别是在朋友、同辈之间，这种感染力是强大的。

2. 热情耐心，真诚负责

朋辈心理咨询员需具备和善、真诚和乐于助人的素质，对来访者的问题和行为能够给予积极的关注和有益的反馈，鼓励来访者自发地思考自身问题。采用共同探讨的方式，充分尊重来访者，能适当地自我暴露。

3. 诚实可信，宽容接纳

不加批评地与来访者探讨其问题，保持中立态度，能尽力去理解和接纳来访者在成长道路上遇到的阻力和障碍，用发展的眼光来看待来访者。

4. 善于倾听，理智分析

能够认真倾听来访者的诉说，了解事件的来龙去脉，而不是过早地加入自己的想法和感情；善于鼓励来访者说出心事，敢于面对现实，学会用理智的头脑进行分析和判断。

二、朋辈心理咨询员的培训

朋辈心理咨询效果如何，很大程度上依赖于朋辈心理咨询员自身的心理素质、咨询知识和技能、职业道德。要想切实提高朋辈心理咨询的实效，最为关键的是对朋辈心理咨询员进行针对性的培训，构建科学有效的培训模式。通过培训，使朋辈心理咨询员初步构建心理咨询理论知识和操作技能，从而提高自身的胜任力和自我效能感。

（一）培训的具体内容

1. 心理素质与理念培训

助人者首先应对自己有清晰、正确的认识，包括咨询员的自我分析和自我体验、自我效能感的提升等。同时要求助人者有较强的自助意识及技能，包括自我管理、自我调控等。

2. 知识理论培训

（1）心理咨询的基本理论。首先，了解什么是心理咨询，包括心理咨询的定义、对象、特点、任务和常见的心理咨询误区等。其次，掌握心理咨询的一般过程，包括心理诊断阶段、帮助和改变阶段、结束巩固阶段；掌握心理咨询的原则，如保密原则、价值中立原则等。最后，需掌握心理咨询记录的整理和保管。

（2）心理咨询的理论疗法。如人本主义疗法、理性情绪疗法等。了解各学派的起源、主要代表人物、理论核心等。

（3）团体心理咨询的方法。包括团体心理辅导的理论、过程和方案设计。由朋辈心理咨询员带领的团体心理咨询，其成员因有经历类似的事件、情感体验相同，所以易产生情感共鸣和营造信任的团体氛围。朋辈心理咨询员人数较多，可以在同一时间内针对某个问题在全校范围内组织多个团体咨询，从而提高整体咨询效率。

3. 实操技能培训

（1）心理咨询培训。包括倾听、共情、角色扮演、非言语行为的掌握等。

（2）转介的意识和能力。朋辈心理咨询员必须认识到自己的专业水平的局限性和自己所能提供的帮助是有限的，遇到力不从心或无法处理的问题时，应及时转介给专业的心理咨询老师。

（3）校园心理危机干预能力。朋辈心理咨询员应学会对周围危机事件保持警觉，掌握应对的方法，协助学校处理危机发生后的心理干预工作。

4. 道德培训

（1）职业守则。包括热爱本职工作、刻苦钻研专业知识、提高自身素质、与来访者建立平等友好的咨询关系等。

（2）职业道德。包括平等性、告知性、合意性、中立性、责任性、保密性等。

（二）培训的形式

培训的形式宜多采用互动式教学、情景模拟、团体辅导等，因地、因时而灵活多样。教学组织形式宜多运用案例分析、角色扮演、个人体验分享、小组讨论、心理训练、心理测试等。

（三）培训考核与实习上岗

培训考核可采取实际工作模拟测试和书面测试相结合的方式，突出对参加培训成员实际咨询能力的考核。朋辈心理咨询是操作性很强的社会活动，单纯的理论教学并不能有效地提高咨询员的咨询能力，必须结合现实的场景和操作。通过角色扮演、个案模拟咨询、心理剧等多种形式，进行人际关系与沟通专题、学习专题、压力应对专题、恋爱心理专题等具体心理咨询实践操作。进行个别心理咨询与心理健康团体活动，初步掌握和构建咨询的知识与技能体系。深入浅出，结合个案和朋辈咨询员自身发展来展开，促进自我认识，增强对咨询的信心。通过实习，使朋辈心理咨询员在实践中体会并运用朋辈心理咨询的具体方法和技能，培养处理实际问题和突发事件的能力。

（四）督导与评估

1. 专业督导与朋辈督导

由于大学生朋辈咨询员毕竟不是专业的心理咨询员，在实践中难免会产生各种各样的问题，很有可能影响朋辈心理咨询的成效。因此，学校专业心理咨询老师在整个活动过程中需提供必要及时的督导。心理咨询老师可以通过朋辈心理咨询员对心理咨询过程的自我记录、及时了解和指导朋辈心理咨询员如何分析问题产生的原因，调整适当的咨询方法。而当学生朋辈咨询员感到对自己的咨询对象无力提供帮助时，也应能够及时将其转介给心理咨询老师。

朋辈心理咨询是在学生之间进行的互助活动，在"朋辈督导"中，朋辈心理咨询员既是心理教育督导的对象，又是督导的主体，他们以主体角色参与心理咨询督导的全过程。通过组织团体讨论、活动评析、现场检讨等多种形式，朋辈心理咨询员相互交流心理互助经验，从"同行"的经验中反思自己的心理咨询实践，体验心理教育，提升自己心理教育的理念。在过程中，无论是专业督导，还是朋辈督导，都是朋辈心理咨询员自我成长的过程。

2. 激励评估

为了激发朋辈心理咨询员的工作热情，还应建立相应的激励评估机制。对朋辈心理咨询员工作的考评与奖励不仅能激发工作的积极性，也能不断规范队伍建设，提高其工作的能力。在评估方法上可采用自评与他评相结合、效果评估与过程评估相结合、定量与定性评价相结合等多维评估模式。表彰和奖励优秀朋辈心理咨询员，激励其他心理咨询员向优秀朋辈心理咨询员学习，提高朋辈心理咨询的整体效果，以促进"助人—自助"的良性循环。

第三节 朋辈心理咨询的基本技能

一、尊重

（一）尊重的定义

尊重是指咨询员对来访者的状态，包括价值观、人格特点和行为等予以接受、悦纳。特别是对那些急需获得尊重、接纳、信任的来访者来说，尊重具有明显的助人效果，是咨询成功的基础。尊重可以唤起对方的自尊心和自信心，咨询员可以成为对方模仿的榜样，起到释放潜能的作用。

（1）尊重，意味着把来访者作为有思想感情、内心体验、生活追求和独特性与自主性的活生生的人来对待。

（2）尊重，应当体现为对来访者现状、价值观、人格和权益的接纳、关注和爱护。

（3）尊重来访者，不仅是咨询员职业道德的起码要求，也是助人的基础条件。

（二）尊重的意义

（1）尊重是建立良好咨访关系的重要条件，是有效助人的基础。

（2）尊重可以给来访者营造一个安全、温暖的氛围，从而最大限度地表达自己。

（3）尊重可使来访者感到自己受尊重、被接纳，获得一种自我价值感。

（三）尊重的注意事项

1. 要完整地悦纳一个人

承认每个人都是有独特生理、心理和社会属性的个体，这是人们互相尊重、平等相处的基础。有些咨询员往往对来访者的某些言行难以接纳，比如当双方的价值观、人生观、生活方式相差甚远时，当来访者的某些见解很片面、滑稽甚至无理，却又一味地自以为是、固执己见时，当来访者身上有令人厌恶、痛恨的恶习时，有些咨询员可能就会不由自主地产生不满、反感甚至厌恶。为此，咨询员应充分地了解对方的价值观，充分地尊重对方的价值观。

2. 要一视同仁

来访者中有各种各样的人，他们在年龄、性别、仪表、受教育程度、民族、地域、社会经济地位及文化背景等方面存在一定的差异，有时甚至相差悬殊。但作为来访者，都应该受到咨询员一视同仁的尊重，而不能心存偏见、厚此薄彼。

3. 要以真诚为基础，以有利于来访者成长和发展为原则

尊重并不意味着没有原则地一味迁就来访者。在咨询过程中，当咨询员发现来访者的某些言行不利于其成长和发展时，就要表明自己的意见和看法。但注意不要伤害对方的自尊，可以采取以下表达方法："虽然我并不完全赞同你的观点，但我能明白你为什么会这样想"、"我也许不能同意你的这种说法，但我仍认为你有权这么看此事"，等等。

当然，若咨询员发现自己实在难以接纳来访者，可以考虑把来访者转介给合适的咨询员，这也是对来访者的尊重和负责。

下面是一位来访者和朋辈心理咨询员的对话：

来访者：我不是来咨询的，我只是好奇。想来看看你们所谓的朋辈心理咨询员到底是干什么的，依我看你们也不是专业人士，怎么能辅导同学呢？

朋辈心理咨询员（微笑着）：你说得对，我们的确不是专业咨询员，我们只是接受过相关的心理咨询培训。作为朋辈心

理咨询员，我们会和每一位来访的同学一起面对和探讨他们生活中所遇到的问题，尽我们最大的努力去帮助他们，达到共同的成长。

在这个例子中，原本只是来试探的来访者，在跟朋辈心理咨询员的接触中，由于得到充分的尊重而产生了信任，消除了对朋辈心理咨询员能力的怀疑，向其倾诉了自己的烦恼。

（四）操作练习

（1）用一句完整的话，对一个你不同意其观点的人以尊重的态度表达出自己的不同见解。

_____

_____

_____

（2）设身处地为一个你不喜欢的人的某个行为找出 5 个以上的理由。

_____

_____

_____

二、真诚

（一）真诚的定义

真诚是指在咨询过程中，咨询员不把自己藏在专业角色的后面，不戴假面具，而要以真我的面目出现在来访者面前，开诚布公，表里如一，真实可信地投身于咨询关系。

（二）真诚的意义

真诚在咨询活动中具有重要意义。一方面，可以为来访者提供一个安全自由的氛围，让他知道可以袒露自己的软弱、失败、过错、隐私等而无需顾忌，使来访者切实感到自己被接纳、被信任、被爱护；另一方面，咨询员的真诚坦白为来访者提供了一个良好的榜样，来访者可以因此受到鼓励，以真实的自我和咨询员交流，坦然地表露自己的喜怒哀乐，宣泄情感，也可能因而发现和认识真正的自我，使双方的沟通更加清晰和明确。

（三）真诚的注意事项

（1）真诚不等于说实话。
（2）真诚不是自我发泄。
（3）真诚应该实事求是。
（4）真诚应该适时适度。
我们来看一个实例：

咨询员：根据我的咨询经验，我觉得你还有其他原因没有说出来，如果没有更深层的原因，你不会这么痛苦。可当我试图去寻找时，你似乎不时地在绕圈子，不愿正视问题。说真的，我有点伤感，因为我真心地想帮助你，可没有被你接受，我有一种没被完全信任的感觉。不知我的这种感觉对不对？

来访者：很对不起，我知道你在帮助我。你的话使我想起了平时当我一片真情待人而未得到回应，甚至被误解时的那种委屈。过去我是很信任人的，慢慢地我也变了。尤其当我发现我最信任的好朋友居然在背后说我坏话，还嘲笑我时，我又气又伤心。我发誓不再相信任何人了。

咨询员：这是否才是你几次恋爱没有成功的根本原因？

来访者：我想是的，因为我总是怀疑他们是否真心爱我，怕自己陷得越深，怀疑、痛苦就越严重，所以每次快要进入那种热恋状态时，我就害怕起来，我想这恐怕是我屡屡恋爱不成功的原因吧。

咨询员：你之所以来咨询，是想改变现状，但你一开始就似乎对我也抱有那么一种不信任感，是吗？

来访者：是的，我也很希望自己相信你，把自己的情况都说出来，可另一方面我又控制不了自己对别人的不信任。我对这种心理也不满意。我经常矛盾，我希望能对人真诚、信赖。

上例中，咨询员的真诚起了决定性作用，成为打开来访者紧闭的心灵大门的钥匙。咨询员由此既了解了情况，促进了来访者的自我探索，也发展了咨询关系。

（四）操作练习

请根据下列具体情境，分析咨询员真诚的层次。

来访者：在这次考试中，老师给了我35分，我感到很难过，我觉得我已掌握老师教的内容，应该是可以通过的。

咨询员A：不要责备老师，不是老师给你35分，而是你自己丢掉的。

咨询员B：我感到很抱歉，我想你的老师是非常希望能给你好分数的。

咨询员C：我非常抱歉，恐怕我帮不了你什么，我想老师是必须按照规定办事的。

咨询员D：你觉得你已学好了，但是你仍考不好，我真不了解原因在哪儿。

咨询员E：我能理解你对考试分数的失望，你认为老师在惩罚你，你感到很难接受这个事实，是吗？

三、场面构成[1]

场面构成的实质就是建立咨询的基本架构，特别是对于那些没有咨询经验的来访者来说，在咨询开始就建立一个双方共同遵守的基本架构和基本规范是首要的任务。有些来访者对心理咨询抱有某种过高的期望或幻想，或对心理咨询的理解存在偏差，咨询员需在咨询开始时的适当时刻对以上内容做出客观的说明。

（一）场面构成的定义

场面构成也称结构化，是指咨询员就咨询过程的本质、目标、原则、限制，咨询员的角色与限制，来访者的角色与责任等做出恰当的说明。

具体说来，包括四方面的内容。

1. 说明心理咨询的性质

心理咨询是一个助人自助的过程，通过双方的人际关系互动，共同对问题进行探讨，促进来访者的自我探索。有些来访者认为接受心理咨询就像病人看病一样，可以药到病除、立竿见影，找到咨询员就可以使自己的问题得以解决，这些都是对咨询的性质了解不够所形成的偏见。如果来访者流露出上述想法，咨询员需解释清楚。

我们来看一个具体的案例。

来访者：老师，在我人生关键的转折点上，我不知道是听从父母的意见去读医，还是去学自己喜欢的计算机。我想您经验丰富，能为我做出正确的选择吗？

---

[1] 参见刘宣文《心理咨询技术与应用》，宁波出版社2006年版，第26—32页。

咨询员：听起来你对自己专业的选择很矛盾，也很焦虑。但是我想你对心理咨询还有一些偏颇的认识。心理咨询最大的价值是通过引导你进行自我探索，使你能够自己对自己的未来做出选择，而不是由咨询员替你做出选择。我希望你能理解。**（结构化，说出了心理咨询的性质）**

来访者：就是还得要自己做出选择！

咨询员：听起来你有些失望，咨询不是你所想象的那样。不过，我还是愿意和你一起探讨一下你的困惑！

2. 说明心理咨询的保密原则

保密原则是心理咨询中最重要的原则之一，也是咨询员必须遵循的职业道德之一。在心理咨询一开始，强调保密原则可以减少来访者不必要的焦虑。同样，必要时也需要简单说明保密原则的限制。

3. 说明咨询员的角色和限制

（1）角色与责任。让来访者了解，咨询员不能担当解决问题的责任，也不能强迫来访者做符合咨询员期待的事，更不可能代替来访者做决定。

（2）关系的限制。让来访者了解，咨询员与来访者不能以朋友、师生、伴侣、父母、知己等关系来进行会谈，如果在会谈中咨询关系发生一些意外变化，双方应以真诚的态度加以探讨。如：

来访者：在我接受咨询后，我很想和你成为知己，我可不可以要你私人电话？

咨询员：听你这么说，你对我很信任，我感到很欣慰。但是，心理咨询中的咨访关系不同于朋友或知己，如果我们能够在咨询期间一直很好地保持咨访关系的话，我想将更能保证我们咨询的效果。

4. 说明来访者的角色和责任

（1）时间的责任。向来访者交代每次会谈的时间限制（如 50 分钟），并准时依约前来会谈。如有变故，须提前告知。

（2）行为的责任。让来访者了解在会谈中自己有责任述说出自己的困惑，并与咨询员合作，达成咨询的目的。来访者并非被动等待咨询员的建议。

（3）过程的责任。让来访者了解大概要会谈几次，以及以什么样的方式进行。

我们举一个例子。

来访者：我今天来，是想让你了解我感情上遇到的一些问题和矛盾，好替我做个决定。

咨询员：我很乐意听你的故事。听起来，你好像认为，我知道了你的问题，就可以帮助你解决问题。

来访者：对啊。因为我觉得你是感情方面的专家，那就可以帮我找出问题、解决问题。

咨询员：很感谢你对我的信任，不过我的责任不是给你意见，而是帮助你深入探讨你的问题。当你对自己有更清楚的了解后，你就知道该如何解决问题了。（**结构化，说明咨询员的角色与责任**）

来访者：啊！是这样的？

咨询员：听起来你还是有些疑惑。其实，在咨询的过程中，你不是被动地听我分析，而是主动地让我知道你的想法、感觉，因为这都是解决你的问题的重要线索。不知道你听我这么说，有什么想法？（**结构化，说明来访者的角色和责任**）

（二）场面构成的功能

（1）场面构成使来访者对咨询的架构、方向以及咨询关系的性质、咨询过程有一个初步了解，为咨询的进行建立良好的心理环境和规范保证。

（2）明确来访者的责任，减少咨询关系中的暧昧性，协助来访者积极调动自己的内部资源。

（三）场面构成训练辨析

结构化技巧宜在咨询的初期使用，也可以随着来访者的谈话，弹性地分散在咨询的过程中，或者在咨询的初始阶段不断强化。使用结构化技巧要注意：

（1）不要过度使用结构化技巧，也不宜仓促使用，以免破坏会谈气氛和咨询关系。

（2）使用结构化不要僵硬死板，不能忽略来访者的感受，否则会使来访者产生一种拒绝、被忽略的感受而导致焦虑和抗拒。

我们来看一个实例。

来访者：我有一些问题想和你谈谈，可以吗？

咨询员：当然可以，我们一次谈话的时间是 60 分钟，只谈一次是不够的，这次谈不完可以再约下次。你的问题是什么？（**过早做结构化**）

来访者：就是压力大呀！尤其是快要期末考了，每门功课都很差，一看书就头昏脑涨的，这是决定命运的一场考试呀，我真不知道怎么办才好！

咨询员：你放心，我们的谈话内容绝对保密。你以前有没有来咨询过？（**僵硬、没有弹性的结构化。咨询员只顾自己做结构化，完全忽视来访者已开始的话题**）

来访者：自己的事，我不好意思找人讲，你是心理专家，一定能帮助我解决这些问题呀！

咨询员：事实上你比我更清楚自己的情况，主意是你自己拿，我不可能代替你做决定。（**急于界定自己的角色和责任，而且语气生硬，来访者有被拒绝的感受，可能导致来访者的抗拒**）

来访者：我会不会麻烦你呀！不好意思……

咨询员：不会麻烦。如果你都清楚了各自的角色与任务，我看我们先约8次，谈不完可以考虑增加。如果没有什么问题请在这里签字，谢谢。（**过度地使用结构化，使咨询失去了人性化的特色，使来访者觉得刻板而导致焦虑抗拒，有损咨询关系的建立**）

我们再来看一个恰当使用结构化的例子。

来访者：我有一些问题想和你谈谈，可以吗？

咨询员：我很乐意跟你谈，是哪方面的问题呢？

来访者：就是压力大呀！尤其是快要期末考了，每门功课都很差，一看书就头昏脑涨的，这是决定命运的一场考试呀，我真不知道怎么办才好！

咨询员：听起来你现在状态不太好，的确压力很大！你找人谈过这些问题吗？（**先支持来访者，接着了解来访者有无咨询的经验**）

来访者：自己的事，我不好意思找人讲，你是心理专家，一定能帮助我解决这些问题呀！

咨询员：我很高兴你能来找我咨询、这么信任我，这表示你在碰到难题的时候，能为自己寻求支持资源，这是很积极而且负责的态度，在我们的会谈中，你的积极参与是很关键的。（**以肯定来访者的意愿来协助他投入咨询过程，增加来访者对**

自身的角色和责任的理解）

（3）使用结构化要避免一些空虚的劝慰。

例如，以下是三个咨询员对同一个来访者的不同反应。

来访者：老师，我从来没有找过心理老师，这次鼓起了很大的勇气才走进来的，心里还是有些害怕、紧张。

咨询员1：你的这种害怕其实是一种逃避，也就是不愿意面对自己的问题的一个借口。如果你能鼓起勇气，就能突破害怕的心理，否则一味地逃避，问题仍旧解决不了。

咨询员2：其实咨询没有什么好怕的，当然，告诉陌生人自己内在的秘密的确会有些难堪，可是，为了解决你的问题，你就必须这么做。一开始总会有困难，一两次后就不会有这种害怕的感觉了。

咨询员3：我想当你了解心理咨询的性质后，对你的担心会有帮助。首先，我们在这里所有的谈话都是保密的，这是心理咨询最基本的原则。其次，在我们谈话的过程中，你要尽量讲出自己的真实感受，我的责任是引导你对自己的问题进行深入的探索，帮助你为自己做出正确的决定……

咨询员1没有使用结构化，只是试图分析来访者的行为，因此对来访者的焦虑没有帮助。咨询员2没有使用结构化，只是试图安慰与鼓励来访者。咨询员3正确地使用了结构化，说明咨询的性质与各自的职责，以减轻来访者的恐惧和担心。

下面我们来看一个完整的例子：

咨询员：你好！请到这边坐。我姓舒，你就称呼我舒老师好了，不知道怎么称呼你？

来访者：我叫江小天，你叫我小天好了。

咨询员：小天，不知你有没有过心理咨询的经验？

来访者：哦，没有，我是第一次来心理咨询。

咨询员：哦，我想应该让你了解一下心理咨询是什么样的更好一些！心理咨询主要是在咨询员的引导和帮助下，通过有效、深层次的自我探索，使你对自己的问题有更好的领悟，以便做出选择和决定。（**结构化**）

来访者：其实，我很想从你这里得到一些很好的建议！

咨询员：我能感受到你很想一下子解决自己的问题。但这需要一个过程，建议是次要的，你的积极参与才是关键！你要把自己内心真实的感受讲出来，我们才能对问题有更好的探讨。而且我们的咨询一般是 50 分钟左右，每周一次，你听了这些还有什么疑问吗？

来访者：可以试试看！

咨询员：好，那我们就开始，能告诉我，是什么原因促使你来咨询的吗？

（四）操作练习

（1）请用结构化来回应下列来访者的叙述。

来访者：我对咨询不是很清楚，似乎不是我们两人坐在这里谈那么简单，不知道我的看法对不对。还有，我想知道，你到底能帮我什么，应该不只是给我建议吧，这些我已经听够了。

咨询员：＿＿＿＿＿＿＿＿＿＿＿＿＿＿＿＿＿＿＿

＿＿＿＿＿＿＿＿＿＿＿＿＿＿＿＿＿＿＿＿＿＿＿

＿＿＿＿＿＿＿＿＿＿＿＿＿＿＿＿＿＿＿＿＿＿＿

（2）三人一组，以初次见面为情景，练习使用结构化。其中一个人扮演咨询员，一个人扮演来访者，第三个人扮演观察员。然后交换角色，并谈谈各自的感受。

＿＿＿＿＿＿＿＿＿＿＿＿＿＿＿＿＿＿＿＿＿＿＿

四、倾听①

（一）倾听的定义

倾听是指咨询员全神贯注地聆听来访者的叙述，认真观察其细微的情绪体势的变化，体察其言语背后的深层次情感，并运用言语和非言语行为表达对来访者叙述内容的关注和理解。专注与倾听贯穿于心理咨询的任何阶段，是心理咨询中最重要的方法，也是一种咨询态度。

（二）倾听需注意的问题

1. 不能急于贴标签、下结论

有些咨询员往往在未真正了解来访者所叙述的事情真相之前，为了显示自己经验之丰富，盲目提供咨询意见，给来访者贴上一个标签，这样无形中让来访者在心理上产生一种无助感，不利来访者的自我释放。

我们来看下面的案例。

来访者：我真不知道自己怎么了！我似乎不能把心思放在功课上，而且这种情况越来越严重。（咨询员目光游离，不时在跺脚）晚上总是睡不着，满脑子都是找工作，考试考不好，常常在梦中惊醒。即使睡着时，也像醒着一样。

咨询员：（生硬地）你们是不是快毕业了？

来访者：是的。

咨询员：（做恍然大悟状）噢，你可能患了毕业综合征。

---

① 参见刘宣文《心理咨询技术与应用》，宁波出版社 2006 年版，第 32—37 页。

来访者：真的吗？我现在的成绩一落千丈，一点方向都没有，并且我似乎越来越控制不住自己了。

"毕业综合征"就是这位咨询员对来访者的诊断结果，而这种诊断是在还没有收集足够信息的情况下做出的。这不但没有起到咨询效果，反而会使这位同学越发害怕，越发感到无助。

2. 不能轻视来访者的问题

有些咨询员在咨询中，总认为来访者的问题是小题大做、无事生非、自寻烦恼，因而流露出轻视、不耐烦的态度。这说明咨询员并没有真正放下自己的参照体系去看待他人的困扰问题。咨询员需要用同感的态度，充分理解来访者心理问题的实质，然后才能帮助来访者转变思维和观念。

我们来看下面的案例。

来访者：我感到很伤心。今天我家养的小狗死了。

咨询员：死了一条小狗有什么大不了的，有什么好值得伤心的。

来访者：你根本不理解我的感受，我家的小狗跟我们一起生活了十多年了，我们早已把它当做一家人那样，它死了，就像死了一个亲人一样，你说，我能不伤心吗？

3. 不能急于教育或做道德评价

有些咨询员习惯性地对来访者的所言所行做出正确与否或道德上的评判。比如"你这种想法是不符合社会道德的"，"这件事上明明是你错了，你还说别人的不对"，"你这种价值观是不正确的"，等等，这与心理咨询的理念是背道而驰的。心理咨询是一个助人与自助的过程，咨询员不能在一旁说三道四，把自己的价值观念或社会的是非标准强加给来访者。

我们来看一个例子。

来访者：我们的班主任老师是一个虚伪的人，她表面上喜欢我，骗取我对她的信任，可背地里为了她的儿子能当上主席，利用职权出卖了我！（愤愤不平地捶桌子）老师平时总是对我们说，待人要真诚，为什么她自己就不能真诚待人？

咨询员：（打断来访者的谈话）你怎么能用"骗取"来形容老师呢？

上例中的咨询员的言语是心理咨询中最忌讳的。

（三）倾听的功能

（1）建立良好的咨访关系，向来访者传达自己真诚的关注和尊重。

（2）鼓励来访者开放自己，坦诚表白。

（3）专心聆听与观察来访者的言语与非言语行为，深入其内心世界。

有的来访者咨询的目的是希望能够有一个被倾听的机会，因为其内心的烦恼没有途径和机会可以宣泄，对于这类来访者来说，倾听就显得尤为重要。

（四）操作练习

（1）自我训练：培养倾听的心。

方法：安排两人一组，一个人用20分钟讲一个内容很少但很啰唆的故事。然后调换角色再重复进行一次。最后集体分享感受。

要求：倾听的一方始终面带微笑地聆听并不断地点头回应，最后谈体会并给予分析。

（2）倾听训练："你倾听到了什么？"

请各小组对以下两个个案分别进行讨论与分析，并进行集体分享。

个案一

一名大二女生，向咨询员诉说道："我已经在这个学校两年了，好像什么也没发生过一样（她无精打采地说着），这里的师资平平，校风也一般，我想应该会有一些不错的老师吧，但至少我还没有遇到过。而且学校的业余活动也不多，好像没什么意思呀，我身边的其他学生也有这种感觉。因此，只好过一天算一天了，哎（轻叹）！"

请讨论并回答下列问题：

（1）该女生的感觉如何？

（2）她内在的深刻情绪是什么？

（3）你是如何感知的？

_____

_____

_____

个案二

一名大一的男生对咨询员说："今天老师告诉我，说我干得不错，那是他所期望的。我常常思考的是，如果我能全力以赴，功课一定也会不错（他微笑着）。因此，我将在这学期里好好用功，争取考试取得好成绩，好在下学期竞选学生会主席。"

请讨论并回答下列问题：

（1）这个男生的感觉如何？

（2）他内心的真实感觉是什么？

（3）你是如何感知的？

五、具体化①

由于来访者表达的大部分信息出自内部的参照系统，它们可能是模糊混淆的，这就需要咨询员确认来访者信息知觉的准确性。

（一）具体化的定义

具体化是咨询员聆听来访者叙述时，若发现来访者陈述的内容有含糊不清的地方，咨询员应以"何人、何时、何地、有何感觉、有何想法、发生什么事、如何发生"等问题提问，协助来访者更清楚、更具体地描述其问题。来访者描述自己的问题时，可能会因为自尊、过去的痛苦经验或其他原因，只提取某一部分对自己有利的信息，因而描述的内容模糊不清。咨询员可以借用开放式的问句，如："你的意思……""你说你觉得……你能说得更具体点吗？""你是怎么知道的？""你所说的……是指什么？""你能给我举个例子吗？"等等，来触动来访者的信息处理过程，鼓励来访者从记忆中提取更多客观的信息。举例说明如下。

来访者：我再也不想看到他，我对他一片真诚，处处为他着想，没想到他竟然这样对待我。有了新朋友，就忘了我这个旧朋友，真是贪新忘旧。

咨询员：你们之间似乎发生了一些事，让你很生气。（情

---

① 参见刘宣文《心理咨询技术与应用》，宁波出版社 2006 年版，第46—50页。

感反应）你能具体谈一谈吗？（**具体化**）

总结起来，具体化有四个关键点：

第一，要确认来访者的言语和非言语信息的内容——来访者告诉你什么？

第二，确认任何需要确认的含糊或混淆的信息。

第三，确定恰当的开始语，如："你能描述……""你能澄清……"或"你是说……"等并用疑问口气而不是陈述口气进行具体化。

第四，要通过倾听和观察来访者的反应来评估具体化的效果。

可以思考以下认知学习策略：

（1）来访者告诉我什么？

（2）来访者信息中有没有需要进一步核实或遗漏了的内容？如果有，它们是什么？如果没有，下一步更适合的反应是什么？

（3）我用何种方式开始澄清？

（4）我如何知道我的反应起了作用？

我们来看具体的例子。

来访者：我的成绩不断在下降，我不知道什么原因，我对任何事件都感到失望。

自问1：来访者告诉我什么？

她感到失望、沮丧。

自问2：有任何含糊或遗漏的信息需要检查吗？如果有，那是什么？如果没有，决定做不同的反应。

是的，有几个。一是她对什么都感到失望，另一个是这种失望的感受对她意味着什么。

自问3：我怎么开始进行具体化？

可以这样问："你是说有某些事情很特殊吗？"或"你能描述这种感受吗？"

自问4：我如何知道我的反应起了作用？说出或写下实际的澄清反应。

"你是说一些特别的事情使你感到失望是吧？"或"你能描述失望的感受是什么吗？"

（二）具体化的功能

（1）避免漫无目的的谈话，使咨询双方始终围绕主题。

（2）协助来访者进一步了解问题，产生顿悟。当来访者表述含糊不清时，往往反映出其思维的混乱。具体化可以帮助来访者进一步明确自己的感受和想法。

（3）促使来访者进行实际有效的问题探讨、问题解决及行动计划。具体化可以帮助盲目抱怨的来访者从含混不清的情绪中走出来，进行建设性的思考。

（三）具体化训练辨析

有时候，来访者会说一些与其自身环境背景有关的词汇，这些词汇往往具有特定的含义，咨询员一经发现就应及时了解其含义，避免来访者含糊、概括地进行界定。试看下列三位咨询员的不同反应。

来访者：我觉得，即使现在社会比以前开放很多，可是男人对女人的要求还是不变的。

咨询员1：那你为什么会这样觉得呢？男人对女人的哪些要求一直没变？

咨询员2：男人对女人的要求没有随着社会的变化而改变让你觉得失望。

咨询员 3：虽然时代在变，可是有些男人的观念还是不变，他们是既得利益者，当然不肯放手。

来访者的叙述中有两个地方需要澄清。第一，来访者为什么会这样觉得？第二，男人对女人的哪些要求一直未变？所以，咨询员 1 正确地使用了具体化；咨询员 2 使用的是初层次共情，不是具体化；咨询员 3 回应的内容是对男人的批判，不是使用具体化协助来访者澄清含糊的地方。

有时候，来访者所谈的经验、行为与感受模糊不清，或概括得过度简化时，使用具体化可以使问题更加明朗、清晰。例如：

来访者：有时我真想彻底地摆脱它。
咨询员：听起来好像你讨厌什么似的。
来访者：不，不是那样。我不是讨厌它。我只是希望能从不得不去做的所有工作中解脱出来。

在这个例子中，咨询员对来访者的最初信息过快地得出了不确切的结论。而如果咨询员在假设信息包含某种信息之前进行澄清反映，那么会谈进程就会更顺利，如下面的例子：

来访者：有时我真想彻底地摆脱它。
咨询员：你能为我描述"彻底地摆脱它"的意义吗？
来访者：我有太多的工作要做——我总感到落后于他人，负担很重。我想摆脱这种难过的感受……

（四）操作练习

来访者 1：我不想做这些该死的作业了。我不要学习这些数学，反正女孩子不需要知道这个。

大学生朋辈心理咨询手册

自问1：她告诉我些什么？

自问2：有任何含糊或遗漏的信息需要我检查吗？如果有，是什么？

自问3：我如何听到、看到或捕捉到开始进行反应的方式？

具体化的回答：＿＿＿＿＿＿＿＿＿＿＿＿＿＿＿＿＿＿＿

＿＿＿＿＿＿＿＿＿＿＿＿＿＿＿＿＿＿＿＿＿＿＿＿＿＿＿＿＿

＿＿＿＿＿＿＿＿＿＿＿＿＿＿＿＿＿＿＿＿＿＿＿＿＿＿＿＿＿

来访者2：我对于现在的身体残疾感到沮丧。我感到再也不能像过去一样做事。它不仅影响我的学习，而且影响我的人际交往。我感到似乎我自己没有任何价值了。

自问1：他告诉我些什么？

自问2：有任何含糊或遗漏的信息需要我检查吗？如果有，是什么？

自问3：我如何听到、看到或捕捉到开始进行反应的方式？

具体化的回答：＿＿＿＿＿＿＿＿＿＿＿＿＿＿＿＿＿＿＿

＿＿＿＿＿＿＿＿＿＿＿＿＿＿＿＿＿＿＿＿＿＿＿＿＿＿＿＿＿

＿＿＿＿＿＿＿＿＿＿＿＿＿＿＿＿＿＿＿＿＿＿＿＿＿＿＿＿＿

六、共情[①]

（一）共情的定义

"共情"一词，中文有多种译法，如"神入"、"同感"、"共感"、"投情"、"同理心"、"感情投入"等。按照罗杰斯的观点，共情是体验别人的内心世界，就好像那是自己的内心世界一样的能力。

---

① 参见刘宣文《心理咨询技术与应用》，宁波出版社 2006 年版，第50—58页。

许多咨询心理学家都阐述了对共情的见解，综合他们的观点，可以将共情的含义理解为：

（1）咨询员从来访者内心的参照体系出发，设身处地地体验来访者的精神世界。

（2）运用咨询技巧把自己对来访者内心体验的理解准确地传达给对方。

（3）引导来访者对其感受做进一步思考。

（二）共情的注意事项

咨询的过程无时不贯穿着对来访者的支持和共情，在使用共情时，一定要注意以下几点。

1. 共情不等于同情

共情是充分理解对方，进入对方的精神世界。因为共情并不等于认同和同意对方的行为和看法，只是表示理解对方的主观感受和看法。

2. 共情不等于理解

如"我很理解你的想法，要是我也会那样想"这样的话语不能带来与来访者之间真正的共鸣。

3. 避免假装理解

当来访者的叙述使咨询员困惑不解，或咨询员因其他因素而分心，此时不应该虚伪地应和，而应真诚地表示："对不起，我有些跟不上，能否请您再说一次？"或用试探性的口气回应，如："您好像是说……吗？""你的意思是不是……呢？"

4. 避免空洞的说教和虚弱的保证

如"你应该对自己有信心"，"阳光总在风雨后"，等等。

5. 避免鹦鹉学语式的模仿

我们来看下面一个案例。

来访者：我感到无奈极了。

咨询员：你感到无奈极了。

来访者：我真的感到很无奈。

咨询员：你真的感到很无奈。

来访者：为了两块钱，我可以从那窗户跳下去。

咨询员：为了两块钱，你可以从那窗户跳下去。

来访者：我要跳了。

咨询员：你要跳了。

来访者：（砰！重物落地的声音）

咨询员：砰！

（三）初级共情和高级共情

共情可以分为初级共情和高级共情。初级共情是针对来访者明确表达的感受、行为及困难予以共情、了解，而不去深究隐藏、暗示的部分，为的是在咨询的初期建立良好的关系，鼓励来访者多谈，充分收集资料。高级共情是指咨询员将来访者在叙述的内容中隐含的、说了一半或暗示的部分，即来访者谈话背后的真正的感受、体验和想法，用语言表达出来，促使来访者以新的观点来思考自己及自己与所处环境的关系，使自己得到某种程度的领悟。

1. 初级共情的功能

（1）有助于建立良好的咨访关系。初级共情可以传达理解和关注，使来访者有被尊重的感觉。

（2）修正咨询员对来访者的理解，共情反应是否正确，可以从来访者那里得到反馈。

（3）疏导来访者的情绪，鼓励他继续说下去。

（4）协助来访者自我表达、自我探索，理清来访者的自我概念。

来访者：其实我觉得我自己已经长大了，但爸爸妈妈还是当我是小孩，什么事情都要问，每次出去玩回来都问这问那。

咨询员1：所谓天下父母心啊，父母对你那么好，你要好好珍惜，也要孝顺他们。

咨询员2：你是不是曾经做过什么事让他们不放心呢？

咨询员3：其实父母都是如此，他们这样做才会安心，你不必太在意，等你长大为人父母时，就能体会了。

咨询员4：你觉得父母过度操心，让你觉得有点烦。

很显然，只有咨询员4达到了初级共情，咨询员1、2、3的反应只会让来访者感到一种说教和安慰，甚至是一种不信任，阻碍良好的咨访关系的建立。

2. 高级共情的功能

（1）将来访者隐含、未直接表达出来的意思提出来与来访者沟通，做进一步探讨。

（2）协助来访者从另一种参考架构思考自己的问题，达到某种程度的领悟，为咨询开辟另一条道路。

我们来看一个例子，体会初级共情和高级共情的异同。

来访者：我不知道怎么搞的，我工作努力、负责，总是把事情做到最好，有时还比别人好，自己的学习成绩也不错，但是我却落选了。一切努力好像都是白费，我不知道还要怎样做才好。

咨询员1：你自己做事那么认真卖力，可换届却落选了，这让你觉得很气愤。（**初级共情**）

咨询员2：你那么努力工作，却没有达到自己预期的结果，的确让人很难过、很泄气。同时，似乎你又觉得很不公平，对结果很失望和无奈，是这样吗？（**高级共情，抓到来访者没有表达出来的情感**）

（四）操作练习

根据下列具体情境，请分别使用初级共情和高级共情来回应来访者的叙述。

一个大学二年级的未婚同居的女学生，向一位男心理咨询员倾诉说：我不知道该如何说，（停顿）你是男的，（停顿）是我跟我男朋友之间的事，还有我跟我家庭之间的事，嗯……我不知道怎么说，是很私人的事，我从没跟陌生人谈过这些事，但是……听说心理咨询员能帮助人，我就来了（停止，低头，试探心理咨询员）。

_____

_____

_____

来访者（女）：自开学以来，我和我们班的同学都相处得很好，但就是和室友小玲的关系不太亲密。我很想改变这种情况，所以，我开始尝试去拉近我们之间的距离。为了能获得更多的沟通的机会，我改变了自己原有的时间安排，尽量迁就她，与她一起吃饭、一起自习，上课时间坐在一起，下课时形影不离。但是，事情并不像我预想的那样。她似乎觉得我所作的都是理所当然的，我感到很不舒服。我一直认为"只要有付出就一定会有回报"，可是，我为迁就她付出了那么多，为什么她还是那样冷漠？

_____

_____

_____

七、自我表露[①]

自我表露是咨询员有时会采用的一种方法，即咨询员向来访者表露自己的一些隐私的信息，以达到拉近来访者与咨询员的距离，并为来访者提供一定的启发意义的目的。

（一）自我表露的定义

自我表露亦称自我揭示、自我开放或自我暴露，是指咨询员讲出自己的感觉、经验、情感和行为，与来访者共同分担，以增加彼此的人际互动。

自我表露通俗地讲就是咨询员向来访者表露自己私人和隐私性质的信息。在心理咨询的会谈中，最初只重视来访者的自我表露，认为这在咨询中是必需的，是使心理咨询成功的必备条件。社会心理学的研究观察到，当一个人向另一方做出一定的自我表露时，常常引发另一方做出相同水平的自我表露，随着这一过程的进行，双方的关系变得愈来愈密切。如果一方的自我表露未能引起另一人的自我表露，那么前一方的自我表露趋于受抑制。由此人们也开始重视咨询员的自我表露，认为这与来访者的自我表露是同样重要的。

（二）自我表露的功能

（1）可以使来访者感到咨询员对自己的信任，并拉近双方的距离。

（2）当咨询员讲述与来访者类似的经验时，可以起到对来访者的示范和启发作用。

（3）当咨询陷入停滞状态时，使用自我表露能使咨询效

---

① 参见刘宣文《心理咨询技术与应用》，宁波出版社 2006 年版，第 67—70 页。

果出现转机。

（三）自我表露的使用动机

（1）当咨询员发现自己有一些与来访者类似的经验，而且可能会对来访者有所帮助时。

（2）当来访者陷入一种停滞状态而难以突破时，咨询员的自我表露能带来意想不到的效果和启发。

（四）使用自我表露的注意事项

（1）不要因为与来访者分享自己的经验，咨询员反成咨询的主角。

（2）咨询员自我表露的次数不宜太频繁，否则反而显得不够真诚。

（3）咨询员必须确定自我表露的内容有助于来访者，而非满足自己的需要。

（4）自我表露并非咨询的终极目标，所以咨询员的自我表露应与咨询的某些目标有所关联。

（5）咨询员自我开放的程度，要随着彼此的亲密程度有所调整。

我们来看一个具体的案例。

来访者（学生）：老师，我控制不了自己，每天都想着我们班的一个男同学。他学习好，相貌也好，我知道有好几个女同学都对他有好感，都想接近他。但他好像对谁都是一样的不冷不热，我每天上课时，眼神都在他身上，我想不去看他，但还是做不到。

咨询员：那你一定不好受吧？

来访者：是啊，每次我们在教室内碰面，或是在其他什么地方相遇，我都会心跳加快，激动好半天。我好像觉得他对我也有意思，因为每次见到我他会冲我笑一笑。真的，老师你说他是不是对我也有意思呢？

咨询员：你感觉呢？

来访者：嗯……我觉得他对我有意思，不然他不会对我笑的。

咨询员：假如他真的对你有意，你想让他为你做什么呢？

来访者：那他就该大胆约我出去呀，像看电影什么的。我一定会答应的，真的，而且我们还可以一起做作业，让他帮助我。老师，你是不是觉得我在胡思乱想？

咨询员：我不觉得你是在胡思乱想，因为我也有过类似的经历。

来访者：真的？（眼睛睁得大大的，显得很兴奋）

咨询员：老师像你这么大的时候，也曾喜欢过班里的一个男同学，也曾觉得他对我有意，并产生过许多美好的幻想。

来访者：那后来呢？

咨询员：后来我与一位我最敬爱的老师谈了我的苦恼。她在耐心听我讲完后对我说，你这么大的女孩子是很容易患单相思的，所以这是很正常的事情，也是青少年心理发展的特点。但爱情只有在双方同时产生共鸣时才有意义，才有味道。你现在这样放纵你的感情，而那个男同学却在一门心思地准备考研，你们现在谈情说爱是不会有共同基础的。你如果要想使那个男同学看得起你，就去跟他竞争学习成绩。到那时你就会有追求爱情的资本，也许到那时你不会再对他感兴趣啦！还真说不定的噢。

来访者：那后来呢？

咨询员：后来我真的将所有心思放在学习上，考试成绩不断提高……

在上述对话中，咨询员巧妙而自然地运用了自我表露，使学生看到单相思的危险，并下定决心加以改变。重要的是，咨询员没有像一般家长和教师那样闻"恋"色变，教训学生要以学习为重，不要让感情的放纵误了自己的前程，与此相反，她首先肯定该学生的想法是合乎情理的，并将自己早年的类似经历告诉学生。这里自我表露的使用，使学生一下子与咨询员产生了同感与共鸣，也使得学生愿意接受咨询员的意见。最后，咨询员并没有直接告诉学生应该做什么，而是让她自己去觉悟。这种同感、启发式的思想交流较往常那种干巴巴、冷冰冰的教训要有效得多。

（五）操作练习

请想象一下当时的情境，思考是否适合使用自我表露，如果你有类似的经历，你会如何回应来访者。

（1）来访者：我高中的时候成绩还比较好，但是进了大学以后，成绩就开始下降了。成绩一次比一次差，我都不知道该怎么办。

咨询员：_____

_____

_____

（2）来访者：我在大一的时候爸妈就离婚了，我很自卑，也很嫉妒，为什么别人的家庭这么美满，偏偏我的家庭却是这样。

咨询员：_____

_____

_____

学习与思考：

1. 如何理解朋辈心理咨询的内涵？
2. 作为一名朋辈心理咨询员需具备哪些基本素质？
3. 试简述朋辈心理咨询员的培训体系。
4. 如何在咨询过程运用尊重和真诚？
5. 运用共情和自我表露时有哪些注意事项，请结合实例分析说明。

附：

朋辈心理咨询状况调查表①

1. 你是否曾经就某心事或心理问题向周围人倾诉和咨询？如有请写下你的问题：

_____

_____

咨询员是如何反应和咨询的？请用文字或对话形式回忆让你印象最为深刻的片段：

_____

_____

你认为对方的咨询：①有不良效果；②没有什么效果；③使自己情绪好转；④使自己的态度发生变化；⑤使自己的认识和观念发生变化；⑥使自己的行为或行为习惯发生变化；⑦促使自己面对现实和积极行动；⑧使自己的人格发生变化。

如咨询效果不好或不太好，你认为原因在于：

_____

_____

2. 你是否曾经为身边的人做过朋辈心理咨询？如有请写下来访者的问题：

_____

_____

你是如何做反应和咨询的？请用文字或对话形式回忆让你印象最为深刻的片段：

_____

① 参见陈国海、刘勇《心理倾诉——朋辈心理咨询》，暨南大学出版社2001年版，第30—31页。

_____

_____

在咨询过程中让你感到困惑的是：

_____

_____

_____

来访者的反应和感受如何？

_____

_____

你认为自己的咨询：①有不良效果；②没有什么效果；③来访者情绪好转；④使来访者的态度发生变化；⑤使来访者的认识和观念发生变化；⑥使来访者的行为或行为习惯发生变化；⑦促使来访者面对现实和积极行动；⑧使来访者的人格发生变化。

如咨询效果不好或不太好，你认为原因在于：

_____

_____

_____

朋辈心理咨询员自评问卷①

姓名：_____ 性别：____ 专业：_____ 年级：_____

指导语：本问卷旨在了解学生朋辈心理咨询员对目前自我状况的评价。所有答案无对错之分，请以最近一个月的自我感觉为准。"1"代表程度最低，"5"代表程度最高，请你凭直觉回答，无需考虑时间太长。我们将对你所填写的内容绝对保密，谢谢合作！

序号	题目	1	2	3	4	5
1	对自我认识的清楚程度					
2	对自我的悦纳程度					
3	对自我的激励程度					
4	现在的自信心					
5	现在的自尊心					
6	对自我发展前途的信心					
7	在意同学评价的程度					
8	情绪的稳定程度					
9	管理自己情绪情感的能力					
10	理解他人情绪情感的能力					
11	同学无意间损坏了你的东西时，你的伤心程度					
12	与周围同学关系的融洽程度					
13	和同学聚会时的开心程度					
14	他人对你的信任程度					
15	人际沟通与社会交往能力					
16	你对他人的信任程度					

① 参见崔建华、李石、苏兆成《大学生朋辈心理辅导》，厦门大学出版社2008年版，第77—78页。

续表

序号	题目	1	2	3	4	5
17	在新环境中你的适应程度					
18	面对挫折时你的紧张程度					
19	需要不能满足时你的焦虑程度					
20	个人生活的幸福感指数					

朋辈心理咨询员态度问卷①

姓名：_____ 性别：_____ 专业：_____ 年级：_____

指导语：问卷阅读后，请你在 20 分钟内如实地表达你对每个问题的看法，在下列每个问题的后面都有 1、2、3、4、5 五个数字供你选择，数字 1—5 分别代表你对问题从完全赞同到完全不赞同的态度，请根据你的选择以"√"填写在适当的空格内，每题只限选择一个答案，请不要漏填和多填。问卷中的问题与看法并无对错之分，所填内容绝对保密，谢谢合作！

"1"完全赞同　　"2"赞同　　"3"中立　　"4"不赞同　　"5"完全不赞同

序号	内容	1	2	3	4	5
1	学生朋辈心理咨询员的工作是艰巨的，因为要与许多不同性格的人倾谈					
2	协助同学解决心理问题，应是心理咨询老师的工作					
3	希望学生朋辈心理咨询员协助同学向健康的身心发展，那简直是期望过高					
4	我选择学生朋辈心理咨询员工作，是因为我想协助同学和朋友去克服他们的心理困难					
5	我对怎样去协助同学或朋友去解决他们的心理问题信心不大					
6	学生朋辈心理咨询员与心理咨询老师的工作没有什么不同					

---

① 参见崔建华、李石、苏兆成《大学生朋辈心理辅导》，厦门大学出版社 2008 年版，第 80—84 页。

续表

序号	题目	1	2	3	4	5
7	学生朋辈心理咨询员的工作是艰巨的，因为许多同学是不信任的					
8	我认为一般同学都不想接触心理咨询老师们，因为这样他们会被认为是有"心理问题"的人					
9	我认为同学的心理问题主要原因是缺乏关怀					
10	我选择学生朋辈心理咨询员工作，是因为我可以帮助自己发挥潜能					
11	学生朋辈心理咨询员在工作中所遇到的问题，往往难以处理					
12	我选择学生朋辈心理咨询员工作，是因为我认为没有其他活动可以选择					
13	学生朋辈心理咨询员的工作是很少看到成果的，所以是一份徒劳无功的工作					
14	学生朋辈心理咨询员工作意义重大，因为它可以营造一个有爱心的校园及增加同学对学校的归属感					
15	我认为学生朋辈心理咨询员的工作可以减轻心理咨询老师的工作量					
16	我选择学生朋辈心理咨询员是因为它给予我满足感					

序号	内容	1	2	3	4	5
17	学生朋辈心理咨询员不但要耐心地去了解同学，有时候也需要用比较严谨及直接劝告的方法来帮助他们					
18	学生朋辈咨询员的工作是很少有挑战性的					
19	虽然学生朋辈心理咨询员的工作量很重，但是我相信这种情况会慢慢地有所改变					
20	如果学生朋辈心理咨询员是乐观、积极和有爱心的人，会有助于他们发挥互助互爱精神					
21	虽然学生朋辈心理咨询员并非是受过专业培训的心理咨询老师，但是他们对协助同学去克服困难是有所贡献的					
22	我选择学生朋辈咨询员培训计划，是因为我将来想当一名心理咨询老师					
23	学生朋辈心理咨询员的精神应该在学校文化中发扬光大					
24	学生朋辈心理咨询员也有他们自己的问题，也需要别人的关心和支持					

第七章　大学生心理压力和个案分析

　　今天的大学校园，压力已渗透在大学生日常的学习与生活中。学习压力、人际关系压力、经济压力、情感压力、就业压力等影响着大学生的心理健康状况。每个人在生活中都会不同程度地感受到压力，一方面，压力代表挑战，能激发人奋进；另一方面，压力代表要求，人们必须满足它。当这些要求无法满足时，就会把人给压垮。因此，如何认识、应对压力，是每个大学生应该学会的重要一课。

第一节 大学生心理压力概述

一、什么是心理压力

（一）心理压力的定义

心理压力是个体在生活适应过程中的一种身心紧张状态，源于环境要求与自身应对能力的不平衡，这种紧张状态倾向于通过心理和生理反应表现出来。心理压力的定义主要包含三方面含义：

（1）使个体感到紧张的刺激物。

（2）由刺激唤醒的内部心理状态，以及个体出现的解释性、情感性、防卫性的反应。

（3）个体对自己是否处于压力状态的感知。

（二）心理压力的重要表现形式

1．心理冲突

心理冲突是指个体心中两种或两种以上不同方向的动机、欲望、目标和反应同时出现，由于莫衷一是而引起的紧张情绪。

心理学家勒温（1935）按趋避行动将冲突情境分为以下四种形式：

（1）双趋式冲突。个体在有目的的活动中同时有两个并存的目标，而且两个目标对其具有同样的吸引力或引起同样强度的动机。当个人因实际条件的限制而无法同时获取两个目标时，就会在心理上产生难以做出取舍的冲突情境，即形成双趋式冲突。如"鱼与熊掌不可兼得"，有的大学生在毕业时对继续深造还是就业感到难以抉择。

（2）双避式冲突。同时有两个可能对个人具有威胁性的事件的发生，因为对个体都是不利的，当然对两者都想逃避。但迫于情势，若想避开一件，则无法避开另一件。这样在做出抉择时，就会产生双避式冲突的情境。例如，一个大学生不想用功读书，但又怕考试不及格，此时他就陷入双避式心理冲突之中。

（3）趋避式冲突。对于同一个目标同时存在趋近与躲避的两种动机。即同一个目标对于个体来说可能满足某种需要，但同时也可能构成威胁。同一个目标对个体形成既有吸引力又有排斥力的矛盾心理情境，这时便产生趋避式冲突。例如，有的学生既想担任学生干部锻炼自身能力，又怕占用太多时间影响学习，因而出现两难选择。

（4）双重趋避式冲突。两个目标或情境对个体同时具有利与弊，即吸引与排斥的两种力量。例如，有的大学生在择业时有两个单位可供选择，但两个单位又各有利弊，每个选择都包含着积极与消极因素，无论哪个选择都不全是满意的，因而举棋不定，陷入冲突。

2. 挫折

挫折是指个体在从事有目的的活动中，遇到了障碍或干扰，导致其动机不能实现，需要不能满足时产生的一种紧张、消极的情绪反应或情绪体验。挫折包括三方面的含义：

（1）挫折情境，即对个体有动机、目的的活动造成的内外障碍或干扰的情境状态或条件。构成刺激情境的可能是人或物，也可能是各种自然、社会环境。

（2）挫折认知，即对挫折情境的知觉、认识和评价。挫折认知是核心因素，挫折反应的性质及程度，主要取决于挫折认知。

（3）挫折反应，即个体在挫折情境下所产生的烦恼、困惑、焦虑、愤怒等负面情绪交织而成的心理感受，即挫折感。

二、压力反应和危害

（一）压力反应的表现

压力反应通常表现在生理反应、心理反应和行为反应三个方面。

1. 生理反应

在压力状态下，机体必然伴有不同程度的生理反应，主要表现在中枢神经、内分泌系统和免疫系统等方面。比如，导致心率加快、血压升高、呼吸急促、激素分泌增加、消化道蠕动和出汗等。过度的压力会使人口干、腹泻、呕吐、头痛、口吃等。

2. 心理反应

压力引起的心理反应有警觉、注意力集中、思维敏捷、精神振奋，这是适应的心理反应，有助于个体应付环境。但是，过度的压力会带来负面反应，出现消极的情绪，如忧虑、焦躁、愤怒、沮丧、悲观失望、抑郁等，会使人思维狭窄、自我评价降低、自信心减弱、注意力分散、记忆力下降，表现出消极被动、骄横无礼等。

3. 行为反应

压力状态下的行为反应可分为直接反应与间接反应。直接的行为反应是指面临紧张时为了消除刺激源而做出的反应。间接的行为反应是指为了减少或暂时消除紧张而做出的反应，如借酒、烟等使自己暂时缓解紧张状态。

（二）压力过度造成的危害

1. 对身体功能的损害

在压力状态下，人体首先会关闭消化系统，时间过长会导致胃病和消化功能紊乱。

2. 对心理功能的损害

在生理上越感到衰竭，对压力的心理反应便会越明显。有些人可能会对压力做较长时间的抵抗，但最终也会因为生理的衰竭而造成心理功能的失调，甚至崩溃。

3. 认知功能下降

长期处于压力状态下，会使个体反应速度下降，记忆力减退，难以集中注意力。

4. 对情绪的消极影响

过度压力会使人精神萎靡不振，产生无能力、无价值感等消极评价，焦虑、忧郁情绪会恶化。

5. 影响睡眠

当承受压力较大时，个体躺在床上常常会辗转反侧、难以入眠。

6. 导致心身疾病

压力引起内环境紊乱，引起过度的心理和生理反应，从而使个体处于对各种疾病脆弱易感的状态。

三、大学生主要压力源

樊富珉等人（2000）在清华大学的调查显示，71.3%的大学生在学习与生活中承受着很大或较大的心理压力，并有至少28.6%的学生在心理上有不良反应；在校生活期间，个人前途和就业（80.7%）、学业问题（78.3%）、人际关系问题（53.8%）、恋爱问题（39.8%）、经济问题（34.2%）仍是困扰大学生的主要问题。[①]

李虹等（2002）根据对大学生开放式问卷调查结果，识别出15种校园压力源：学习、就业、人际关系、生活、恋爱

---

① 参见段鑫星、赵玲《大学生心理健康教育》，科学出版社2008年版，第257—258页。

观、经济、社会、考试、家庭、生活及学习环境、未来、能力、个人（成长、外表、自信）、健康和竞争。李虹等还采用自制的《大学生压力量表》对大学生压力的类型和特点进行测试，发现大学校园压力的主要类型为：学习烦扰（学习及考试压力）、个人烦扰（日常压力）、消极生活事件（个人及学习方面）。大学校园压力的主要特点为：日常烦扰所产生的压力为主要压力，而突发性消极事件并非大学生的主要压力源。①

（一）学习烦扰

（1）对有些科目怎么努力成绩也不好。
（2）学习成绩总体不理想。
（3）讨论问题时常反应不过来。
（4）考试压力。
（5）同学间的竞争。
（6）学习效率低。
（7）每学期期末考试成绩排名。
（8）完成课业有困难。
（9）有些课程作业太多。
（10）各种测验繁多。

（二）个人烦扰

（1）渴望真（爱）情却得不到。
（2）青春期成长。
（3）同学关系紧张。
（4）外形不佳。

---

① 参见李虹、梅锦荣《大学校园压力的类型和特点》，《心理科学》2002 年第 4 期，第 25 页。

（5）身体不好。

（6）同学间互相攀比。

（7）居住条件差。

（8）遭受冷遇。

（9）社会上的各种诱惑。

（10）晚上宿舍太吵。

（11）没有人追或找不到男/女朋友。

（12）没有人说知心话。

（13）没有学到多少真本领。

（14）独立生活能力差。

（15）各种应酬有困难。

（16）家庭经济条件差。

（三）消极生活事件

（1）累计两门以上功课考试不及格。

（2）一门功课考试不及格。

（3）当众出丑。

（4）被人当众指责。

段鑫星等（2008）采用《大学生压力源问卷》对影响大学生心理的压力源进行深入研究，研究发现对大学生构成重要影响的前 10 位压力事件依次为：①

（1）不知道毕业后该干什么。

（2）担心自己找不到好工作。

（3）父母的期待让我沉重。

（4）想学好但学不进去。

（5）感到前途渺茫。

---

① 参见段鑫星、赵玲《大学生心理健康教育》，科学出版社 2008 年版，第 261 页。

（6）父母为我上学欠了一笔债。

（7）不能按自己的意愿继续深造。

（8）不知如何提高自己的素质。

（9）家庭经济困难。

（10）担心自己可能失业。

四、心理防卫机制及其心理调适

（一）心理防卫机制的定义

心理防卫机制是指在面对挫折和冲突的紧张情境时，个体为了减轻痛苦的情绪体验而采取的一种非自觉的或非理性的心理方法，以稳定情绪和恢复心理平衡的一种适应性倾向。建立心理防卫机制的目的在于处理协调个体与现实的关系，以避免和减轻焦虑、心理冲突和内在挫折等不愉快的情绪状况，寻求内心的平衡，是一种自我保护方法。

大学生在经历压力挫折后，个体心理平衡遭到破坏，由此产成的焦虑、困扰、不适应等消极情绪、反应对个体的行为模式有较大的影响，有的个体以消极的行为反映出来，有的以积极的方式反映出来。这些反应经过个体的反复和强化后，逐渐内化为个体应对心理挫折的一种习惯反应模式，这就是个体的心理防卫机制。

心理防卫机制是个体自发的心理调节机能，具有两面性。不同的心理防卫机制对个体产生的效果有积极和消极两种作用。

1. 积极作用

对偏激或攻击性行为有缓解作用，能暂时消除内心的痛苦和不安，可能引导出解决问题的办法，等等。例如，升华作用可以将不被社会所接受的动机或行为转变为可接受的动机或行为，使个体在心理上获得满足。又如，补偿作用能使个体变得更聪明、机敏，能取长补短，获得心理上的满足和减轻某些挫折感。

2. 消极作用

消极的心理防卫机制对现实存在的问题并不能真正解决，往往带有一种自我欺骗的性质。它常常只起到使个体逃避现实的消极作用，降低对生活的适应能力，有时还会使实际问题复杂化，反而加重心理冲突。如压抑、幻想、退化等机制具有逃避性，这将不利于提高个体对压力的适应能力。

（二）常见的心理防卫机制

1. 升华

升华是指个体用一种比较崇高的具有创造性和建设性的目标代替，借以弥补因受挫而丧失的自尊与自信，减轻痛苦。升华是一种富有建设性的行为反应，它使个体在遭受压力挫折后，将不被社会认可的动机和不良的情绪移到有益的活动中去，使其转化为有利于社会并被他人认可的行为。例如，当某人遭受爱情挫折时，可以转向写诗、写小说、绘画等，抒发自己被压抑的情感。

2. 转移

转移是指个体把对某人或某物的负面情绪反应转移到其他对象上以寻求发泄的心理防卫机制。这是人们常有的倾向，即把自己对某一对象的情感，诸如喜爱、憎恶、愤怒等，因某种原因无法向该对象直接发泄，而转移到其他较安全或较易为大家接受的对象身上，从而使自己的情感得到宣泄，心理得到平衡。如某人遭受上级领导的指责，则将委屈、愤怒的情绪通过摔东西来发泄。

3. 反向

反向是指个体的行为以动机的相反形式表现出来，使之成为内心可接受的一种心理防卫机制。如：自卑的同学往往表现出高傲自大；渴望与异性同学交往，却装出一副不屑一顾的样子。持反向心理的人，往往不敢正面表露自己的真实动机，于是便从相反的方向表示出来。

4. 补偿

补偿是指个体企图用种种方法来弥补自身生理、心理缺陷或行为上的受挫，从而可以重拾个体自尊和自信的一种心理防卫机制。所谓"失之东隅，收之桑榆"，就是补偿的一种表现。如某大学生没有当上学生干部，于是努力使自己的成绩名列前茅；又如某大学生失恋了便积极参加社会实践活动，用成就感来补偿失恋的痛苦。补偿若使用得当，对维护自身形象及心理健康极为有利；若运用不当或过度，则会产生负效应。

5. 利他

利他是指采取一种行动不仅能直接满足自己的欲望与冲动，同时所表现的行为又可帮助他人、有利于他人，受到社会赞赏的一种心理防卫机制。它是一种与升华类似的心理防卫机制。比如，某人非常喜欢小孩，通过从事幼儿园教师的工作，天天与小孩在一起，照顾小孩，这不仅满足了自己的兴趣，又对孩子们有好处，这就是利他的表现。在社会生活中，许多从事社会福利工作的人员，往往也是应用利他的机制既满足自己，又满足他人。

6. 幽默

幽默是指当个体处境困难或陷于尴尬境地时，通过幽默间接表达潜意识意图，在无伤大雅的前提下，表达意念、处理问题，从而化险为夷，渡过难关。幽默是一种高尚成熟的心理防卫机制。人格发展较成熟的人，常懂得在适当的场合，使用合适的幽默，将一些原来较为困难的情况转变，大事化小，小事化了，免除尴尬。这是一种成功的应对方法。

7. 压抑

压抑是指个体在受到压力挫折后，将意识中所不能接受的，使人感到困扰或痛苦的思想、欲望或体验压抑到潜意识中，让自己不再想起，不去回忆，主动遗忘，以保持内心的安宁，使自己避免痛苦。如某一女生失恋，而她一直不接受这一事实，坚持认为男朋友是爱她的。

8. 退化

退化是指个体在遇到困难和挫折时采取倒退到童年或低于实际年龄的不相称的应对方式，往往表现出与自己的年龄、身份不相称的幼稚行为，从而避免紧张和焦虑。个体的人格是随着年龄的增长而逐步走向成熟的，应付事情的方式和技巧也相应变得比较成熟。不过，有时个体在遇到挫折时，会放弃已经达到的比较成熟的适应技巧或方式，而恢复使用原先较幼稚的方式去应付困难，或满足自己的欲望，这就是退化现象。如某女生刚入校时参加学生会干部竞选失败后感到很委屈，无法理智分析和对待，于是用不吃饭不上课、成天蒙头大睡的方式应对。

9. 幻想

幻想是指一个人遇到现实困难和压力时，因认为自己无法处理而利用幻想的方法，使自己脱离现实而耽于幻想的境界中，按照自身的情感与希望，任意想象应如何处理其心理上的困难，以得到内心的满足。这是一种与退化十分相似的心理防卫机制，可以说是一种部分的且为思维上的退化现象。

10. 投射

投射是指个体将自己遭受挫折的原因推诿到他人身上或是归咎于其他的原因，以此减轻自己的内疚和焦虑，逃避心理上的不安。日常生活中常出现这种"投射"现象，即以自己的主观判断来推测别人的想法，如"我见青山多妩媚，青山见我应如是"。

第二节 大学生个案分析和成长自助

一、自我意识

（一）导入①

古希腊哲学家苏格拉底说："认识你自己，自我既是我们的朋友，又是我们的敌人。"大学生自我意识的发展与完善，始终昭示着一条通往未来的光明大道。真实的自我必将引领着我们勇敢面对明天。

---

① 本节漫画均转引自 http：∥ www. my510. com/forum/adecoler. php？articleid ＝975401。

（二）个案分析

来自贫困农村家庭的小斌，曾对大学生活充满了好奇和期待。然而，在进入大学之后，现实与理想之间的落差让他感到无所适从。他总觉得自己家庭经济状况比不上周围的同学，又没什么特长。而所有的这些都使他感到自卑、痛苦，常常自惭形秽，郁郁寡欢，不敢和别人交流，更不愿意参加各种集体活动。两年的大学生活，他没有交到什么知心的朋友，所有心事都往心里憋。对于自己的前途，他甚至感到一片黯淡，认为自己将来注定是没出息的。

分析

进入大学之前，许多同学对大学生活和自己未来的发展往往有很多美好的设想。但经过一段大学生活之后，现实与理想之间的落差使不少同学对生活感到迷茫，不知所措。大学生正处于自我认识的关键时期，内心充斥着各种矛盾冲突，时而对自己充满信心，时而又对自己丧失希望，往往在自我认识上出现偏差，产生孤僻、自卑等心理困扰。自卑的同学常常夸大自己的缺陷，觉得自己低人一等，正如小斌那样。这类同学常拿自己的短处与他人的长处做比较，过分地贬低自我，甚至还臆造出自己的许多弱点，将自己看得一无是处，对自己失去信心。

自我调适

1. 克服自卑的自我调适

（1）自我美化法。学会"向下"的社会比较，想象有些人还不如自己，力求说服自己在其他方面（如人品、才华等）表现得更优秀，可以赢得别人更大的尊重，避免自信心的降低和妒忌心的上升。

（2）"一点特长"观念法。特长不在多而在专，抛弃完美主义的思想，不要想在很多方面优秀，只要把自己某一方面的特长发挥好，就足以自信也足以成功了。

（3）优点调查法。俗话说"旁观者清"，向你周围的人询问"我有何特长或优点"，通过别人的眼睛，你肯定会发现你的优点和特长其实也是很多的。

（4）冷静分析法。停止不合理的自我比较，不要过分担心自己不如他人，学会悦纳自己，培养一种自强、自信、自立的心态。和别人攀比须知己知彼，这样才能知道是否具有可比性。例如互相比较的两人能力、知识相当，否则就无法相比。有了这一点认知，人的心理失衡现象会大大降低，也就不会产生心神不宁、无所适从的感觉了。

2. 自我发展的调适

（1）人生规划法。明确自己的优劣势，进行人生规划，找准发展目标。

（2）及时学习法。特长不是天生的，劣势也可以转为优势，马上行动，有目的地学习锻炼，注意汲取和学习别人的优点，不断提高自己。

很多同学由于在自我定位、自我认知等方面存在偏差，往往会产生自卑等负面情绪，下面这些调适方法将教你消除"我是谁"与"我将走向何方"等问题的困扰。

（三）成长自助

1. 因相貌平平而自卑的调适方法

（1）自我悦纳法。认识到自己的相貌尽管不是最美的，却是世上最独特的，是别人无法替代的，从而抱着坦然和喜悦的心情接纳它。

（2）寻找个性美法。学会欣赏自己美的地方，如牙齿白、眼睫毛漂亮等，也就是说，你是美的，是与众不同的。此外，奉行"走自己的路，让别人说去吧"，也是个性的独特表现。

（3）内在美化法。一个人的美是全方位的评价，许多人被尊重、喜爱、赞赏，并不是因为相貌。可以通过心灵美、举止美、气质美、人格美等方面发展而升华美化自我。

2. 过分在意别人对自己评价的调适方法

(1) 自画像法。就我的优点、我的缺点、我最喜欢的事物、我最讨厌的事物等和自己特征有关的事物认真思考，将答案分别列出，有助于更清晰地认识自己。

(2) 自嘲法。若别人的评价不会危害自己的根本利益和人格尊严（日常生活中的绝大部分批评属于这一类），就没必要计较，说一句"我就是这样，不也挺好吗"，一笑置之。

(3) 事实标准法。考虑别人对自己的评价是否符合自身实际，如果不符合实际，夸你的话再好听也不必太得意；如果符合实际，骂你的话再难听也要虚心接受，切莫生气。

(4) 反思法。比较不同人对自己的不同评价，结合自己在日常生活中的实际表现，思考自己实际上是什么样的人。

3. 为自己没有明确的人生目标而感到迷惘的调适方法

(1) 阶段目标法。如果不清楚自己的长远目标，就根据你认为目前最应该或最想做的事，给自己先订一个短期目标（一年或两年）。阶段目标的实现会大大促进长远目标的形成。

(2) 社会实践法。人生目标不是空想出来的，而是在足够的人生经验和对社会充分了解的基础上，结合个人的自身条件，不断思考、选择而逐渐确立的。通过各种途径充分了解社会、体验生活、增长阅历，是确立人生目标的必经之路。

(3) 寻求帮助法。若自己难以摆脱心理上的不快情绪，应及时寻求专业人员的咨询与帮助，不要认为这是自己软弱的表现。心理咨询是一种专业帮助，它能起到拐杖作用，可支持和帮助人恢复心理的平衡。

二、学习应试

（一）导入

  联合国教科文组织在《学习：财富蕴含其中》一书中讲道："学会求知，学会做事，学会生存，学会共处。"学习，不仅是大学生能力培养的重要部分，也是人格健全的保证。我们学习是为了未来，也是为了成长。

(二) 个案分析

小刘考上了大学，但是他对学校感到不理想，专业也不喜欢。他曾暗下决心，一定要努力学习，成为一个高素质的人。然而没多久当他看到周围的同学都不怎么用功时，思想便开始动摇，生活也越来越懒散，对学习总提不起兴趣，上课打瞌睡，课余便上网、玩游戏。"以前努力是为了考大学，现在努力为了什么？不知道自己该向哪个方向发展，也不知道自己该树立一个怎样的目标。"为此他苦恼不已，但又控制不了自己，无法静下心来学习。眼看着期末考渐渐逼近，小刘感到紧张不安，害怕亮红灯。可是他觉得自己注意力老集中不了，记忆力也严重下降，复习的东西老记不住，一想到要上考场他更是心烦意乱，焦虑不安。

分析

中小学，每一个阶段的学习目标都是既定的，学生按部就班就可以完成学习任务。但是大学就不同了，独立性贯穿于整个学习过程。第一次自己订计划，难免会不切实际、好高骛远、贪多求快，一旦出现学习动力不足，又总习惯于从客观方面找原因，当发现客观现实无法改变时，就会觉得很迷茫，生活开始懒散，学习开始松懈，由此产生过度的考试焦虑。

自我调适

1. 动机不足的自我调适

（1）反思法。通过积极的自我反思，正确认识学习的价值与大学的目标，重新规划学业与人生，修订学习计划，分解为长期目标和短期目标，逐步实现。

（2）职业调查法。向一些前辈咨询，或亲自了解所学专业和相关职业的具体情况。

（3）估算法。对自己大学四年的投入、收益进行大致估算，有助于明确大学学习目标，增强学习动机。

（4）暂时投入法。先强迫自己"暂时"对专业感兴趣，

"暂时"投入学习，体会专业魅力所在。

2．考试焦虑的自我调适

（1）节律复习法。尽早做好充分的复习准备，不要临时抱佛脚、"开夜车"，要劳逸结合、有张有弛。

（2）集体复习法。在交流互动的集体学习氛围中，体验"一体感"。

（3）自我评价法。正确的自我评价，确定恰当的学业期望，正确对待考试结果。

（4）自我激励法。对自己反复说"我一定能行"、"我一定能考好"等。告诉自己"这没什么，只要积极面对，明天一切都会好的"。

（5）自我放松法。

1）想象法。可以放轻音乐，自己想象在轻柔的海滩上，暖暖的阳光照在身上，赤脚走在海滩上，海风轻轻吹拂，听海浪拍打海岸，将头脑倒空，达到放松的目的。

2）文字法。在感到痛苦、难受时，将自己的感受、经历、想法统统写出来，想到什么就写什么，不要考虑形式，也不管内容是否连贯，只要是当时想到的，都可以写。

3）涂鸦法。拿一支铅笔、彩笔在一张大纸上随意涂抹，说不定你能在解决情绪问题的同时，创作出一幅高水平的抽象画。

4）运动法。选择一种运动方式，让自己的心情在运动中慢慢平静。例如，你可以在适当的时间到操场去跑上几圈，或者去打一场球等，在肌肉的运动和舒畅的汗水中，让挫折感慢慢消散。

5）喊叫法。找个没人的地方，大喊几声，大哭一次，让情感得到尽情地发泄。

6）转移法。做自己擅长的感兴趣的事，体验成就感。找朋友和亲人倾诉、写日记宣泄、做一些放松练习等等。

（三）成长自助

学习应试除了上述提到的动机不足和考试焦虑的问题外，

还存在着以下一些常见的问题，下面是具体的调适方法。

1. 当你对自己要求很高，却总为学习成绩不理想而烦恼的调适方法

（1）动机调节法。正确认识自己的潜质，调整成就动机，制订恰当的学业目标和学习期望，脚踏实地、循序渐进。

（2）认知调节法。评价一个人更重要的是看他的综合素质和实际能力，不要过分在意成绩。

（3）自我比较法。客观认识自己的差距和不足，不要盲目和别人比较，而是要和自己比较，只要自己是在不断进步就行了。

（4）重点学习法。把烦恼的时间全部用在学习上，哪里掌握得不好就集中精力重点提高哪里。

2. 记忆力下降的调适方法

（1）动机调节法。增强对学习的兴趣和积极性，是提高记忆的重要途径。

（2）科学用脑法。大脑两半球具有不同功能，左半球与逻辑思维有关，如语言逻辑、分析等活动；右半球则与形象思维有关，如想象、音乐等活动。因此，应根据大脑两半球的不同分工而交替使用大脑，可以延缓疲劳现象的发生。

（3）生物钟法。大脑的功能有一定的时间规律性，善于利用高效率的时间段，避免过度疲劳。一般是上午7—10时精力逐渐上升，10时左右精力充沛，之后趋于下降，下午5时左右再度上升，到晚上9时达到高峰，晚上11时之后急剧下降。大学生应摸清自己的生物节律，把握黄金时间，在其间安排难度较大的学习活动。

3. 无法集中注意力学习的调适方法

（1）环境控制法。找一个安静的学习环境，避免外界干扰。

（2）体育锻炼法。多参加一些对注意力要求较高的体育活动，如棋类、太极拳等。

4. 很难处理好学习和学生工作或社交活动的关系的调适方法

（1）认知调节法。树立全面发展的成才观，走出唯成绩论的观念误区，恢复心理平衡。

（2）重点发展法。参加活动不宜太泛，应选择自己最感兴趣和最适合的项目。

（3）时间管理法。做好学习、工作计划，使其具有计划性、规律性，处理主次之间的关系。当然，如果你确实很难处理好两者的关系，理智地放弃其中之一（一般是工作）也是明智的做法。

三、人际交往

（一）导入

我们通过与他人的交往，看到了自身的优缺点。友谊能使生活充满阳光，也能让我们的心情布满阴霾。建立良好的人际关系，需要一颗宽容与真诚的心，它是我们成就事业和幸福人生的基石。

（二）个案分析

小玲，一个性格内向的女生。她总觉得自己的一言一行时刻受到别人的关注，因此总担心自己会出差错而被人嘲笑。她惧怕与人打交道，怕讲不出精言辟语而使场面尴尬，常处于一种莫名其妙的心理压力之下。特别是在与异性或陌生人的交往中，她常会感到惶恐不安，出现脸红、出汗、心跳加快，甚至说话结巴和手足无措等现象。在公众场合，她不敢在众人面前大胆自然地发言，即使事前做了充分的准备，结果仍事与愿违，令她尴尬至极。为此她感到十分苦恼。

分析

处于青春期的大学生，对自己的形象极为敏感，很在意别人的看法，希望在交往中给他人留下美好的印象。但在交往过程中期望值过高，更易显得手足无措、语无伦次，严重时还会出现如心跳加快、呼吸急促等症状，这在心理学上称为"社交恐惧症"。小玲正因为社交恐惧，所以害怕成为别人注意的中心，特别是与异性、陌生人交往或在公众场合中，所产生的焦虑、痛苦、自卑等情绪影响其身心健康及日常生活。

自我调适

社交恐惧的自我调适

（1）兜头一问法。乐观开导自己：再坏又能坏到哪里去？最糟糕的结果又会是怎样？大不了再回到原起点，有什么了不起的！想通了这些，一切会变得容易起来。

（2）现场放松法。握住一些小东西，如手帕、书等，会感到舒服而且有一种安全感。

（3）注意力集中法。学会把注意力放在自己要做的事情上，不必过度关注自己给别人留下的印象，要知道自己不过是个小人物，不会引起别人的过分关注。

（4）钟摆法。为了战胜恐惧，心里不妨这样想：钟摆要摆向这边，必须先往另一边使劲。我脸红大不了红得像块布；我心跳有什么了不起，我还想跳得比摇滚乐鼓点还快呢！结果呢，你会发现实际上没有想象的那么严重，于是注意力就被转移到正题上了。

（5）系统脱敏法。比如面对自己爱恋的女孩子，可用循序渐进的方法克服心理障碍：①先下决心看她的衣服；②看她的脸蛋儿和眼睛；③向她笑一笑；④当有朋友在身边时主动与她说话；⑤有勇气单独与她接触。这种避免直接碰撞敏感中心的方法使一个原本看来很困难的社交行为变得容易起来，这种方法对轻度社交恐惧症一般有立竿见影的效果。

（6）自我肯定法。增强自信心，不断告诉自己"我是最好的"、"天生我材必有用"。

（7）体育锻炼法。运动心理学研究证明，各项体育活动都需要较高的自我控制能力、坚定的信心、勇敢果断和坚韧刚毅的意志等心理品质。因此，有针对性地进行体育锻炼，对培养健全性格有特殊的功效。

1）假如你觉得自己不大合群，不习惯与同伴交往，那你就选择足球、篮球、排球以及接力跑、拔河等集体项目进行锻炼。假如你胆子小，做事怕风险，容易脸红，怕难为情，那就应多参加游泳、溜冰、单双杠、跳马、平衡木等。

2）如果你办事犹豫不决，不够果断，那就多参加乒乓球、网球、羽毛球、跳高、跳远等。

3）倘若你发现自己遇事容易急躁、冲动，那就应多参加下棋、打太极拳、慢跑、长距离步行及游泳、骑自行车等。

4）如果你做事总是担心完不成任务，那就得选择跳绳、俯卧撑、广播操、跑步等项目进行锻炼。

5）若你遇到重要的事情容易紧张、失常，那你应多参加公开激烈的体育比赛，特别是足球、篮球、排球比赛等。

6）假如你发觉自己有好逞强、易自负的问题，可选择难度较大、动作较复杂的活动，如跳水、体操等，也可找一些水平超过自己的对手较量，并不断提醒自己"山外有山"，万万不能自负、骄傲。

（三）成长自助

我们都希望有和谐的人际关系，但在现实生活中，人与人之间的冲突是在所难免的，要想感受到更温馨美好的情谊，就要学会一些避免人际冲突的技巧。

1. 与同学发生争执、冲突的调适方法

（1）辩论法。把争执当成辩论赛，要求自己只能摆事实、讲道理，但千万不能进行谩骂和人身攻击。

（2）撤退法。当争执变得激烈，情绪化严重，要说"我不想和你争了"，命令自己尽快撤离，使头脑冷静，避免冲突升级。

（3）主动弥合法。争执结束后，要尽快重归于好，避免冷战。不要得理不饶人，学会主动向对方道歉。

（4）寻求调解法。通过第三方寻求调解矛盾的途径。

2. 对某些同学的性格、观念、生活习惯等无法接受的调适方法

（1）换位思考法。暂时放弃自己的立场，设身处地地感受一下对方的立场。

（2）"一只眼"法。抱着求同存异的宽容态度，对无关原则的事情睁一只眼闭一只眼，不要计较太多。

（3）交往契约法。你把你的看法坦诚地和对方交流，通过协商调整各自的行为方式，订一个大家都能接受的交往规则，然后按规则办事。

3. 喜欢独来独往而对与他人交往并不感兴趣的调适方法

（1）认知调节法。分析自己是否有错误的观念，如"人心是险恶的"、"这个世道根本就没好人"。如果有，就要想方设法调整，认识到人际交往是生活的必需内容。

（2）伙伴学习法。主动与自己合得来的伙伴进行聊天、谈心、搞活动，慢慢地，你会学到成功交往的技巧，也会体验到更多交往的乐趣。

（3）交际行为训练法。制订一个交际计划，规定每天要和多少人搭话，每周要拜访多少人、打多少电话，每学期要认识多少新朋友等，然后要求自己按计划行事。

4. 因自己朋友较少而烦恼，或者很想认识新朋友但又不知如何结交的调适方法

（1）没事找事法。寻找机会，请对方帮忙做一件小小的事，或帮助对方，可以将双方的关系迅速拉近。

（2）间接接触法。通过委托一个熟悉对方的中间人来认识和接近对方。

（3）记名字法。记住对方的名字，再见面时主动大声说出对方的名字，对方会对你产生很大的好感。

（4）自报家门法。主动走到对方面前作一个自我介绍，虽然有些唐突，但也不失为认识新朋友的最直接的方法。

（5）赞扬法。真心真意、适时适度地表示你对别人的赞扬，能够增进彼此的吸引力，要善于落落大方地说"谢谢"等。

（6）笑脸法。"伸手不打笑脸人"，多以笑脸待人就能赢得友谊、理解和支持。

四、情绪情感

（一）导入

马斯洛认为："爱的需要涉及给予和接受爱，我们必须懂得爱，必须能教会爱、创造爱、预测爱。"正值花样年华的大学生，爱情悄悄地生长并繁茂，如同夏日里的太阳雨，美丽却又有些伤感。

（二）个案分析

青青是个文静腼腆的美丽女生。来到大学后，同乡师兄对她照顾有加，渐渐地，青青对他产生了爱慕之情，但又不知该不该向他表白，从而陷入了徘徊的境地。为了摆脱这种不定的情绪，她把自己的全部精力和心思投入到学习中，一心准备考研，对所有追求的男生都不加理会。可到了大三，同寝室的其他三位女生都相继有了男朋友，每天都沉浸在甜蜜的爱情当中，在宿舍谈论最多的话题也是各自的感情和男朋友。随着与室友话题的减少，青青也逐渐感到了孤单，并感到没有男友是一件丢脸的事情。于是她便轻率地接受了一个并不喜欢的男生的追求。在交往中却又发现自己与该男生并不适合，但碍于面子问题，没有提出分手，因此苦恼不堪。

分析

大学生谈恋爱已是一种普遍现象。有的同学由于空虚寂寞，受从众心理的影响，渴望寻求慰藉，从而患上"情流感"，义无反顾地投身"恋爱大军"。而由此出现的单恋、失恋等常见情感问题对大学生的学习、生活造成很大影响。如何走出恋爱心理误区，树立正确的恋爱观，成为大学生健康成长的重要内容。

自我调适

1. 单恋的自我调适

（1）列表比较法。一张表列出你应该表白感情的所有理由，另一张表列出你不应该表白感情的所有理由。然后通过两张表对照分析，理清自己的思绪。

（2）兼听法。向别人了解一下他（她）的情况，更全面地了解他（她）；向好友或师长征求意见，同他人交流，帮助自己理清思绪。

（3）自我告白法。一旦单恋已然发生，要鼓足勇气，克服羞怯的心理，大胆地表达自己的感情，但不可强求。

（4）顺其自然法。难以做出决定时，不要强行做决定，让感情顺其自然，在实践中得到考验。

（5）转移法。移情、移境，避免"触景生情"，将精力和心思投入其他方面，如兴趣爱好、体育活动等，尽可能减少或避免与对方的接触，经过一段时间的磨砺，相信能克服单恋的迷惘。

2. 心理失衡的自我调适

（1）理智谨慎法。自然而朦胧的喜欢，盲目而冲动的眷恋，常使自己陷入感情的困扰，应理智地对待这种情感的爆发。

（2）自主独立法。不必随波逐流，盲目追求。恋爱也好，单身也罢，都是自己的一种选择，爱就要爱得明明白白、清清楚楚。切勿产生"别人在谈，我也应该谈"的心理。

（3）升华法。将精力投入学习、业余爱好、社会活动等方面，体验成就、愉悦感，排解空虚感，获得心灵慰藉。

（三）成长自助

当然，单恋、恋爱从众等只是感情生活中的部分内容，在复杂的感情世界中，还会遇到许许多多的困扰。下面就大学生常见的感情问题介绍一些自我调适的方法。

1. 因失恋而感到痛苦的调适方法

（1）认知调节法。换个角度看待爱情，意识到爱情并不是生活的全部。把失恋当做上了一堂免费的人际交往课程。

（2）宣泄法。把心中的痛苦哭出来、喊出来，甚至骂出来；向亲人朋友诉说出来；写日记倾诉。

（3）"酸葡萄"和"甜柠檬"效应。"天涯何处无芳草，他（她）也不是那么好。"失恋并不是一件坏事，说明你们两个人并不是那么合适，长痛不如短痛。所以，你要为失恋而庆幸。

（4）收藏法。把你的爱情故事和所有心情写出来，然后同所有和这段感情有关的东西一起收藏起来。过几年再看，别有一番滋味在心头。

（5）忍耐法。如果你有轻生或报复的想法，稍微忍耐克制，你会发现自己像当时慢慢地爱上他（她）一样，也会慢慢地不爱他（她）。

2. 当你在谈恋爱的过程中，产生了与对方发生性关系的念头的调适方法

（1）认知调节法。谈恋爱是为了增进双方了解，为结成稳定的婚姻关系打好基础。要纠正享乐主义的恋爱观。特别是男方，更要增强对女方的责任感，从而自觉克制自己的冲动。女方也应从长远幸福考虑，增强自珍自爱的思想。

（2）转移法。丰富恋爱生活的内容，避免将兴趣过多集中在对方的身体上。

（3）环境选择法。尽量在公共场所谈恋爱，避免在僻静处特别是单独在室内谈恋爱，通过环境来约束性行为。

3. 不知如何拒绝别人的追求而烦恼的调适方法

（1）直接拒绝法。选择恰当的场合，用明白、礼貌的语言告诉他（她），你不接受。如："谢谢你对我的关心，但是对不起，我的确不能接受。"

（2）委婉拒绝法。找一些借口，如"我大学期间没有谈恋爱的打算"、"我已有心上人"等等。

（3）冷淡法。态度上、语言上、行为上完全毅然决然，不再理睬对方，让对方知难而退。

4. 因把握不准对方的感情而发愁的调适方法

（1）兼听法。向别人了解一下他（她）的情况，更全面地了解他（她）；向好友或师长征求意见，同他人交流，帮助自己理清思绪。

（2）旁观法。看看他（她）是如何同别人相处的，不要相信爱情会产生奇迹。一个对别人不真诚、不守信、不负责任的人，对你也绝不会好到哪里去。

（3）时间选择法。不要一下子把关系拉得太近，保持一定

的距离，时间会让你变得聪明起来的。

五、求职就业

（一）导入

　　大学阶段是迈向成人的关键时期。这一时期的人生任务就在于合理地进行生涯规划，选择好自己的人生之路。为了实现这一质的飞跃，我们精心规划四年的时光，努力摆脱依赖，构建着我们美好的未来。

（二）个案分析

　　自大三以来，小丹就一直在考虑毕业后的出路。她是学外语专业的，但自己觉得这只是一种交流的工具，算不上"专业"，只能做些翻译、文秘等辅助性、工具性的工作，没什么具体的业务专长，很难有属于自己的"事业"。因此，她很后悔选择了现在的专业，心里觉得不踏实。一些合资或外资大公司每年都来校招聘毕业生，她很希望到这样的单位就职。但一听说竞争激烈，她就失去了信心，却又很不情愿回家乡去找工作。最近她对律师这一职业产生兴趣，想考法律系的研究生，但又不清楚会考些什么、怎么考、考试难度高不高……这些问题纠缠着她，使她心烦意乱，很难安心学习。她实在不愿有这么多烦恼，却又摆脱不了。

分析

现在的大学生普遍对工作、事业存在较高的期望。执著于高的期望，一方面催人奋发进取，可能因此而更有成就，但同时也要求更多的付出和辛劳，更多的失意和压力。本案例中女生刚上大三就考虑毕业后的具体出路，对未来抱有很高的期望，但对自身专业认识不足，想考法律研究生但又没有付出实际行动，因此产生迷惘和摆脱不了的烦恼。

自我调适

择业忧虑的自我调适

（1）咨询法。向社会经验丰富的前辈请教，特别是向已经毕业参加工作的师兄师姐们请教。找专业的心理辅导或就业指导工作机构，进行技术测评。

（2）实践反思法。多接触社会，对社会发展状况、未来职业的特点和发展趋势做更详尽的了解，收集更多的职业信息，并根据自己的兴趣、性格、能力等做一个综合的分析，找准自己的目标和位置。

（3）认知调节法。全面客观地评价认识所学专业，跟踪了解专业动向。理性认识、冷静分析自己的择业方向。

（4）自我安慰法。"不要为打翻的牛奶而哭泣"，"不要为未产出的牛奶而哭泣"。

（三）成长自助

为避免大学生择业中产生忧虑等压力与心理问题，下面介绍几种常用的心理调适方法，供同学们在择业过程中，根据自己的实际情况有选择地加以使用。

1. 因自己的性格或能力同职业不适合而感到烦恼的调适方法

（1）心理测评法。找专业老师运用心理学的方法，做性格和能力的测评，客观了解自己。

（2）兴趣比较法。即把性格、能力因素和兴趣因素相比较。心理学研究表明，对职业成就的影响，兴趣因素的作用更明显。如果你确实喜欢某个职业，可以不必太在意性格、能力因素。当然，如果你认为必要，也可以选择迁就性格、能力因素而忽略兴趣因素。

（3）自我调整法。心理学研究表明，性格是可以改变的，能力是可以培养的。改变不了职业，不妨试着改变自己的性格、能力特点。

2. 因求职感到紧张的调适方法

（1）认识调节法。不要把面试看得过于重要，不要过分担心结果如何，尽自己的最大努力就好。只要尽了力，失败也没什么可遗憾的。

（2）积极准备法。与其处于焦虑中，不如着手去认真做准备工作，比如仔细撰写简历，调查社会动向和职业要求等，心里反而会更踏实。

（3）预演法。面试前做好各方面的准备工作，对有可能提到的问题都认真思考一下，想好如何回答。必要时可以找人扮演面试官排练一下。

（4）慢说法。面试时说话尽量慢点，有助于稳定情绪和理顺思路，也可以缓解紧张。

（5）自我暴露法。坦诚地告诉面试官你有些紧张，对方会理解你的，你也将因此变得轻松。

3．当你不知道选择哪个单位会更好时的调适方法

（1）第一指标法。想清楚你对工作单位最在乎的是什么，看哪个对象最能满足这一指标就选择哪个，其他条件不要太多考虑。

（2）列表比较法。把各个单位的优劣势列出来，逐一对比斟酌，理清思路。

（3）亲身尝试法。条件许可的话，到各单位亲身感受一下，然后根据自己的感受做出结论。

4．求职受挫的调适方法

（1）忆喜忘忧法。想一些快乐的事情，或自己以前取得的成就，沉醉于当时的愉快情景中，从而感到前途依然是光明的，以淡忘挫折，重树自信心，再次投入新的挑战。

（2）冷静分析法。看待社会不能过于理想化，不能用自己的标准去衡量社会的公平性，而应正视社会，承认差别，努力去缩小自己与别人的差距。须知"人无完人"，"天生我材必有用"，只有积极有为，扬长补短，方能"长风破浪会有时"。

（3）总结经验法。"吃一堑，长一智"，将求职的经历当做经验的积累，不要求一击即中，重视经验的积累，以及观察、借鉴他人的技巧。

（4）音乐抚慰法。遇到挫折时，听一段贝多芬交响曲以获取心灵的慰藉。贝多芬交响曲会使人振奋、情绪激昂，带给你无穷的斗志和希望。

（5）及时充电法。看一些与个人专业有关的书籍、影视作品等，不仅有助于心境的逐步提高，也会丰富知识，开阔视野。

5．不知道选择就业还是考研的调适方法

（1）成本估算法。结合个人的学习能力、家庭的经济状

况、自身的活动能力、读研后预期的情形等，分别计算自己考研和就业的机会成本，算一下两者选择哪一个对自己更加有利，更加符合自己的实际情况。

（2）理性分析法。面对就业压力，大量毕业生以考研来缓冲就业压力，这些就业压力累积在一起，往后推移，将使今后的就业压力更大。

（3）咨询法。向社会经验丰富的前辈请教，特别是向已经毕业参加工作的师兄师姐们请教。找专业的心理辅导或就业指导工作机构，进行技术测评。

学习与思考：

1. 什么是心理压力？主要表现形式有哪些？
2. 当个体承受压力过大时，会对自身造成哪些影响？
3. 大学生的主要压力源有哪些？
4. 什么是心理防卫机制？积极的心理防卫机制有哪些？
5. 结合自身实际，简述如何积极应对心理压力。

第八章　大学生危机干预和自杀的预防

　　没有人能与危机绝缘，一个新的人生任务预示着一种危机，而每一次的危机都能为自我发展提供难得的机遇。大学生在成长过程中需要不断地打破自身的平衡状态，寻求新的自我发展和平衡。在这个过程中挑战与危机并存，如果能够积极面对危机，采取正确的应对策略，就可将危机转为成长的机会，从而实现人生的转折。

第一节　大学生危机干预概述

一、什么是危机干预

（一）危机干预的定义

危机是由心理冲突引起的一种内部心理状态或生理反应，是指当事人遭遇超过其承受能力的紧张刺激而陷于极度焦虑、抑郁、失去控制、不能自拔的状态。危机，本身含有危险和机会两层含义，积极的干预能把危险转化为成长的机会。

危机干预，是对处于困境或遭受挫折即处于危机状态下的个体给予关怀、支持及使用一定的心理治疗方法予以干预，通过恢复个体的平衡模式、改变个体的认知模式、促成个体的心理转变模式，使其情绪、认知、行为重新回到正常水平，最终战胜危机，重新适应生活。[①]

危机干预，包含两层含义：

一是泛指帮助处于危机状态下的个体有效地渡过危机，并尽可能地降低危机对其造成的消极影响。

二是特指帮助企图自杀者打消自杀念头，使其产生新的自我认识、新的生存能力和生存方式。

（二）危机干预的目标

美国学者柯金（1976）认为危机干预的直接目标有以下五点：①减轻当前的危险，诸如焦虑、迷惘、绝望；②恢复自杀者与亲人间的联系；③帮助自杀者明白应该做的事；④帮助自杀者挖掘自杀的根源；⑤发展新的态度、行为与应付技巧。

---

① 参见《中山大学心理健康教育工作手册》（内部资料），2006年，第30页。

危机干预的目标不是单一的，而是具有多层次性，有直接的，也有间接的；有近期的，也有长远的。一般来说，危机干预有三个层次的目标。

最低目标：理解当事人的心理压力，使其打消自杀念头。

中级目标：帮助当事人恢复以往的社会适应能力，使其重新面对自己的困境，采取积极而有建设性的对策。

最高目标：帮助当事人把危机转化为一次成长的体验并提高当事人解决问题的能力。

最低目标的核心是"劝阻"，中级目标的核心是"恢复"，最高目标的核心是"发展"。

二、危机干预的对象

（一）对存在下列因素之一的学生，应作为危机干预的高危个体予以特别关注

（1）情绪低落、抑郁，不与家人或朋友交往者。

（2）在心理健康测评中筛查出来的有心理障碍或心理疾病，过去有过自杀企图或行为者，经常有自杀意念者。

（3）因学习困难、经济困难、适应困难、就业困难等出现心理或行为异常者。

（4）因情感受挫、人际关系失调、性格内向孤僻等出现心理或行为异常者。

（5）生活学习中遭遇突然打击而出现心理或行为异常者，如家庭发生重大变故（亲人死亡、父母离异、父母下岗、家庭暴力等）者；由于种种原因被学校处分、遭遇性危机（性伤害、性暴力、性侵犯、意外怀孕等）者；受到意外刺激（自然灾害、校园暴力、车祸等其他突发事件）者。

（6）长期有睡眠障碍者。

（7）有强烈的罪恶感、缺陷感或不安全感者。

（8）感到社会支持系统长期缺乏或丧失，感到自己无能，

看不到"出路"者。

（9）有明显的精神障碍者。

（10）存在明显的攻击性行为或暴力倾向，或其他可能对自身、他人、社会造成危害者。

（二）对近期发出下列讯号的学生，应作为危机的重点干预对象，需及时进行评估与干预

（1）谈论过自杀并考虑过自杀计划和方法，包括在信件、日记、图画或乱涂乱画的只言片语中流露轻生念头者。

（2）不明原因突然给同学、朋友或家人送礼物、请客、赔礼道歉、述说告别的话等行为明显改变者。

（3）情绪突然明显异常者，如特别烦躁、高度焦虑、恐惧、易感情冲动、情绪异常低落、饮食睡眠受到严重影响等。

三、危机干预的实施步骤

了解危机的紧急程度和个体的反应特点，对于实施危机干预措施会更加有效。尽管危机的形式和个体的反应都具有很大的特异性和差异性，但处理危机的步骤仍有经验性的模式。危机干预者往往采用相对直接和有效的干预方法来处理危机，这些方法可系统归纳为六个有效的步骤。

1. 确定问题

危机干预者在全面了解当事人的状况，理解其对危机的认识和态度的基础上，准确把握当事人的问题是危机干预是否有效的关键，即从当事人的立场，采用核心倾听技术，包括同情、理解、真诚、接纳、尊重等，确定当事人所面临的问题。

2. 保证当事人安全

保证当事人安全应作为危机干预的首要目标，即把危机者对自我和对他人的生理和心理的危机性降低到最小。这是整个危机干预过程中应该时时谨记的，也是危机干预最起码的目标。

3. 给予支持

通过与当事人的交流与沟通，让他们感受到危机干预者能够理解和帮助他们。危机干预者对当事人所遇到的问题以及采取的应对方式是否合适不加以评论和指责，无条件地接纳当事人，鼓励和支持他们做出积极的反应。

4. 提出并验证可变通的应对方式

危机干预者帮助当事人客观地看待其问题，寻求并评估各种可能的选择，从中找到适宜、有效的应付方式。可供选择的途径包括从环境中发现那些过去曾帮助过自己、而现在很可能还会帮助自己的人；列出当事人可以用来应对目前危机的行动、行为方式或环境资源；从当事人的思维方式中找出能够改变对问题的看法并减轻其应激与焦虑水平的想法，增加思维的灵活性，准确地判断什么是最佳的选择，建立积极的、建设性的思维方式。

5. 制订计划

与当事人一起制订行动步骤以改变情绪的失衡状态，通过当事人自身的努力付出行动，完成计划，并愿意承担实施计划的责任，从而走出危机，战胜危机。这一计划的核心包括两个方面，一是当事人自己的努力，二是要有外界的直接介入和支持。当事人要选择一系列能够采用的、积极的应付机制，同时有明确的支持者、支持团体或机构。

6. 获得承诺并采取积极的应对方式

当事人应明确自己所采取的具体行动和应对方式是什么，应如何实施，并且明确承诺和保证严格按照计划实施。这里的关键是获得当事人直接和真实的承诺和保证，清楚自己的选择，确保能够落实。

四、危机干预技术的基本策略

危机干预的效果在很大程度上是由处理危机的人员决定

的，专业人员良好的专业素质和娴熟的干预技术是很关键的。危机干预技术的基本策略为：

1. 及时给予心理支持

在了解危机现实的基础上，及时判断当事人的处境、情绪状态及其所做出的反应，及时给予心理支持，肯定其合理的决定，相信他们有能力来应付危机，鼓励他们采取有效的措施应对所面临的问题。对他们在危机状态中所表现出的不合理的情绪和行为不予强化，也不指责、批评。

2. 及时提供宣泄情绪的机会

处于危机中的人往往有强烈的情绪反应，如果不能得到及时的宣泄，不仅会使个体一直处于紧张状态，而且对有效应对危机也很不利。危机干预者应及时地为处于危机中的人提供情绪宣泄的机会，鼓励他们将自己内心的负性情感，如愤怒、仇恨等宣泄出来。

3. 给予希望和传达乐观态度

危机干预者及时向处于危机中的人传达积极的信息，可以有效地缓解他们对自己的疑惑。面临危机时的普遍反应就是失望和对自己能力的怀疑，这时，危机干预的任务就是帮助当事人客观分析他们的处境、所拥有的应对资源，激发他们的动力，并鼓励他们采取积极的行动，对未来持乐观的态度。这种鼓励和支持只要不过分、不失真，就会收到良好的效果。

4. 倾听和尊重

在危机干预过程中必须始终采取接受、理解、关心和宽容的态度，自始至终倾听当事人的倾诉，保持高度关注和积极参与。危机干预者要设身处地地理解、接受和尊重当事人的情感，以客观的态度讨论任何问题，不要轻易加以指责，或表现出"不应该"、"不行"的态度，这样会极大地促进当事人的积极行为。

5. 做出及时的反应

危机干预者在了解危机发生经过的基础上，对当事人所诉说的有意义的情况应及时做出反应，对无关情况则应淡然处之。应始终保持对当事人的应答反应，不仅有利于会谈的连续性，而且这种及时的应答反应本身就具有积极的安慰和镇静作用。当事人从中可以感受到危机干预者的关注和投入，从而增强对危机干预者的信任和战胜困难的信心。

6. 注意社会支持系统的作用

帮助当事人主动去寻求更多的社会支持。尽管当事人做出自杀决定之前可能已用各种方式向亲友求助，发出自杀的暗示，但由于求助信息不明确，亲友往往无法向他提供有效的帮助，他有可能对亲友失望。危机干预者要帮助当事人重新认识社会支持的力量，使他能主动借助社会支持系统的力量，减少孤独和心理隔离，改善自身状况。

7. 劝告和提出建议

危机干预者应根据当事人的具体情况提出具体的、可行的劝告和建议。切勿提出空洞的建议，这样不但不能奏效，反而可能导致当事人产生消极的情绪。

五、危机干预工作人员的职能

危机干预工作人员可以分成专业人员与相关人员。专业人员一般指经过专业训练的学校心理咨询老师、精神科医生等。相关人员包括学工干部、教师、学校相关职能部门等。

作为一名危机干预工作者，应明确工作的职能①：

（1）帮助当事人正视危机，并给予一定的保证，让他们树立信心。

---

① 参见《中山大学心理健康教育工作手册》（内部资料），2006年，第36页。

（2）帮助当事人了解可以采用的应对方式。

（3）帮助当事人获得新的信息或知识。

（4）在可能的范围内，在日常生活中提供必要帮助。

（5）帮助他们调动和利用社会支持系统。

（6）帮助他们回避应激情景。

（7）避免给予不恰当的保证等。

第二节　大学生自杀的预防

一、什么是自杀

（一）自杀的定义

自杀是指有意识地、自愿地采取各种手段直接结束自己的生命的异常行为。从心理学角度分析，自杀者多数是由于生活中遭遇困境而产生内心激烈的冲突，陷入危机状态不能自拔，难以承受或心理异常而产生的自毁行为。

自杀是一个人的烦恼和苦闷发展到极点，自己又无法解脱，对挫折产生恐惧，对生活失去信心，感到没有生活与存在的意义时采取的极端的、最后的"自我保护"手段。自杀一般始于心理挫折，发生在摆脱痛苦的心理冲突的过程中。

（二）自杀的心理类型

按照不同的标准，可以将自杀进行不同的分类。根据自杀的心理过程、心理性质和心理层次，可以将自杀分为六类十型（见表 8 – 1)①：

---

① 参见梁瑞琼、邱鸿钟《大学生心理健康教育与训练》，教育科学出版社
2010 年版，第 271—272 页。

表 8-1　自杀的心理类型

类别		特　征
自杀的心理过程	即时冲动型（急剧型）	这是一种在当下刺激引起的爆发性激情下进行的自杀。这种自杀可以在无明显负性情绪的背景下，因为偶然的一件事或一句话的诱发，即可产生自杀的冲动，在短暂的、狂暴的、非理智的激情下采取自杀行为
	潜在叠加型（缓进型）	这是一种在负性心境的背景下，不良体验不断积累而缓慢进行的自杀。这种自杀可能有诱发事因，也可能没有明显的诱发事因，促进自杀激情爆发的自杀阈值因人而异
自杀的心理性质	心理满足型 宗教型	为宗教信仰所驱使的自杀
	献身型	为事业或为义气驱使的自杀
	示威型	为向对立面进行抗议的自杀
	报复型	一种旨在报复其他人的自我攻击性自杀。有因亲人的偶然刺激而导致的赌气性自杀；有受到委屈，想象自己死后亲人们会悲痛欲绝，以达到报复亲人的目的的自杀等
	心理解脱型 绝望型	因认为某种需要无望满足时导致的自杀
	空虚型	由于精神空虚、心理驱力泯灭而丧失对生活的兴趣，因悲观和厌世导致的自杀
	畏惧型	因担心承受不了即将来临的精神压力而自杀
	孤独型	感到丧失了友谊、爱情、家庭或社会的关爱而失望导致的自杀
	羞悔型	由于受到羞辱，或因悔恨、内疚等情绪折磨而导致的自杀
	烦倦型	因长期的生理或心理疾病的痛苦导致的自杀

类别		特　征
自杀的心理层次	情绪型	由于赌气、委屈、羞愧、悔恨、内疚、烦恼等消极情绪引起的自杀。赌气可以是急剧冲动的，而畏惧、内疚、悔恨也可以是潜在叠加的
	理智型	经过长期的自我负性评价、挫折体验、消极判断和歪曲推理，最后导致的自杀

中国精神障碍分类与诊断标准（CCMD – 3）将自杀分为自杀观念、准自杀、自杀未遂、自杀死亡四类。

（1）自杀观念：曾经想过或计划过自杀，包括准备工具、观察自杀地点，但并未采取实际行动。

（2）准自杀：又称为类自杀，指有自我伤害的意愿但并不真正想死，采取的行为导致死亡的可能性很小，可以看做是一种呼救行为或威胁行为，试图以此摆脱某种困境。

（3）自杀未遂：有自杀的动机和已采取实际行动，但未导致死亡的结局，其中包括由自杀导致的自伤、自残行为。

（4）自杀死亡：指由于各种原因，自愿采取结束生命的各种手段，导致死亡的结局。

（三）自杀者的心理状态特征

自杀者的心理状态主要有以下三种特征。

1. 矛盾情绪

大部分人对自杀有着复杂的情感。自杀个体一直处于"希望活着又希望死"的心理冲突中，他们迫切地想摆脱生活中的痛苦。很多自杀个体并不是真的想死，但又认为死是解决痛苦的唯一方式，如果给予及时的帮助和支持，就会增加他们生活的希望，自杀的危险性就会降低。

2．冲动性

自杀也是一种冲动性的行为，像其他的冲动性行为一样，自杀的冲动是短暂的，仅持续几分钟或几小时，通常由负性的生活事件引发。

3．僵化性

当人们自杀时，他们的思想、感情和行为会受到限制，他们不断地想到自杀，不能以其他方式来考虑问题。大部分自杀个体都会表达他们的想法和意图，经常发出一些迹象和声称"想死"、"感到无用"等等，所有这些对帮助的祈求迹象不能被忽视。

（四）自杀的心理过程

一般而言，自杀者的心路历程可分为以下三个阶段。

1．自杀动机或观念形成期

自杀经常被作为自杀者逃避现实生活，面对各种自身难以解决的问题，或遭遇重大挫折和打击时，解脱自我的一种可能手段。

2．心理冲突期

自杀者尽管已经产生了自杀的想法或意念，但此时出于求生的本能，使其陷入一种生与死的矛盾斗争状态，在生死之间进行艰难的抉择。自杀者往往直接或间接地表现出自杀意图，经常谈论与死有关的话题，预言或暗示自杀，或以死来要挟别人。从某种角度来说，这实际上是自杀者有意或无意发出的求救信号，如果能及时得到别人的关注和帮助，找到解决问题的办法，自杀者很可能会削弱或放弃自杀的念头。

3．自杀心理平静期

在这一阶段，自杀者似乎从所面临问题的困扰中解脱出来，不再谈论生死问题或暗示自杀，消极情绪也减轻，表现出异常的轻松和平静。在这种情况下，周围的人很容易被这种假象所迷惑而放松警惕，也认为其心理状态真的好转了。其实，这正说明了自杀者经过激烈的思想斗争，在生死之间已经做出了结束自我生命的最后决定，认为自己寻觅到了解决问题的最好方案，不再因生死的选择而苦恼，对生活已丧失了信心。自杀者不再论及生死问题或暗示自杀，可能是为了摆脱亲友对其自杀行为的阻挠或干预，减少外界对自己的过分注意，以便按照自己的意愿有准备地实施自杀。

二、大学生自杀的主要原因

当一个人面临压力情景、抑郁情感、内心冲突、人际关系危机、失败等等时，这些因素单独出现或结合出现，都可能产生导致自杀的心理状态。自杀行为是一个复杂的现象，不是单一原因所致。大学生自杀有着复杂的原因，主要可以归纳为以下四方面[①]：

（1）从个体的因素看，身体疾病、生理缺陷等生理性因素，长期抑郁、精神障碍、个体缺陷、网络成瘾等个体精神因素，自我期望高而产生失落，等等，都可能成为大学生自杀的原因。

（2）从家庭和社会因素看，家庭经济困难、家庭关系复杂、社会竞争压力大、就业压力大、个人前途渺茫、不良文化的模仿等。

（3）负性生活事件是大学生自杀的重要诱因，如学业失败、恋爱受挫、人际关系危机、考研失败、就业受挫、经济困难、重大丧失等都可能成为大学生自杀的导火线。

（4）过去曾有过自杀企图的人是自杀的高危人群，在自杀企图没有完全消除前，应对其给予积极的关注。

[①] 参见段鑫星、赵玲《大学生心理健康教育》，科学出版社 2008 年版，第 328 页

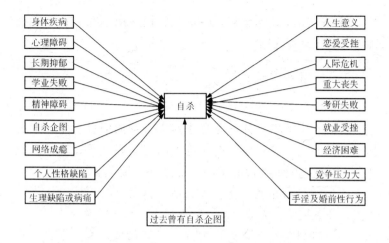

图 8 - 1　大学生自杀原因示意

三、大学生自杀的识别

（一）自杀企图的表示

了解自杀企图是识别自杀的前提，心理学家海威顿（1981）认为，青少年的自杀企图有 13 种①：①向他人寻求帮助；②希望从挫折环境中逃离；③将可怕的想法表达出来；④试图影响他人或使他人改变主意；⑤忽然表达对别人的爱；⑥对于过去做过的事向某人道歉；⑦为他人做些好事；⑧害怕重复他人走过的路；⑨希望别人理解自己内心的感受；⑩发现对方是否真爱自己；⑪情况不能容忍以致他必须做些事情改变却不知如何改变；⑫生活失去控制却不知道如何使其回到轨道；⑬想死。

---

①　参见段鑫星、赵玲《大学生心理健康教育》，科学出版社 2008 年版，第 329—330 页。

任何一种自杀企图的表示都应当引起高度关注，而不能视而不见甚至熟视无睹。

（二）自杀前的表现

大学生自杀前的一些常见征兆有：

（1）在言谈中，有意无意透露出告别的信息，如"我再也不想活了"、"没有我，别人会生活得更好"等；在日记或便条上写下遗嘱或类似的文字，或者明确表达自杀意图。

（2）情绪与心境变化显著，情绪低落，心理疲惫，焦躁不安，悲观失望，无故哭泣，自卑自责，自罪感等。

（3）性格突然变化、行为反常，如孤独、沉默寡言、有意回避与人接触，和集体不融洽或过分注意他人等。

（4）收集与自杀方式有关的资料并与人探讨。

（5）出现自伤、自残行为。

（6）身体与神态变化。身体指标表现为失眠、健忘、食欲锐减、体重骤降、面色憔悴、乏力疲劳等；神态上表现为目光游移、躲闪回避，或心神不定、神色慌张。

（7）重要关系的突然结束，如恋爱关系终止、与亲友道别、赠送礼物等。

四、自杀的干预

（一）自杀干预的观念误区及纠正

1. 自杀无规律可循

自杀事件常常带有突发性，一旦发生，周围的人常感意外、诧异。其实大部分自杀者都曾有过明显的直接或间接的求助信息，他们在决定自杀前会因为内心的痛苦和犹豫而发出种种信号。

2. 宣称自杀的人不会自杀

当有些人向他人透露自己会自杀，尤其当用语带有恐吓成分时，他人以为他不过是说说而已，真正想死的人是不会把自己的打算告诉别人的。据研究表明，50%的自杀者在自杀前曾向他人谈论过自杀，这种人很可能会有自杀的举动，必须高度重视。

3. 一般人不会有自杀念头

很多人以为一般人不会有自杀念头。但是国内外研究结果显示，30%—50%的成年人曾有过一次或多次自杀念头。对于性格健康、家庭关系好的人，自杀意念可能只是一闪而过，很少发展为真正的自杀行动；而性格或精神卫生状况存在问题的人在缺乏社会支持时，自杀念头有可能转变为自杀的行为。

4. 所有自杀的人都是精神异常者

有人认为只有精神病患者才会自杀，但事实证明自杀的人大多不是精神病人，只有20%的自杀者患有抑郁症或精神分裂症，大多数自杀者是正常人。

5. 自杀危机改善后就不会再有问题

有自杀企图的人经过危机干预状态改善后，情况好转。周围的人常常会误以为自杀危险性降低了而放松防范措施。自杀危机改善后，至少在3个月内还有再度自杀的可能，尤其是抑郁病人在症状好转时最有危险性。

6. 对有自杀危险的人不能提及自杀

很多人担心，对那些有情绪困扰的人、有自杀意念的人，主动谈及自杀会加重他们的自杀动机。实际上受自杀困扰的人往往愿意别人与他倾谈，听他述说对自杀的感受，如果故意避开不谈，反而会因被困扰的情绪无从分解而加重情绪问题。

7. 自杀者非常想死

事实上绝大多数的自杀者通常是在生死之间犹豫不决，他们真的仅仅是想结束自己的痛苦感受。

8. 有过一次自杀，以后还会有自杀

事实上他们只是在某个有限的时间会想到自杀。如果他们能够找到其他的解决问题的方法，就会继续生存下去，会生活一样很充实、有价值。

9. 自杀具有遗传倾向

事实上自杀是没有遗传倾向的，然而自杀者的行为对其他家庭成员来说会有很深的影响。

（二）自杀干预的 10 条具体建议

1. 倾听

任何一个处于心理危机中的人，最迫切的需要就是有人能倾听他所传递出的信息。对有自杀可能的人进行指责只会阻碍双方的交流。专业人员应努力去理解有自杀可能的人潜在的情感。

2. 对处于危机中的人的心理进行评估

对任何自杀的想法都要认真对待。如果处于危机中的人已对自杀做了详细的计划，那么自杀的可能性要比仅仅想到自杀时大得多。在做出自杀行动之前，他们既可能表现得很安静，也可能表现得情绪激动。如果既处于明显的抑郁之中，又伴有焦躁不安，这时出现自杀的危险性最大。

3. 接受所有的抱怨和情感

对处于危机中的人的任何抱怨都不应轻视或忽视，因为这对他们可能是非常严重的问题。在某些情况下，处于危机中的人可能以一种不经意的方式谈到他们的不满或抱怨，但内心却有着剧烈的情感波动。

4. 不要担心直接问到自杀

处于情绪危机中的人可能会隐约涉及自杀问题，但不一定明确说出来。在适当的时候直接询问这一问题并不会产生不良的结果。但一般应在会谈进行顺利时再询问这一问题，因为与处于危机中的人建立良好的协调关系后再问这一问题的效果会更好。处于危机中的人一般也比较喜欢被直接问及自杀的问题，并能坦诚地对此进行讨论。

5. 要特别注意那些很快"反悔"的人

处于危机中的人经常会因为讲出了自杀的念头而感到放松，并且周围的人容易错误地以为危机已过。然而问题往往会再次出现，这时对自杀者的预防工作就更为重要。

6. 做他们的辩护者

处于危机中的人，他们的生活中需要有坚定、权威的指导者。这时，要向他们传达这样的信息：他们所面对的问题已处于控制之中，并且指导者会尽全力阻止其自杀，这样可能让处于危机中的人感到有力量。

7. 充分利用合适的资源

每一个个体都既有内部资源（个人的、心理的），又有外部资源（环境中的，家庭、朋友的）。其中，心理资源包括理性化、合理化，以及对精神痛苦的领悟能力等。如果这些资源缺乏，问题就很严重，必须有外界的支持和帮助。

8. 采取具体的行动

对一个处于危机中的人来说，如果他觉得在会谈中一无所获，就会有一种挫折感。要让处于危机中的人了解你已做好了必要的安排，例如在必要时安排其接受心理咨询等。

9. 及时与专家商讨和咨询

根据问题的严重程度，要及时与有关专家取得联系。任何事都由自己一个人去处理是很不理智的。但同时应在处理危机中的人面前表现沉着，让对方感到他的问题已处于完全的控制之中。

10. 绝不排斥或试图否认任何自杀念头的"合理性"

当有人谈到自杀时，绝不能认为谈论自杀的人并不是真的想自杀。如果这样做，处于危机中的人会真切感受到排斥或谴责，这是很不明智的。

（三）自杀的个人预防

绝大多数自杀者是神志清醒的，在一定意义上自杀是个人的决定和行为，这就为个人的自杀预防提供了可能性。

1. 加强自身的心理素质教育

自杀往往是一个人面临挫折而心理失调的结果。积极培养自身的挫折忍受力和情绪调控能力，有助于提高个人自我心理调适的能力，从而优化心理素质。一方面，从理论上掌握挫折的各种应付方式和情绪的各种调控技术；另一方面，在实际生活中有意识地将掌握的调适方法和技巧加以运用，同时可以主动地创造一些挫折环境，培养自己的容忍力。

2. 情绪宣泄

负性情绪的过度积累和深度压抑是导致心理问题的根基。此时应及时解除内心的压抑和精神束缚，力求恢复心理平衡，采取有效合理的开放形式，宣泄精神垃圾，减轻巨大的心理压力。如向亲朋好友述说心里的不快、恼恨，自己痛哭或大声喊叫等，并通过挫折或失败事件进一步反省自己，达到自我认识的升华。

3. 情绪转移

情绪转移是指以一种积极的情绪状态来代替不良情绪的方法。具体包括：

（1）注意力转移或环境变换法。通过变换生活、工作环境、人际空间和生活内容把注意力转移到愉快的活动上，平静自己的情绪，淡化消极情绪。例如，旅游、参加体育锻炼、唱歌、跳舞、听音乐、下棋、看书或电视、做家务等。

（2）助人助己法。通过帮别人做力所能及的事情，感受自身存在的价值，重新恢复自信心。

4. 寻求社会支持

社会支持是指一种相互依存、可靠、协调的人际关系，个体能够从这种关系中获得有效的帮助。家庭、邻居、朋友、同学、同事等都是社会支持的组成部分。大量研究表明，在同样的压力情境下，得到较多社会支持的人，比很少获得社会支持的人心理承受力要好，身心更为健康。当我们遇到重大挫折和心理压力时，应积极寻求一些社会支持，如通过建立完善的社会支持系统，包括创造温暖和睦的家庭气氛、与朋友坦诚相待、建立宽松愉快的人际环境等，帮助自己渡过难关。

5. 寻求专业机构的帮助

专业机构主要是指各种各样的心理咨询和心理治疗机构。当个体遇到巨大心理压力的时候，可以向专业人士寻求帮助。经过专业训练的咨询人员能充分倾听来访者的烦恼，并与之共同探讨，严守来访者的秘密。在咨询过程中，咨询员运用科学的理论和技巧帮助来访者，这种帮助具有较强的专业性。

学习与思考：

1. 简述危机干预的定义和目标。
2. 大学生常见的心理危机有哪些？请结合实例说明。
3. 如何划分自杀的心理类型？
4. 大学生自杀的主要原因有哪些？请结合实例说明。
5. 如何识别并有效干预大学生的自杀行为？

附录一　心理测试量表及分析

自我和谐量表（SCCS）[1]

指导语：下面是一些个人对自己看法的陈述，填答时，请看清每句话的意思，然后在题目左侧的横线上写出一个数字以代表该句话与您现在对自己的看法相符合的程度，每个人对自己的看法都有其独特性，因此答案是没有对错的，只要如实回答就行了。

① 完全不符合　② 比较不符合　③ 不确定　④ 比较符合

⑤ 完全符合

_____ 1. 我周围的人往往觉得我对自己的看法有些矛盾。

_____ 2. 有时我会对自己在某方面的表现不满意。

_____ 3. 每当遇到困难，我总是首先分析造成困难的原因。

_____ 4. 我很难恰当表达我对别人的情感反应。

_____ 5. 我对很多事情都有自己的观点，但我并不要求别人也与我一样。

_____ 6. 我一旦形成对事物的看法，就不会再改变。

_____ 7. 我经常对自己的行为不满意。

_____ 8. 尽管有时得做一些不愿意的事，但我基本上是按自己意愿办事的。

_____ 9. 一件事好是好，不好是不好，没有什么可含糊的。

_____ 10. 如果我在某件事上不顺利，我就往往会怀疑自己的能力。

_____ 11. 我至少有几个知心朋友。

_____ 12. 我觉得我所做的很多事情都是不该做的。

_____ 13. 不论别人怎么说，我的观点决不改变。

_____ 14. 别人常常会误解我对他们的好意。

_____ 15. 很多情况下我不得不对自己的能力表示怀疑。

_____ 16. 我朋友中有些是与我截然不同的人，这并不影响我们的关系。

---

① 参见汪向东、王希林、马弘等《心理卫生评定量表手册》（增订版），中国心理卫生杂志社1999年版，第316—317页。

_____ 17. 与朋友交往过多容易暴露自己的隐私。

_____ 18. 我很了解自己对周围人的情感。

_____ 19. 我觉得自己目前的处境与我的要求相距太远。

_____ 20. 我很少去想自己所做的事是否应该。

_____ 21. 我所遇到的很多问题都无法自己解决。

_____ 22. 我很清楚自己是什么样的人。

_____ 23. 我很能自如地表达我所要表达的意思。

_____ 24. 如果有足够的证据，我也可以改变自己的观点。

_____ 25. 我很少考虑自己是一个什么样的人。

_____ 26. 把心里话告诉别人不仅得不到帮助，还可能招致麻烦。

_____ 27. 在遇到问题时，我总觉得别人都离我很远。

_____ 28. 我觉得很难发挥出自己应有的水平。

_____ 29. 我很担心自己的所作所为会引起别人的误解。

_____ 30. 如果我发现自己某些方面表现不佳，总希望尽快弥补。

_____ 31. 每个人都在忙自己的事，很难与他们沟通。

_____ 32. 我认为能力再强的人也可能遇上难题。

_____ 33. 我经常感到自己是孤独无援的。

_____ 34. 一旦遇到麻烦，无论怎样做都无济于事。

_____ 35. 我总能清楚地了解自己的感受。

评分方法及结果解释

选择①、②、③、④、⑤分别记 1、2、3、4、5 分，各分量表的得分为其包含的项目得分分别直接相加，三个分量表包含的项目及题号如下表所示：

自我和谐程度	包含题目	自测分数
自我与经验不和谐	1、4、7、10、12、14、15、17、19、21、23、27、28、29、31、33，共16项	
自我的灵活性	2、3、5、8、11、16、18、22、24、30、32、35，共12项	
自我的刻板性	6、9、13、20、25、26、34，共7项	

　　"自我与经验不和谐"反映的是自我与经验之间的关系，包含对能力和情感的自我评价、自我一致性、无助感等，它产生的症状更多地反映了对经验的不合理期望。"自我的灵活性"与敌对和恐怖的相关显著，可以预示自我概念的刻板与僵化。"自我的刻板性"与偏执显著相关。

　　此外还可以计算总分，方法是将"自我的灵活性"反向计分（如选①则以⑤来计算），再与其他两个分数相加。得分越高，自我和谐度越低。在大学生中，低于74分为低分组，75—102分为中间组，103分以上为高分组。

社会支持评定量表①

姓名：_____ 性别：_____

指导语：下面的问题用于反映您在社会中所获得的支持，请按各个问题的具体要求，根据您的实际情况填写，谢谢您的合作。

1. 您有多少关系密切、可以得到支持和帮助的朋友（只选一项）

（　　）

　　①一个也没有　　　②1—2 个

　　③3—5 个　　　　　④6 个或 6 个以上

2. 近一年来您（只选一项）　　　　　　　　（　　）

　　①远离家人，且独居一室

　　②住处经常变动，多数时间和陌生人住在一起

　　③和同学、同事或朋友住在一起

　　④和家人住在一起

3. 您与邻居（只选一项）　　　　　　　　　（　　）

　　①相互之间从不关心，只是点头之交

　　②遇到困难可能稍微关心

　　③有些邻居很关心您

　　④大多数邻居都很关心您

4. 您与同事（只选一项）　　　　　　　　　（　　）

　　①相互之间从不关心，只是点头之交

　　②遇到困难可能稍微关心

　　③有些同事很关心您

　　④大多数同事都很关心您

5. 从家庭成员处得到的支持和照顾（在适合的框内画"√"）

	无	极少	一般	全力支持
A. 夫妻（恋人）				

① 参见汪向东、王希林、马弘等《心理卫生评定量表手册》（增订版），中国心理卫生杂志社 1999 年版，第 130—131 页。

续表

	无	极少	一般	全力支持
B．父母				
C．儿女				
D．兄弟姐妹				
E．其他成员（如嫂子）				

6. 过去，在您遇到急难情况时，曾经得到的经济支持和解决实际
　问题的帮助的来源有　　　　　　　　　　　　　　　（　　）
　①无任何来源
　②下列来源（可选多项）
　A．配偶；B．其他家人；C．朋友；D．亲戚；E．同事；F．工
　作单位；G．党团工会等官方或半官方组织；H．宗教、社会团
　体等非官方组织；I．其他（请列出）

7. 过去，在您遇到急难情况时，曾经得到的安慰和关心的来源有
　①无任何来源　　　　　　　　　　　　　　　　　　　（　　）
　②下列来源（可选多项）
　A．配偶；B．其他家人；C．朋友；D．亲戚；E．同事；F．工
　作单位；G．党团工会等官方或半官方组织；H．宗教、社会团
　体等非官方组织；I．其他（请列出）

8. 您遇到烦恼时的倾诉方式（只选一项）　　　　　　　（　　）
　①从不向任何人诉述
　②只向关系极为密切的1—2人诉述
　③如果朋友主动询问您，您会说出来
　④主动诉述自己的烦恼，以获得支持和理解

9. 您遇到烦恼时的求助方式（只选一项）　　　　　　　（　　）
　①只靠自己，不接受别人帮助
　②很少请求别人帮助
　③有时请求别人帮助

④有困难时经常向家人、亲友、组织求援

10. 对于团体（如党团组织、宗教组织、工会、学生会等）组织活动，您（只选一项）　　　　　　　　　　（　　）

①从不参加

②偶尔参加

③经常参加

④主动参加并积极活动

计分方法及解释：

（一）《社会支持评定量表》条目记分方法

1. 第1—4、8—10条：每条只选一项，选择①、②、③、④项分别记1、2、3、4分。

2. 第5条分四项记总分，从"无"到"全力支持"分别记1—4分。

3. 第6、7条如回答"无任何来源"则记0分，回答"下列来源"者，有几个来源就记几分。

（二）《社会支持评定量表》分析方法

1. 总分：即十个条目记分之和。

2. 客观支持分：2、6、7条评分之和。

3. 主观支持分：1、3、4、5条评分之和。

4. 对支持的利用度：第8、9、10条。

量表设计的理论基础

一般认为，社会支持从性质上可以分为两类，一类为客观的、可见的或实际的支持，包括物质上的直接援助、社会网络、团体关系的存在和参与，如家庭、婚姻、朋友、同事等；另一类是主观的、体验到的情感上的支持，指的是个体在社会中受尊重、被支持、被理解的情感体验和满意程度，与个体的主观感受密切相关。

除实际的客观支持和对支持的主观体验外，社会支持的研究还应包括个体对支持的利用情况。个体对社会支持的利用存在着差异，有些人虽可获得支持，却拒绝别人的帮助，并且，人与人的支持是一个相互作用的过程，一个人在支持别人的同时，也为获得别人的支持打下了基础。因此，对社会支持的评定有必要把对支持的利用情况作为社会支持的第三个维度。

考试焦虑自我检查量表①

指导语：为了帮助您准确地把握自己在考试焦虑方面存在的问题，我们准备了这份《考试焦虑自我检查量表》。请您仔细阅读每一道题目，看看它是否反映出您在应试时的真实情况。

如果是的话，就在该题目左边的横线上做一个标记（打√）；如果不是的话，则无需做任何标记。一定要如实作答。不要花太长时间思考，要尽可能按您看完题目后的第一印象来回答。假如有些题目实在难以确定，请您随便用一种方式做个备查的记号，因为它可能表明了某种潜在的问题。

是　1　　　　否　0

_____ 1. 我希望不用参加考试便能取得成功。

_____ 2. 在一次考试中取得的好成绩，似乎不能增加我在其他考试中的自信心。

_____ 3. 人们（家人、朋友等）都期待我在考试中取得成功。

_____ 4. 考试期间，有时我会产生许多对答题毫无帮助的莫名其妙的想法。

_____ 5. 重大考试前后，我不想吃东西。

_____ 6. 对喜欢以"突然袭击"方式组织考试的教师，我总是感到害怕。

_____ 7. 在我看来，考试过程似乎不应搞得太正规，因为那样容易使人紧张。

_____ 8. 一般来说，考试成绩好的人，将来必定在社会上取得更好的地位。

_____ 9. 重大考试之前或考试期间，我常常会想到，其他应试者比自己强得多。

_____ 10. 如果我考糟了，即使自己不会老是记挂着它，也会担心别人对自己的评价。

_____ 11. 对考试结果的担忧，在考试前妨碍我准备，在考试中干扰我

---

①　参见段鑫星、赵玲《大学生心理健康教育》，科学出版社 2008 年版，第126—127 页。

答题。

_____ 12. 面临一次必须参加的重大考试，我会紧张得睡不好觉。

_____ 13. 考试时，如果监考人员来回走动注视着我，我便无法答卷。

_____ 14. 如果考试被废除，我想我的功课实际上会学得更好。

_____ 15. 当了解到考试结果将在一定程度上影响我的前途时，我会心烦意乱。

_____ 16. 我知道，如果自己能集中精力，考试时便能超过大多数人。

_____ 17. 如果我考得不好，人们将对我的能力产生怀疑。

_____ 18. 我似乎从来没有对应试进行过充分的准备。

_____ 19. 考试前，我的身体不能放松。

_____ 20. 面对重大考试，我的大脑好像凝固了一样。

_____ 21. 考场中的噪音（如日光灯的响声、暖气或冷气发出的声音、其他应试者的动静等等）使我烦恼。

_____ 22. 考试之前，我有一种空虚、不安的感觉。

_____ 23. 考试使我对能否达到自己的目标产生了怀疑。

_____ 24. 考试实际上并不能反映一个人对知识掌握得究竟如何。

_____ 25. 如果考试得了低分，我不愿把自己的分数确切地告诉别人。

_____ 26. 考试前，我常常感到还需要再充实一些知识。

_____ 27. 重大考试之前，我的胃不舒服。

_____ 28. 有时，在参加一次重要考试的时候，一想起某些消极的东西，我似乎觉得就要垮了。

_____ 29. 在即将得知考试结果之前，我会感到十分焦虑或不安。

_____ 30. 但愿我能找到一个不需要考试便能被录用的工作。

_____ 31. 假如在这次考试中我考得不好，我想那就意味着自己并不像原来所想的那样聪明。

_____ 32. 如果我的考试分数低，我的父母将会感到非常失望。

_____ 33. 对考试的焦虑简直使我不想认真准备了，这种想法又使自己更加焦虑。

_____ 34. 应试时我常常发现，自己的手指在哆嗦，或双腿在打战。

_____ 35. 考试过后，我常常感到自己本来应考得更好一些。

_____ 36. 考试时，我情绪紧张，注意力不集中。

_____ 37. 在某些试题上我考虑得越多，脑子也就越乱。

_____ 38. 如果我考糟了，且不说别人可能对我有看法，就连我自己也
会失去信心。

_____ 39. 考试时，我身上某些部位的肌肉很紧张。

_____ 40. 考试前，我感到缺乏信心，精神紧张。

_____ 41. 如果我的考试分数低，我的朋友们将会对我感到失望。

_____ 42. 考试之前，我所存在的问题之一就是不能确知自己是否做好
了准备。

_____ 43. 当我必须参加一次确实很重要的考试时，我常常感到十分
恐慌。

_____ 44. 我希望主考人能够察觉，参加考试的某些人比另一些人更为紧
张，我还希望主考人在评价考试结果的时候，能对此加以考虑。

_____ 45. 我宁愿写一篇论文，也不愿参加考试。

_____ 46. 公布我的考分之前，我很想知道别人考得怎么样。

_____ 47. 如果我得了低分数，我认识的某些人将会感到快活，这使我
心烦意乱。

_____ 48. 我想，如果能为我单独举行考试，或者没有时限压力的话，
我的成绩将会好得多。

_____ 49. 考试成绩直接关系到我的前途和命运。

_____ 50. 考试期间，有时我非常紧张，以至于忘记了自己本来知道的
东西。

结果分析

该检查表由三部分内容组成，如下表所示：

类别	测查内容	题号
考试焦虑的来源	担心他人对自我的评价	3、10、17、25、32、41、46、47
	担心个人自我形象受到伤害	2、9、16、24、31、38、40
	担心个人未来的前途	1、8、15、23、30、49
	担心个人对应试准备不足	6、11、18、26、33、42

续上表

类别	测查内容	题号
考试焦虑的表现	身体反应	5、12、19、27、34、39、43
	思维障碍	4、13、20、21、28、35、36、37、48、50
一般性考试焦虑的状况		7、14、22、29、44、45

人际关系综合诊断量表①

指导语：本量表共 28 个问题，每个问题在记分表上做"是"（打√）或"否"（打×）的回答。请您认真完成，然后参看后面的记分方法，对测验结果做出解释。

是 1　　否 0

1. 关于自己的烦恼有苦难言。

2. 和生人见面时感觉不自然。

3. 过分羡慕和妒忌别人。

4. 与异性交往太少。

5. 对连续不断的会谈感到困难。

6. 在社交场合感到紧张。

7. 时常伤害别人。

8. 与异性来往感觉不自然。

9. 与一大群朋友在一起，常感到孤寂或失落。

10. 极易受窘。

11. 与别人不能和睦相处。

12. 不知道与异性相处如何适可而止。

13. 当不熟悉的人对自己倾诉他的生平遭遇以求同情时，自己常感到不自在。

14. 担心别人对自己有什么坏印象。

15. 总是尽力使别人欣赏自己。

16. 暗自思慕异性。

17. 时常避免表达自己的感受。

18. 对自己的仪表（容貌）缺乏信心。

19. 讨厌某人或被某人所讨厌。

20. 瞧不起异性。

21. 不能专注地倾听。

22. 自己的烦恼无人可申诉。

---

① 参见段鑫星、赵玲《大学生心理健康教育》，科学出版社 2008 年版，第 185—187 页。

23. 受别人排斥与冷漠。

24. 被异性瞧不起。

25. 不能广泛地听取各种意见、看法。

26. 自己常因受伤害而暗自伤心。

27. 常被别人谈论、愚弄。

28. 与异性交往不知如何更好地相处。

结果解释

如果总分在0—8分，说明受测者善于交谈，性格开朗、主动，关心别人，对周围朋友很好，愿意与他们在一起，彼此相处得不错。

如果总分在9—14分，说明受测者与朋友相处有一定的困扰，人缘一般，与朋友的关系时好时坏，经常处于起伏变动之中。

如果总分在15—28分，说明受测者在与朋友相处时存在严重困扰。

如果分数超过20分，则表明人际关系行为困扰程度很严重，而且在心理上出现较为明显的障碍。受测者可能不善于交谈，也可能是个性格孤僻的人，不开朗，或者有明显的自高自大、讨人嫌的行为。

记分表

I	题目	1	5	9	13	17	21	25	小计
	分数								
II	题目	2	6	10	14	18	22	26	小计
	分数								
III	题目	3	7	11	15	19	23	27	小计
	分数								
IV	题目	4	8	12	16	20	24	28	小计
	分数								
评分	标准	打"√"的给1分，打"×"的给0分，总分：							

下面根据各个小栏的得分，具体说明受测者与朋友相处的困扰行为及其纠正方法。

　　记分表Ⅰ栏的小计分数，显示出受测者在交谈方面的行为困扰程度。

　　如果得分在 6 分以上，说明受测者不善于交谈，只有在极需要的情况下才同别人交谈，总是难以表达自己的感受，无论是愉快还是烦恼；受测者不是个很好的倾听者，往往无法专心听别人说话或只对单独的话题感兴趣。

　　如果得分在 3—5 分，说明受测者的交谈能力一般，能够诉说自己的感受，但不能讲得条理清晰。如果受测者与对方不太熟悉，开始时往往表现得比较拘谨与沉默，不太愿意与对方交谈。但这种状况一般不会持续太久。经过一段时间的接触，受测者可能会主动与人搭话，这方面的困扰也就会随之减轻或消除。

　　如果得分在 0—2 分，说明受测者有较高的交谈能力和技巧，善于利用恰当的说话方式来交流思想感情，因而在与别人建立友情方面，往往更容易获得成功。

　　记分表Ⅱ栏的小计分数显示出受测者在交际与交友方面的行为困扰程度。

　　如果得分在 6 分以上，说明受测者在社交活动与交友方面存在严重的行为困扰。例如，在正常集体活动与社交场合，比大多数同伴更为拘谨；在有陌生人或老师在场时，往往感到更加紧张；往往过多考虑自己的形象而使自己处于越来越被动和孤立的境地。

　　如果得分在 3—5 分，说明受测者在社交与交友方面存在一定的困扰。受测者不喜欢一个人呆着，需要和朋友在一起，但却不善于创造条件并积极主动地寻找知心朋友。

　　如果得分在 0—2 分，说明受测者对人较为真诚和热情，不存在人际交往困扰。

　　记分表Ⅲ栏的小计分数，显示出受测者在待人接物方面的困扰程度。

　　如果得分在 6 分以上，说明受测者缺乏待人接物的机智与技巧。在实际的人际交往中，受测者也许有意无意地伤害别人，或者过分羡慕别人以致在内心嫉妒别人。因此，可能受到别人的冷漠、排斥，甚至愚弄。

　　如果得分在 3—5 分，说明受测者是个多侧面的人，也许是一个较圆滑的人。对待不同的人，受测者有不同的态度，而不同的人对受测者也有不同的评价。受测者讨厌某人或者被某人讨厌，但却非常喜欢一个人或者被另一个人喜欢。受测者的朋友关系某些方面是和谐的、良好的，某些方面却是紧张的、恶劣的。因此，受测者的情绪很不稳定，内心极不平衡，常常处于矛盾状态中。

如果得分在0—2分，说明受测者较尊重别人，敢于承担责任，对环境的适应性强。受测者常常以自己的真诚、宽容、责任心强等个性特点，获得众人的好感与赞同。

记分表Ⅳ栏的小计分数，显示出受测者同异性朋友交往的困扰程度。

如果得分在5分以上，说明受测者在与异性交往的过程中存在较为严重的困扰。也许受测者对异性存有过分的思慕，或者对异性持有偏见。这两种态度都有片面之处。也许是不知如何把握好与异性交往的分寸而陷入困扰之中。

如果得分在3—4分，说明受测者与异性交往的行为困扰程度一般。有时受测者可能觉得与异性交往是一件愉快的事，有时又可能觉得这种交往似乎是一种负担，不知道如何与异性交往最适宜。

如果得分在0—2分，说明受测者知道如何正确处理与异性之间的关系。受测者对异性持公正的态度，能大方自然地与他们交往，并且在与异性朋友的交往中，得到了许多从同性朋友那里得不到的东西。受测者可能是一个比较受欢迎的人。无论是同性朋友还是异性朋友，多数人都比较喜欢和赞赏受测者。

自杀态度问卷（QSA)①

姓名：＿＿＿＿＿　　性别：＿＿＿＿＿　　年龄：＿＿＿＿＿

指导语：本问卷旨在了解国人对自杀的态度，以期为我国的自杀预防工作提供资料与指导，在下列每个问题的后面都有①、②、③、④、⑤五个数字供您选择，数字①—⑤分别代表您对问题从完全赞同到完全不赞同的态度，请根据您的选择在每个条目左侧的横线上写出相应的数字。谢谢合作！

①完全赞同　　②赞同　　③中立　　④不赞同　　⑤完全不赞同

＿＿＿＿＿1. 自杀是一种疯狂的行为。

＿＿＿＿＿2. 自杀死亡者应与自然死亡者享受同样的待遇。

＿＿＿＿＿3. 一般情况下，我不愿意和有过自杀行为的人深交。

＿＿＿＿＿4. 在整个自杀事件中，最痛苦的是自杀者的家属。

＿＿＿＿＿5. 对于身患绝症又极度痛苦的病人，可由医务人员在法律的支持下帮助病人结束生命（主动安乐死）。

＿＿＿＿＿6. 在处理自杀事件过程中，应该对其家属表示同情和关心，并尽可能为他们提供帮助。

＿＿＿＿＿7. 自杀是对人生命尊严的践踏。

＿＿＿＿＿8. 不应为自杀死亡者开追悼会。

＿＿＿＿＿9. 如果我的朋友自杀未遂，我会比以前更关心他。

＿＿＿＿＿10. 如果我的邻居家里有人自杀，我会逐渐疏远和他们的关系。

＿＿＿＿＿11. 安乐死是对人生命尊严的践踏。

＿＿＿＿＿12. 自杀是对家庭和社会一种不负责任的行为。

＿＿＿＿＿13. 人们不应该对自杀死亡者评头论足。

＿＿＿＿＿14. 我对那些反复自杀者很反感，因为他们常常将自杀作为一种控制别人的手段。

＿＿＿＿＿15. 对于自杀，自杀者的家属在不同程度上都应负有一定的责任。

＿＿＿＿＿16. 假如我自己身患绝症又处于极度痛苦之中，我希望医务人员能帮助我结束自己的生命。

―――――――――

①　参见汪向东、王希林、马弘等《心理卫生评定量表手册》，中国心理卫生杂志社1999年版，第364—367页。

_____ 17. 个体为某种伟大的、超越人生命价值的目的而自杀是值得赞许的。

_____ 18. 一般情况下，我不愿去看望自杀未遂者，即使是亲人或好朋友也不例外。

_____ 19. 自杀只是一种生命现象，无所谓道德上的好与坏。

_____ 20. 自杀未遂者不值得同情。

_____ 21. 对于身患绝症又极度痛苦的病人，可不再为其进行维持生命的治疗（被动安乐死）。

_____ 22. 自杀是对亲人、朋友的背叛。

_____ 23. 人有时为了尊严和荣誉而不得不自杀。

_____ 24. 在交友时，我不太介意对方是否有过自杀行为。

_____ 25. 对自杀未遂者应给予更多的关心与帮助。

_____ 26. 当生命已无欢乐可言时，自杀是可以理解的。

_____ 27. 假如我自己身患绝症又处于极度痛苦之中，我不愿再接受维持生命的治疗。

_____ 28. 一般情况下，我不会和家中有过自杀者的人结婚。

_____ 29. 人应有选择自杀的权利。

自杀态度问卷（QSA）的结构、计分和解释

QSA 共 29 个条目，都是关于自杀态度的陈述，分为以下四个维度：

1. 对自杀行为性质的认识（F1）：共 9 项，即问卷的第 1、7、12、17、19、22、23、26、29 项。

2. 对自杀者的态度（F2）：共 10 项，即问卷的第 2、3、8、9、13、14、18、20、24、25 项。

3. 对自杀者家属的态度（F3）：共 5 项，即问卷的第 4、6、10、15、28 项。

4. 对安乐死的态度（F4）：共 5 项，即 5、11、16、21、27。

对所有的问题，都要求受试者在完全赞同、赞同、中立、不赞同、完全不赞同中做出一个选择。在分析时，1、3、7、8、10、11、12、14、15、18、20、22、28 为反向计分，即回答①、②、③、④、⑤分别记 5、4、3、2、1 分。其余条目均为正向计分，即回答①、②、③、④、⑤分别记 1、2、3、4、5 分。在此基础上，再计算每个维度的项目平均分，

最后分值在1—5分之间。在分析结果时，可以以2.5分和3.5分为两个分界值，将对自杀的态度划分为三种情况：≤2.5分为对自杀持肯定、认可、理解和宽容的态度，2.5—3.5分为矛盾或中立态度，≥3.5分为对自杀持反对、否定、排斥和歧视态度。本问卷的总分或总均分无特殊意义，各维度可单独使用。

霍兰德的职业爱好问卷①

指导语：仔细阅读各种类型，并在每一项特性前用铅笔标记号。凡是看起来很像你自己的，画个"＋"，完全不像的画个"－"，其他的留空白。

现实型

□ 喜好户外、机械及体育类的活动、嗜好及职业。

□ 喜欢从事和事物、动物有关的工作，而不喜欢和理念、资料或成人有关的工作。

□ 往往具有机械和运动员的能力。

□ 喜欢建筑、塑造、重新建构和修理东西。

□ 喜欢使用设备和机器。

□ 喜欢看到有形的结果。

□ 是个有毅力、勤勉的人。

□ 缺乏创造力和原创性。

□ 较喜欢用熟悉的方法做事并建立固定模式。

□ 以绝对的观点思考。

□ 不喜欢模棱两可。

□ 较不喜欢处理抽象、理论和哲学的议题。

□ 是个唯物论、传统和保守的人。

□ 没有很好的人际关系和语言沟通技巧。

□ 当焦点汇聚在自己身上时会很不自在。

□ 很难表达自己的情感。

□ 别人认为他很害羞。

研究型

□ 天生好奇且好问。

□ 必须了解、解释及预测身边发生的事。

□ 具有科学精神。

□ 对于非科学、过度简化或超自然的解释持悲观、批判的态度。

① 参见汪向东、王希林、马弘等《心理卫生评定量表手册》，中国心理卫生杂志社1999年版，第364—367页。

☐ 对于正在做的事能全神贯注、心无旁骛。

☐ 独立自主且喜欢单枪匹马做事。

☐ 不喜欢管人也不喜欢被管。

☐ 以理论和解析的观点看待事情且勇于解决抽象、含糊的问题及状况。

☐ 具有创造力和原创性。

☐ 常难以接受传统的态度及价值观。

☐ 逃避那种受到外在规定束缚的高结构化情境。

☐ 处事按部就班、精确且有条理。

☐ 对于自己的智力很有信心。

☐ 在社交场合常觉得困窘。

☐ 缺乏领导能力和说服技巧。

☐ 在人际关系方面拘谨与形式化。

☐ 通常不做情感表达。

☐ 可能让人觉得不太友善。

艺术型

☐ 是个有创造力、善表达、有原则性、天真及有个性的人。

☐ 喜欢与众不同并努力做个卓绝出众的人。

☐ 喜欢以文字、音乐、媒体和身体（如表演和舞蹈）创造新事物来表达自己的人格。

☐ 希望得到众人的目光和赞赏，对于批评很敏感。

☐ 在衣着、言行举止上倾向于无拘无束、不循传统。

☐ 喜欢在无人监督的情况下工作。

☐ 处事较冲动。

☐ 非常重视美及审美品味。

☐ 较情绪化且心思复杂。

☐ 喜欢抽象的工作及非结构化的情境。

☐ 在高度秩序化和系统化的情境中很难表现出色。

☐ 寻求别人的接纳和赞美。

☐ 觉得亲密的人际关系有压力而避之。

☐ 主要透过艺术间接与别人交流以弥补疏离感。

☐ 常自我省思。

社会型

☐ 是个友善、热心、外向、合作的人。

☐ 喜欢与人为伍。

☐ 能了解及洞察别人的情感和问题。

☐ 喜欢扮演帮助别人的角色，如教师、调停者、顾问者和咨询者。

☐ 善于表达自己并在人群中具有说服力。

☐ 喜欢当焦点人物并乐于处在团体的中心位置。

☐ 对于生活及与人相处都很敏感、理想化和谨慎。

☐ 喜欢处理哲学问题，如人生、宗教及道德的本质和目的。

☐ 不喜欢从事与机器或资料有关的工作，或是结构严密、反复不变的任务。

☐ 和别人相处融洽并能自然地表达情感。

☐ 待人处事很圆滑，别人都认为他很仁慈、乐于助人和贴心。

企业型

☐ 外向、自信、有说服力、乐观。

☐ 喜欢组织、领导、管理及控制团体活动以达到个人或组织的目标。

☐ 胸怀雄心壮志且喜欢肩负责任。

☐ 相当重视地位、权力、金钱及物质财产。

☐ 喜欢控制局面。

☐ 在发起和监督活动时充满活力和热忱。

☐ 喜欢影响别人。

☐ 爱好冒险、冲动、行事武断且言语具有说服力。

☐ 乐于参与社交圈并喜欢与有名、有影响力的人往来。

☐ 喜欢旅行和探险，并常有新奇、昂贵的嗜好。

☐ 自认为很受人欢迎。

☐ 不喜欢需要科学能力的活动以及有系统、理论化的思考。

☐ 避免从事需要注意细节及千篇一律的活动。

常规型

☐ 是个一板一眼、固执、脚踏实地的人。

☐ 喜欢做抄写、计算等遵行固定程序的活动。

☐ 是个可依赖、有效率且尽责的人。

□ 希望拥有隶属于团体和组织的安全感且做个好成员。

□ 具有身份地位的意识，但通常不渴望居于高层领导地位。

□ 知道自己该做什么事时，会感到很自在。

□ 倾向于保守和遵循传统。

□ 遵循别人所期望的标准及他所认同的权威人士的领导。

□ 喜欢在令人愉快的室内环境工作。

□ 重视物质享受和财物。

□ 有自制力并有节制地表达自己的情感。

□ 避免紧张的人际关系，喜欢随兴的人际关系。

□ 在熟识的人群中才会自在。

□ 喜欢有计划地行事，较不喜欢打破惯例。

评分及说明

当你读完六种类型时，请你在很像你自己的项目前画"＋"，非常不像你的项目前画"－"。然后根据"＋"号、"－"号及各类型的一般描述，选出一种最像你的类型，虽然没有一种可以完全准确地描述你，但总有一个比其他类型看起来更适合你的，最后从高到低排出适合你的六种类型，思考一下什么职业最适合于你。也可以让你周围的同学施测，看看差异性。

附录二

咨询心理学基础知识题集

是非题

1. APA 是美国心理学会的简称。（ ）

2. 心理学发展过程的三大派别是精神分析学派、行为主义、人本主义心理学。（ ）

3. 影响世界社会科学文化的三个犹太人有马克思、爱因斯坦和弗洛伊德。（ ）

4. 科学心理学的创始人是罗杰斯。（ ）

5. 奥地利精神分析学家西格蒙德·弗洛伊德是精神分析学的创始人。（ ）

6. 行为主义最先始于巴甫洛夫。（ ）

7. 行为主义心理学的先驱人物是华生和桑代克。（ ）

8. 人本主义心理学被称为心理学的第三势力。（ ）

9. 对记忆和遗忘进行实验研究的创始人是艾宾浩斯。（ ）

10. 第一个用心理学这个名词写书的人是沃尔夫。（ ）

11. 世界心理卫生运动的开山之作是《梦的解析》。（ ）

12. 世界上第一本心理学杂志是培因于 1876 年所创办的《心灵》杂志。（ ）

13. 艾宾浩斯发现的遗忘的规律是"先慢后快"。（ ）

14. 心理学的英文名称是 Psychiotry。（ ）

15. 心理学是研究人的行为和心理活动规律的科学。（ ）

16. 心理学研究的基本方法有观察法、测验法、实验法和调查法等。（ ）

17. 人的心理现象分为心理过程和个性心理。（ ）

18. 生理过程包括认识过程、情感过程、行为过程。（ ）

19. 人性心理学认为，人的三种基本属性是生物属性、心理属性、社会属性。（ ）

20. 气质类型本身无好坏，各有积极和消极方面。（ ）

21. 自信是指个体能够恰如其分地评价和表现自己的能力。（ ）

22. 理智感指由人在智力活动过程中认识、探求或维护真理的需要

是否得到满足而产生的体验。（　　）

23．能力类型的差异是指在感知能力、想象能力以及音乐、美术、体育运动等特殊能力方面上的差异。（　　）

24．个体始终不脱离其生存的环境，并随其做顺应性改变的能力叫环境适应能力。（　　）

25．脑是心理产生的机能，心理是脑的器官。（　　）

26．就满足需要的对象而言，可把需要分为物质需要和精神需要。（　　）

27．人的需要层次理论是由马斯洛提出的。（　　）

28．需要层次理论把需要分为生理需要、安全需要、人际交往的需要、学习的需要、自我实现的需要。（　　）

29．自我实现的需要是指人希望最大限度发挥自己的潜能，不断完善自己，实现自己理想的需要。（　　）

30．梦是一种正常的生理和心理现象。（　　）

31．催眠是一种睡眠的意识恍惚状态。（　　）

32．"特殊意识状态"指的是催眠状态。（　　）

33．梦境在睡眠晚期开始出现。（　　）

34．动机具有引发、指引和激励三种功能。（　　）

35．学习动机是推动学生学习的外部动力。（　　）

36．注意的特征包括稳定性、广度、分配和转移。（　　）

37．"一心二用"即注意的分配是有条件的。（　　）

38．按照任务的要求，注意从一个对象转移到另外一个对象上去的现象叫注意的分散。（　　）

39．闭卷考试时，学生主要的记忆活动是再认。（　　）

40．长时记忆遗忘的主要原因是思维的定势。（　　）

41．后继的学习与记忆对先前学习材料的保持与回忆的干扰作用被称前摄抑制。（　　）

42．观察学习所包含的过程有注意过程、保持过程、强化过程、动机过程。（　　）

43．学生掌握知识是经过理解—应用—巩固的过程。（　　）

44．教师应有的领导方式是民主型。（　　）

45．情绪和情感是一种主观体验，因而人与动物皆有。（　　）

46. 幻想不是理想，因为幻想是一种消极的想象。（　）

47. 表情是指情绪变化的外部表现模式。（　）

48. 表情包括面部表情、动作表情和言语表情。（　）

49. 面部表情是最重要的体语沟通方式。（　）

50. 学生品德与修养的形成是受社会、家庭、自身影响的。（　）

51. 大学生性道德观应自尊自爱，健康对待性。（　）

52. 正确的性动机是感性、理性相互依存融为一体。（　）

53. 性认知的内涵包括对性规范的认识、性法律的认识、性知识的理解、性文学的理解。（　）

54. "天花板效应"和"地板效应"是由于预先的期待引起的。（　）

55. 光环效应是第一印象作用机制。（　）

56. 人际吸引最强烈的形式是爱情。（　）

57. 熟悉能增加吸引的程度，但交往频率与喜欢程度的关系呈 U 型曲线。（　）

58. 智力水平与心理健康的高低有显著相关。（　）

59. 某儿童，智商测定为 80 则认为其为低能儿，这是统计经验标准。（　）

60. 性情急躁、心胸狭窄、意志薄弱、自我偏颇的人往往容易引起挫折感。（　）

61. 艾里克森认为成年中期良好的人格特征是关心品质。（　）

62. 艾里克森认为成年后期良好的人格特征是爱的品质。（　）

63. 条件反射是个体通过模仿、学习而形成的反射。（　）

64. 动物和人生而具有，不学而会的反射叫无条件反射。（　）

65. 价值观是人的社会行为的直接原因。（　）

66. 恐惧是现实危险引起的情绪体验，恐惧情绪越强烈，亲合倾向越低。（　）

67. 网络沟通的进程主要由沟通者自己的主观感受和想象来引导。（　）

68. 人际关系的交换性原则是指个体期待人际交往对自己是有价值的，即在交往过程中的得大于失，至少等于失。（　）

69. 从众是指个体在群体压力下，在认知、判断、信念与行为等方

面自愿与群体中多数人保持一致的现象。（　）

70. 暗示是指在非对抗的条件下，通过语言、表情等对他人心理与行为发生影响，使之接受影响者的意见和观点等。（　）

71. 1953 年美国心理协会咨询心理学分会规定了正式的心理咨询专家培养标准，1954 年《咨询心理学》杂志在美国创刊。（　）

72. 20 世纪 60 年代美国 20 余名心理学家发起创办了《咨询心理学》杂志，成为心理咨询的专业杂志。（　）

73. 1955 年美国心理学会开始正式颁发心理咨询专家执照。（　）

74. 在判断正常心理和异常心理时，按照"社会适应标准"的要求，正常人的行为符合社会准则，能够根据社会要求和道德规范行事。（　）

75. 需要心理辅导的人都是有心理问题的人。（　）

76. 若某人想去心理咨询中心咨询，需要提前预约。（　）

77. 心理咨询学作为一门独立的学科既可运用心理咨询技术，也可运用心理治疗技术。（　）

78. 心理咨询的形式有门诊面询、电话咨询和互联网咨询。（　）

79. 各类心理咨询中短程、中程和长期的心理咨询属于按咨询的时程来分类。（　）

80. 心理咨询的场所应在咨询员家中。（　）

81. 心理咨询的总体任务所要达到的目的是提高个人道德素质，使人健康、愉快、有意义地生活下去。（　）

82. 心理咨询师应遵循的限制观点有咨询师的职责限制、时间限制、感情限制、费用限制。（　）

83. 全心全意为人民服务、善于容纳他人、有强烈的责任心、自我平衡能力是咨询师应有的主要心理素质。（　）

84. 心理咨询是有时间限制，一般每次咨询 50 分钟，两次咨询之间的时间间隔为一周。（　）

85. 保密原则是心理咨询工作中最重要的原则，也是咨询工作人员应遵守的职业道德之一。（　）

単项选择题

1. 普通心理学研究的对象是（　　）。

A. 正常人　　　　　　　　B. 正常成人

C. 有心理疾病的人　　　　D. 精神病人

2. （　　）年德国心理学家冯特在莱比锡大学建立世界上第一个心理实验室，标志心理学成为一门独立的科学。

A. 1876　　　　　　　　　B. 1877

C. 1878　　　　　　　　　D. 1879

3. 最先提倡对来访者进行无条件的积极关注的是（　　）。

A. 阿德勒　　　　　　　　B. 罗杰斯

C. 马斯洛　　　　　　　　D. 弗洛姆

4. 人脑对客观事物的属性及其规律的反映称为（　　）。

A. 情感过程　　　　　　　B. 认识过程

C. 意志过程　　　　　　　D. 个性

5. 定势是一种影响问题解决的（　　）。

A. 心理活动的倾向性

B. 过去解决问题的经验

C. 心理活动的准备状态

D. 功能固着

6. （　　）是指心理活动表现在强度、速度、稳定性和灵活性等方面比较稳定的动力心理特征。

A. 个性　　　　　　　　　B. 气质

C. 性格　　　　　　　　　D. 人格

7. （　　）是指在对现实的稳定态度和习惯了的行为方式中所表现出来的个性心理特征。

A. 个性　　　　　　　　　B. 气质

C. 性格　　　　　　　　　D. 人格

8. 能力和知识、技能的关系表现在（　　）。

A. 能力就是知识和技能

B. 能力包括知识和技能

C. 能力是掌握知识和技能的前提

D. 知识和技能水平一样的人能力也一样

9. （　　）是最重要的体语沟通方式。

A. 身体语言　　　　　　　B. 身体运动

C. 目光接触　　　　　　　D. 面部表情

10. 意志行为准备阶段的主要任务是（　　）。

A. 在思想上确立行动目的，选择行动的方案

B. 克服那些妨碍既定目标的动机和行为

C. 不断审视行动计划

D. 坚定地执行既定的计划

11. 能力发展的个体差异主要表现在（　　）上。

A. 能力发展水平、类型和发展早晚

B. 遗传、后天教育影响的程度

C. 素质的高低和智力发展水平

D. 认知、操作、人际交往等不同方面以及天赋高低

12. 积极的情绪和情感可以调节和促进活动，消极的情绪和情感则可破坏和瓦解活动，说明情绪和情感具有（　　）。

A. 适应功能　　　　　　　B. 动机功能

C. 组织功能　　　　　　　D. 信号功能

13. 有爱就有恨，有喜悦就有悲伤，有紧张就有轻松，说明情绪和情感（　　）。

A. 具有两极对立的特性

B. 具有不可调和的特性

C. 两极是不相容的

D. 两极是绝对对立的

14. 人在认知事物的同时，总带有喜怒哀乐，这些心理现象属于（　　）。

A. 认知过程　　　　　　　B. 个性心理

C. 情感过程　　　　　　　D. 意志过程

15. 注意离开了心理活动所要指向的对象而被无关的对象吸引过去的现象叫（　　）。

A. 注意的转移　　　　　　B. 注意的稳定性

C. 注意的范围　　　　　　D. 注意的分散

16. "触景生情"用心理学原理来解释是指（　　）。

A. 复习要及时　　　　　　　B. 无意回忆

C. 联想的作用　　　　　　　D. 有意识记

17. 从广义上理解，学习是由（　）引起比较持久的行为变化特征的。

A. 知识　　　　　　　　　　B. 技能

C. 经验　　　　　　　　　　D. 概念学习

18. 学生中出现好心办坏事的现象，这是由于（　）。

A. 言行不一致

B. 道德意志薄弱

C. 缺乏合理的行为方式方法

D. 道德评价能力

19. 求助者觉得咨询师和自己情投意合，因此每次要求咨询师延长咨询时间，咨询师也愿意这样做。咨询师的行为（　）。

A. 使咨询关系更有利于咨询

B. 没有体现对求助者的尊重

C. 未能遵循时间限度的原则

D. 违反了职业道德

20. 下列哪些属于心理正常（　）。

A. 人际关系不好　　　　　　B. 妄想

C. 智商在 70 以下　　　　　D. 性变态

21. 出生顺序是影响亲合的一个重要因素。西方心理学家的研究表明，长子、长女恐惧时的合群倾向要比他们的弟妹们（　）。

A. 高　　　　　　　　　　　B. 低

C. 没有差异　　　　　　　　D. 差很多

22. 将一根木棒的一截插入水中，看起来木棒弯曲了，这是（　）。

A. 感觉　　　　　　　　　　B. 错觉

C. 动觉　　　　　　　　　　D. 静觉

23. （　）的现象不属于感觉对比现象。

A. 吃完苦药后再吃糖觉得糖更甜

B. 一样亮的灰分别放在白背景和黑背景上看起来明度不一样了

C. 声音停止后，耳朵里还有这个声音的余音在萦绕

D. 绿叶陪衬下的红花看起来更红了

24. 下列说法中正确的是（　　）。

A. 痛觉反映一个人意志力强弱

B. 痛觉对机体具有保护作用

C. 痛觉比较容易适应

D. 痛觉反映了一个人的灵敏程度

25. "入芝兰之室，久而不闻其香，入鲍鱼之肆，久而不闻其臭"，这是嗅觉的（　　）。

A. 适应现象　　　　　　B. 对比现象

C. 泛化现象　　　　　　D. 分化现象

26. 当"鱼和熊掌不可兼得"的情况出现时，称为（　　）。

A. 双趋冲突　　　　　　B. 双避冲突

C. 趋避冲突　　　　　　D. 双重趋避冲突

27. 某女性爱吃糖，又怕胖，这是（　　）。

A. 双重趋避冲突　　　　B. 趋避冲突

C. 双避冲突　　　　　　D. 双趋冲突

28. 我们往往用"四面楚歌"来形容（　　）。

A. 单一性压力　　　　　B. 同时性叠加压力

C. 继时性叠加压力　　　D. 破坏性压力

29. 我们往往用"飞来横祸"来形容（　　）。

A. 单一性压力　　　　　B. 同时性叠加压力

C. 继时性叠加压力　　　D. 破坏性压力

30. 下列特点中，不属于人本主义心理学的主要特点的是（　　）。

A. 要重视人的本能的作用

B. 人有自我实现的需要

C. 应重视人自身的价值

D. 要充分发挥人的潜能

31. 艾里克森认为童年期良好的人格特征是（　　）。

A. 希望品质　　　　　　B. 意志品质

C. 目标品质　　　　　　D. 能力品质

32. 艾里克森认为青少年期良好的人格特征是（　　）。

A. 诚实品质　　　　　　B. 爱的品质

C. 关心品质　　　　　　D. 智慧、贤明品质

33. 艾里克森认为成年早期良好的人格特征是（　　）。

A. 诚实品质　　　　　　　B. 爱的品质

C. 关心品质　　　　　　　D. 智慧、贤明品质

34. 儿童期的性心理咨询一般包括（　　）、认识性器官及其功能和了解有关性的各种问题三个方面。

A. 性启蒙教育　　　　　　B. 性行为教育

C. 性别认同　　　　　　　D. 性道德教育

35. 弗洛伊德认为，"防卫机制"是一种（　　）。

A. 前意识　　　　　　　　B. 意识

C. 潜意识　　　　　　　　D. 超意识

36. 由想象引起的恐惧，如害怕黑暗，害怕"狼外婆"，属于（　　）。

A. 本能的恐惧怕生

B. 与知觉和经验相联系的恐惧

C. 怕生

D. 预测性恐惧

37. 假如发生了某个生活事件，在（　　）的情况下我们可能体验到压力。

A. 忽略了事件的存在

B. 对事件漠不关心

C. 抱怨事件给自己带来麻烦

D. 对事件一无所知

38. 当一个人遇到一件愉快的事情时手舞足蹈，欢快地向别人诉说内心的体验，我们称这一现象是（　　）。

A. 活动内在一致性　　　　B. 人格相对稳定性

C. 主客观世界统一性　　　D. 心理活动不协调性

39. 当一个人思维活动完全脱离现实，出现幻想，我们称这一现象是（　　）。

A. 活动内在协调性破坏

B. 主客观世界统一性破坏

C. 人格稳定性破坏

D. 精神活动协调性破坏

40. 某人待人接物一向很热情，突然无缘故地对人很冷漠，这是（　　）。

　　A. 主观世界与客观世界统一性破坏

　　B. 心理活动内在协调性破坏

　　C. 人格相对稳定性破坏

　　D. 精神活动内在协调性破坏

41. 某大学生说他经常听到同学议论他，同学吐痰、跺脚都针对他，使他很痛苦，这称为（　　）。

　　A. 幻觉　　　　　　　　B. 关系幻想

　　C. 错觉　　　　　　　　D. 被害幻想

42. 某人情绪高涨，说话活动增多，精力充沛，这称为（　　）。

　　A. 情绪高涨状态　　　　B. 焦虑状态

　　C. 躁狂状态　　　　　　D. 精神病状态

43. 某患者对周围的事漠不关心，表情呆板，对家人感情减退，这是（　　）。

　　A. 痴呆　　　　　　　　B. 焦虑

　　C. 快感　　　　　　　　D. 情感淡漠

44. 教师的角色不属于哪种角色（　　）。

　　A. 成就角色　　　　　　B. 规定性角色

　　C. 表现型角色　　　　　D. 不自觉角色

45. 作为教师，既需要权威者的角色，又需要和学生做朋友的角色，这两种角色有时难以协调，这是（　　）。

　　A. 角色内冲突　　　　　B. 角色失调

　　C. 角色不清　　　　　　D. 角色间冲突

46. 一位中年男子在工作单位是领导、管理者的角色，而在家中又是听从、顺从父母的孝顺儿子的角色，他觉得自己角色转换很困难，他面临的是（　　）。

　　A. 角色间冲突　　　　　B. 角色不清

　　C. 角色内冲突　　　　　D. 角色失败

47. 光环效应是一种（　　）的现象，可能在人们没有意识到的情况下发生。

　　A. 社会适应　　　　　　B. 信息干扰

C. 先入为主　　　　　　　　D. 以偏概全

48. 在印象形成过程中，最初获得的信息的影响比后来获得的信息的影响更大的现象，称为（　　）。

A. 定向作用　　　　　　　　B. 第一印象

C. 首因效应　　　　　　　　D. 印象管理

49. 首因效应的存在表明（　　）很重要，个体对后续信息的解释往往是以其为根据来完成的。

A. 印象管理　　　　　　　　B. 印象形成

C. 信息加工　　　　　　　　D. 第一印象

50. 在印象管理中，为使他人对自己产生良好印象，建立良好人际关系，个体往往会承认自己的某些小的不足，以使自己在抬高某些重要方面时变得可信。这种做法被称为（　　）。

A. 隐藏自我　　　　　　　　B. 自我抬高

C. 形象塑造　　　　　　　　D. 自我暴露

51. 印象管理是个体适应社会生活的一种方式。现实生活中，个体要为他人、公众与社会所接受，其行为表现必须符合社会对他的（　　）。

A. 印象定位　　　　　　　　B. 角色期待

C. 基本规范　　　　　　　　D. 评价标准

52. 在行为的内因与外因中，一部分是可变的，另一部分是稳定的。如内因中人的（　　）是易变性因素。

A. 情绪　　　　　　　　　　B. 人格

C. 智力　　　　　　　　　　D. 能力

53. 个体在归因过程中，对有自我卷入的事情的解释，带有明显的（　　）倾向。

A. 自我暴露　　　　　　　　B. 自我防卫

C. 自我抬高　　　　　　　　D. 自我价值保护

54. 在竞争条件下，个体倾向于把他人的成功外归因，而把他人的失败内归因，有明显的使自己处于有利位置、保护自我价值的倾向，这种倾向叫（　　）归因偏差。

A. 空间性　　　　　　　　　B. 情境性

C. 特异性　　　　　　　　　D. 动机性

55. 失眠者往往认为失眠是自己内部的原因造成的，比如自己神经衰弱、焦虑、紧张等等，因而可以通过改变他们的（　　）模式来使失眠程度得到缓解。

 A. 睡眠   B. 生活

 C. 归因   D. 治疗

56. 一般来说，最能准确反映人的内心状况的体语形式是（　　）。

 A. 目光   B. 面部表情

 C. 空间距离   D. 姿势

57. 朋友之间交往的距离属于（　　）距离。

 A. 公众   B. 社交

 C. 个人   D. 亲密

58. （　　）是人际关系深度的一个敏感的"探测器"。

 A. 自我暴露程度   B. 情感卷入程度

 C. 好恶评价   D. 亲密行为

59. 个体害怕孤独，希望和他人在一起建立协作和友好联系的心理倾向被称为（　　）。

 A. 亲合动机   B. 成就动机

 C. 清晰动机   D. 优势动机

60. 主动支配式人际关系的取向是（　　）。

 A. 期待他人引导，愿意追随他人

 B. 喜欢控制他人，能运用权力

 C. 对他人显得冷淡，负性情绪较重，但期待他人对自己亲密

 D. 表现出对他人喜爱、友善、同情和亲密

61. 合作的基本条件不包括（　　）。

 A. 共识与规范   B. 目标的一致

 C. 人格的相似   D. 相互信赖的合作氛围

62. 群体规模影响从众行为，研究表明，群体规模一般在（　　）影响最大。

 A. 1—3 人   B. 3—4 人

 C. 4—6 人   D. 10 人以上

63. "我宁愿自己吃苦，也不让自己爱的人受苦。"这是一种（　　）的爱情。

 A. 游戏式   B. 利他式

C. 激情式　　　　　　　　　D. 逻辑式

64. "双方在共同的目标下勤勤恳恳地生活和工作"的夫妻属于（　）的夫妻类型。

A. 平等合作与分工型　　　　B. 建设型

C. 爱情型　　　　　　　　　D. 一体型

65. 关于爱情，下列说法中不正确的是（　）。

A. 幼儿也有爱情体验

B. 爱情有生理基础，包括性爱因素

C. 爱情的基本倾向是奉献

D. 爱情是一种高级情感，不是低级情绪

66. "如果我怀疑我爱的人跟别人在一起，我的神经就紧张。"这是（　）的爱。

A. 迷恋式　　　　　　　　　B. 好朋友式

C. 占有式　　　　　　　　　D. 浪漫式

67. 青年期自我意识发展表现为（　）。

A. 关注自己的外貌

B. 关注自己的人格

C. 发现自我、关心自我的存在

D. 一系列关于"我"的问题开始反复萦绕于心

68. 青年期自我意识修正的主要依据有（　）。

A. 成功和失败的经验以及他人的评价

B. 外表是否出众

C. 敏感性的高低

D. 自尊心的高低

69. 青年期记忆的主要特点表现不包括的是（　）。

A. 多方面的记忆效果达到个体记忆的最佳时期

B. 有效地运用各种记忆策略

C. 短时记忆容量达到一生中的最高峰

D. 自觉地运用意义记忆，但机械记忆的效果较差

70. 下列说法中不属于"情感低落"的临床特点的是（　）。

A. 自我评价降低、自信心不足

B. 自责自罪、有自杀企图和行为

C. 常常伴有思维内容极度贫乏

D. 思维迟缓、愉快感消失

71. （　　）是造成青年心理问题的关键所在。

A. 父母不良教养的影响

B. 现代社会处于转型期

C. 社会需要是变成压力还是动力的问题

D. 市场经济所带来的负性影响

72. 关于自尊，下列说法中不正确的是（　　）。

A. 自尊是个体对其社会角色进行自我评价的结果

B. 自尊水平是个体对其每一角色进行单独评价的总和

C. 自尊需要的满足会导致自信

D. 自尊就是我们日常生活中所说的"自尊心"

73. 关于一个人的抱负水平，下列说法中不正确的是（　　）。

A. 个体的抱负水平取决于其成就动机强弱

B. 以往成败经验影响抱负水平

C. 个体的抱负水平与实际成就是有差异的

D. 个体的抱负水平与实际成就是一种倒 U 型关系

74. 关于社交焦虑，下列说法中不正确的是（　　）。

A. 社交焦虑是一种与人交往的时候，觉得不舒服、不自然，紧张甚至恐惧的情绪体验

B. 社交焦虑的个体与他人交往的时候往往没有生理上的症状

C. 社交焦虑是一种消极的情绪体验

D. 人们为了回避导致社交焦虑的情境，通常是减少社会交往、选择孤独的生活方式

75. 下列说法中不正确的是（　　）。

A. 羞耻的个体往往会感到沮丧、自卑、自我贬损、自我怀疑等，认为自己对事情无能为力

B. 健康的羞耻感是个体心理发展的自然结果，是人适应社会生活、改善自己的一种重要方式

C. 内疚者往往有良心上和道德上的自我谴责，并试图做出努力，来弥补自己的过失

D. 内疚感越多，个体心理越健康

76. 关于"强迫动作"，下列表述中不正确的是（　　）。

A. 患者感到痛苦但又无法摆脱

B. 强迫洗手、强迫检查

C. 是一种违反本人意愿，反复出现的动作

D. 多见于精神分裂症

77. 自我概念的形成与发展大致经历三个阶段，即（　　）。

A. 从生理自我到社会自我，最后到心理自我

B. 从生理自我到心理自我，最后到社会自我

C. 从社会自我到生理自我，最后到心理自我

D. 从心理自我到社会自我，最后到生理自我

78. 个体从事某种实际工作前，对自己可能达到的成就目标的主观估计，称为（　　）。

A. 主观期望　　　　　　　　B. 成就水平

C. 抱负水平　　　　　　　　D. 业绩要求

79. （　　）是指与他人比较，发现自己在才能、名誉、地位或境遇等方面不如别人而产生一种由羞愧、愤怒、怨恨等组成的复杂情绪状态。

A. 焦虑　　　　　　　　　　B. 嫉妒

C. 恐惧　　　　　　　　　　D. 羞耻

80. （　　）是指个体因为自己在人格、能力、外貌等方面的缺憾，或者在思想与行为方面与社会常态不一致，而产生的一种痛苦的情绪体验。

A. 焦虑　　　　　　　　　　B. 嫉妒

C. 恐惧　　　　　　　　　　D. 羞耻

81. 延迟满足是指（　　）。

A. 能够按问题的难易程度做出适宜的反应

B. 抑制欲望的即时满足，学会等待

C. 能够控制自己的情绪

D. 能够控制某些行动

82. 亲社会行为是指（　　）。

A. 对他人或社会有利的积极行为及趋向

B. 对他人的具有敌视性、伤害性或破坏性的行为

C. 侵犯行为

D. 个体在社会化过程中逐渐习得道德准则，并以道德准则指导行为的发展过程

83. 攻击行为是指（   ）。

A. 对他人或社会有利的积极行为及趋向

B. 对他人的具有敌视性、伤害性或破坏性的行为

C. 利他行为

D. 个体在社会化过程中逐渐习得道德准则，并以道德准则指导行为的发展过程

84. 大学生心理健康活动日是（   ）。

A. 4 月 20 日   B. 4 月 25 日

C. 5 月 20 日   D. 5 月 25 日

85. 世界精神卫生日是（   ）。

A. 10 月 10 日   B. 10 月 15 日

C. 11 月 10 日   D. 11 月 15 日

多项选择题

1. 西方心理学中的"西方"指（   ）。

A. 美国、加拿大   B. 德国、法国、英国

C. 意大利、荷兰   D. 波兰、瑞士

2. 心理活动过程可划分为（   ）。

A. 认识过程   B. 情感过程

C. 思维过程   D. 意志过程

3. 心理和人的行为之间的关系表现为（   ）。

A. 心理支配人的行为   B. 心理通过行为表现出来

C. 心理就是行为   D. 行为就是心理

4. 动机和行为的关系表现为（   ）。

A. 不同行为可以由不同的动机引起

B. 不同行为可以由相同或相似的动机引起

C. 同一行为可以由不同的动机引起

D. 同一行为可以由相同的动机引起

5. 可以激发动机的因素有（   ）。

A. 需要　　　　　　　　　B. 内驱力

C. 情绪　　　　　　　　　D. 诱因

6. 气质的类型有（　　　）。

A. 多血质　　　　　　　　B. 胆汁质

C. 黏液质　　　　　　　　D. 抑郁质

7. 意志的品质有（　　　）。

A. 自觉性　　　　　　　　B. 果断性

C. 坚韧性　　　　　　　　D. 自制性

8. 素质包括一个人生来具有的（　　　）的构造和技能的特点。

A. 感觉器官和运动器官

B. 构成气质的神经过程

C. 顺利有效地完成某种活动所必须具备的心理条件

D. 神经系统

9. 影响自尊的因素，包括（　　　）。

A. 家庭中的亲子关系

B. 行为表现的反馈

C. 选择参与和扬长避短

D. 根据相似性原理正确进行社会比较

10. 下列说法中正确的是（　　　）。

A. 态度是行为的直接决定因素，有什么样的态度，就有什么样的行为

B. 价值观对态度有直接的影响，这种影响是通过个体对对象赋予价值来实现的

C. 个体赋予态度对象的主观价值对态度有重要影响，但态度的直接决定因素是对象的客观价值

D. 价值观不具有直接的、具体的对象，也没有直接的行为动力意义

11. 身体语言包括（　　　）等。

A. 目光　　　　　　　　　B. 面部表情

C. 姿势　　　　　　　　　D. 装饰

12. 詹姆斯的经典公式：自尊＝成功/抱负，意思是说，自尊取决于（　　　）。

A. 自信

B. 社会强化

C. 成功

D. 获得的成功对个体的意义

13. 关于社交焦虑，下列说法中正确的是（　　　）。

A. 社交焦虑是一种与人交往的时候，觉得不舒服、不自然，紧张甚至恐惧的情绪体验

B. 社交焦虑的个体与他人交往的时候往往没有生理上的症状

C. 社交焦虑是一种消极的情绪体验

D. 人们为了回避导致社交焦虑的情境，通常是减少社会交往、选择孤独的生活方式

14. 一般来说，良好人际关系的建立与发展要经过（　　　）等阶段。

A. 定向阶段　　　　　　　B. 情感探索阶段

C. 情感交流阶段　　　　　D. 稳定交往阶段

15. 要建立良好的人际关系应该遵循（　　　）的原则。

A. 自我价值的保护原则

B. 独立性原则

C. 相互型原则

D. 平等性原则

16. 人际关系的心理成分包括（　　　）。

A. 认识成分　　　　　　　B. 情感成分

C. 动作成分　　　　　　　D. 想象成分

17. 人际关系具有（　　　）的特点。

A. 直接性　　　　　　　　B. 情感性

C. 功利性　　　　　　　　D. 个体性

18. 自我暴露的程度大致可以分为（　　　）等水平。

A. 隐私方面

B. 态度

C. 自我概念与个人的人际关系状况

D. 情趣爱好方面

19. 影响青年人工作或职业选择的因素主要有（　　　）。

A. 家庭因素　　　　　　　　B. 教育和智力水平

C. 性别　　　　　　　　　　D. 人格

20. 烦恼与焦虑的不同在于（　　　）。

A. 烦恼主要是对过去的事的后悔和对现状的不满

B. 焦虑几乎完全是对未来的可能性的恐惧

C. 不论什么事总害怕会出现最坏的结局

D. 烦恼主要表现为对现状的不满

21. 面对压力，个体通常会进行（　　　）的认知活动。

A. 评估压力对自身的利、弊及程度

B. 评估压力的性质

C. 评估自己的实力

D. 确定自己对待压力的方式

22. 承受一般性压力并适应后，人们通常会（　　　）。

A. 降低应对各种压力的能力

B. 积累许多适应压力的经验

C. 提高和改善自身适应能力

D. 被压力所击垮

23. 自我中心是指（　　　）。

A. 儿童的道德水平较低

B. 认为所有人都与自己有相同的感受

C. 不能从他人的角度看待问题

D. 一个人比较自私

24. 休闲对心理健康的意义有（　　　）。

A. 松弛身心　　　　　　　　B. 满足需要

C. 滋养性情　　　　　　　　D. 完善人格

25. 教师影响力中起决定作用的是（　　　）。

A. 专长性影响力　　　　　　B. 疏远性影响力

C. 强制性影响力　　　　　　D. 亲密性影响力

26. 学生怯场的表现是多方面的，具体有（　　　）。

A. 感知觉障碍

B. 注意力不能集中，看题时错行或错位

C. 思维混乱，不能正常分析和解决问题

D. 无法控制自己的不稳定情绪

27. 学生怯场并不可怕，可以通过（   ）等途径有效地进行预防。

A. 树立正确的观点，不应该夸大考试与个人前途得失的关系

B. 培养自信心，充分估计自己的学习能力

C. 考前调整好自己的情绪、营养和身体状态

D. 做好考试前的准备工作

28. 学生应用知识一般有（   ）这几个阶段。

A. 审题　　　　　　　　　　B. 相应知识的再现

C. 预习　　　　　　　　　　D. 课题的类化

29. 合作的基本条件有（   ）。

A. 共识与规范　　　　　　　B. 目标的一致

C. 人格的相似　　　　　　　D. 相互信赖的合作氛围

30. 爱情与喜欢的区别主要在（   ）等方面。

A. 亲密　　　　　　　　　　B. 依恋

C. 服从　　　　　　　　　　D. 利他

参考答案

是非题

1—5　对　对　对　错　对

6—10　错　错　对　对　对

11—15　错　对　错　错　对

16—20　对　对　错　错　对

解析：

4．是冯特，罗杰斯是人本主义的主要代表人物。

6．是桑代克。

7．先驱人物是巴甫洛夫和桑代克。

11．是《一颗找回自我的心》。

13．遗忘的规律是"先快后慢"。

14．Psychology。

18．心理过程包括认识过程、情感过程、意志过程。

19．人的三种基本属性是生物属性、精神属性、社会属性。

21—25　对　对　对　对　错

26—30　对　对　错　对　对

31—35　错　错　错　对　错

36—40　对　对　错　错　错

解析：

25．脑是心理产生的器官，心理是脑的机能。

28．是生理需要、安全需要、爱和归属的需要、尊重的需要、自我实现的需要。

31．催眠是一种类似睡眠又实非睡眠的意识恍惚状态。

32．"特殊意识状态"指的是睡眠。

33．梦境在快速眼动睡眠阶段出现。

35．是内部动力。

38．是注意的转移。

39．闭卷考试时，学生主要的记忆活动是回忆。

40．长时记忆遗忘的主要原因是自然衰退或干扰。

41—45　错　错　错　对　错

46—50　错　对　错　错　对

51—55　对　错　错　对　错

56—60　对　错　错　对　对

解析：

41．称为倒摄抑制。

42．包括注意过程、保持过程、动作再现过程、动机过程。

43．学生掌握知识是经过理解—巩固—应用的过程。

45．情感是人对客观事物是否符合自己需要的态度体验，是人脑对客观事物的特殊反映形式。

46．幻想是创造想象的一种特殊形式，按照有无社会意义可以分为：①积极幻想；②消极幻想。

48．表情包括面部表情、身段表情和言语表情。

49．目光接触是最重要的体语沟通方式。

52．正确的性动机是性爱、情爱相互依存融为一体。

53．性认知的内涵不包括对性文学的理解。

55．首因效应是第一印象作用机制。

57．呈倒 U 型曲线。

58．智力水平与心理健康的高低并无显著相关。

61—65　对　错　对　对　错

66—70　错　对　对　对　对

71—75　对　错　对　对　错

76—80　对　对　对　对　错

解析：

62．成年后期良好的人格特征是智慧、贤明品质。

65．社会动机是人的社会行为的直接原因。

66．恐惧情绪越强烈，亲合倾向越高。

72．是 20 世纪 50 年代。

75．有一部分是心理健康的人为了更好地发展。

80. 是在咨询室中。

81—85　错　错　错　对　对

解析：

81. 心理咨询的总体任务所要达到的目的是提高个人心理素质，使人健康、愉快、有意义地生活下去。

82. 费用限制不属于心理咨询师应遵循的限制观点。

83. 全心全意为人民服务不属于咨询师应有的主要心理素质。

单项选择题

1—5　　B　D　B　B　A

6—10　　B　C　C　C　A

11—15　　A　C　A　C　D

16—20　　C　C　C　C　A

21—25　　A　B　C　B　A

26—30　　A　B　B　D　A

31—35　　D　A　B　C　C

36—40　　D　C　A　B　C

41—45　　B　C　D　D　D

46—50　　A　D　C　D　B

51—55　　B　A　D　D　C

56—60　　A　C　A　A　B

61—65　　C　B　B　B　A

66—70　　C　C　A　D　C

71—75　　C　D　D　B　D

76—80　　D　A　C　B　D

81—85　　B　A　B　D　A

多项选择题

1. AB　　　　2. ABD　　　　3. AB

4. ABCD　　　5. ABCD　　　6. ABCD

7. ABCD　　　8. AD　　　　9. ABCD

10. BD　　　11. ABCD　　　12. CD

13. ACD	14. ABCD	15. ACD
16. ABC	17. ABD	18. ABCD
19. ABCD	20. ABCD	21. ABCD
22. BC	23. BC	24. ABCD
25. AD	26. ABCD	27. ABCD
28. ABD	29. ABD	30. ABD

多项选择题解析:

1. 西方心理学中的"西方"指西欧的德国、法国、英国,北美的美国、加拿大。

28. 课题的类化是学生通过思维活动把握课题具体内容的实质,确定它与相应知识关系,从而把当前的课题纳入已有的知识系统中去。

参 考 文 献

1. 樊富珉. 团体咨询的理论与实践. 北京：清华大学出版社，1996

2. 汪向东，王希林，马弘等. 心理卫生评定量表手册（增订版）. 北京：中国心理卫生杂志社，1999

3. 陈国海，刘勇. 心理倾诉——朋辈心理咨询. 广州：暨南大学出版社，2001

4. 徐光兴. 临床心理学——心理健康与援助的学问. 上海：上海教育出版社，2001

5. 陈金定. 心理咨询技术（上）. 广州：广州世界图书出版公司，2003

6. 徐西森. 团体动力与团体辅导. 广州：广州世界图书出版公司，2003

7. 崔光成，邱鸿钟等. 心理治疗学. 北京：北京科学技术出版社，2003

8. 郑雪. 人格心理学. 广州：广东高等教育出版社，2004

9.（美）科瑞. 心理咨询与治疗经典案例（第六版）. 石林等译. 北京：中国轻工业出版社，2004

10. 马志国. 心理咨询师——实用技术. 北京：中国水利水电出版社，2005

11. 刘建新. 大学生常见的心理问题及疏导. 广州：暨南大学出版社，2005

12. 张日昇. 咨询心理学. 北京：人民教育出版社，2005

13. 樊富珉. 团体心理咨询. 北京：高等教育出版

社，2005

14. 郭念锋. 国家职业资格培训教程心理咨询师（基础知识）. 北京：民族出版社，2005

15. 郭念锋. 国家职业资格培训教程心理咨询师（二级）. 北京：民族出版社，2005

16. 郭念锋. 国家职业资格培训教程心理咨询师（三级）. 北京：民族出版社，2005

17. 郝宏伟. 大学生心理健康自助手册. 广州：广东高等教育出版社，2005

18. 郑希付等. 健康心理学. 上海：华东师范大学出版社，2005

19. 王玲，刘学兰. 心理咨询. 广州：暨南大学出版社，2006

20. 白羽. 改变心力——团体心理训练与潜能激发. 杭州：浙江文艺出版社，2006

21. 刘宣文. 心理咨询技术与应用. 宁波：宁波出版社，2006

22. 刘鲁蓉等. 大学生心理卫生. 北京：科学出版社，2006

23. 易法建，冯正直. 心理医生. 重庆：重庆出版社，2006

24. 傅安球. 助理心理咨询员培训教程. 上海：华东师范大学出版社，2006

25. 燕良轼等. 大学生心理健康教程. 长沙：中南大学出版社，2006

26. 中山大学心理健康教育工作手册. 内部资料，2006

27. 杨敏毅，鞠瑞利. 学校团体心理游戏教程与案例. 上海：上海科学普及出版社，2006

28. 乐国安等. 咨询心理学. 天津：南开大学出版

社，2007

29．宋宝萍等．大学生心理健康教育．西安：西安电子科技大学出版社，2007

30．中山大学心理健康教育咨询中心制度汇编．内部刊物，2007

31．颜农秋．朋辈心理辅导理论与技巧．广州：中山大学出版社，2007

32．段鑫星，赵玲．大学生心理健康教育．北京：科学出版社，2008

33．中山大学心理健康教育咨询中心．心灵的成长——关爱心灵的礼物．广州：中山大学出版社，2008

34．张敏生．大学生心理互助研究．杭州：浙江大学出版社，2008

35．崔建华，李石，苏兆成．大学生朋辈心理辅导．厦门：厦门大学出版社，2008

36．漆小萍．大学生危机事件管理．广州：中山大学出版社，2009

37．广东省高校学生工作专业委员会．高校辅导员工作手册．广州：中山大学出版社，2010

38．梁瑞琼，邱鸿钟．大学生心理健康教育与训练．北京：教育科学出版社，2010

39．李虹，梅锦荣．大学校园压力的类型和特点．心理科学，2002（4）：398—401

40．孙炳海，孙昕怡．朋辈心理咨询模式述评．教育评论，2003（6）：65—68

41．胡伟，胡峰．朋辈心理辅导模式在高校中的运用．江西理工大学学报，2006（5）：66—67

42．崔彬，曲晓丽．朋辈心理辅导在大学生心理健康教育中的优势与不足．中国科技信息，2006（5）：268

大学生朋辈心理咨询手册

43．李存峰，王承清．大学生朋辈心理辅导的实践研究．铜陵学院学报，2007（6）：118—120

44．石芳华．朋辈心理咨询：高校普及心理教育的有效途径．中国电力教育月刊，2007（7）：122—123

45．李辉等．学校朋辈心理咨询员的选拔、培训与评估．云南电大学报，2007（1）：36—38

46．刘慧敏．论高校朋辈心理辅导员培训体系的构建．传承，2008（4）：66—67

后 记

　　《大学生朋辈心理咨询手册》从2007年开始写作，至今已逾三年，在本书完成之际，内心除了欣喜，更有深深的感激之情。我要衷心感谢广东省高校学生工作专业委员会的专家领导，感谢我的现任领导中山大学学生处漆小萍处长和哲学系党总支李善如书记，正是他们对本书的悉心指导和大力支持，使我有信心有能力坚持到底。我还要感谢我的学生们，感谢他们对我的信任、鼓励和支持，与我分享成长路上的喜怒哀乐，而这也考验着我的专业知识和能力，督促着我不断地思考和学习。感谢哲学系逻辑学专业2009级杨鹏、苏叹平，法学院2007级郭淑仪三位同学，正是他们利用业余时间帮我搜索最新的资料、整理编辑校稿，使本书得以顺利完成。感谢我的助理辅导员王萌，助理辛逸、詹捷宇、陈静，在编写期间，他们承担了我大量的事务性的工作，使我能够在繁重的工作之余放心地投入编写工作。在此，我深深地感谢所有关心和给予《大学生朋辈心理咨询手册》无私帮助的领导老师、同学们！

　　在本书编写过程中，参考了诸多专家的研究成果、大量书籍文献，但由于篇幅所限及记忆疏漏，未能一一列出和注明，在此，我谨向在本书中被提名或未被提名的引文作者表示诚挚谢意和深深歉意。由于经验不足，水平有限，书中难免有疏漏之处，恳请广大读者包涵并提出宝贵意见和建议，以便进一步研究和完善。

吕燕青

2010年5月1日于格致园